리모델링

리모델링

김은호 장편소설

도서출판 북인

Contents

1. 마감세일	9
2. 파산	29
3. 통보	42
4. 소사장	59
5. 최 사장	79
6. 윤 사장과 박 팀장	95
7. 휴게실 단전	107
8. 입점	126
9. 보복	143
10. 블랙컨슈머, 화이트컨슈머	157
11. 명찰 떼고	173
12. 온라인	186
13. 퇴점	201
14. 해고	210
15. 상생	221
16. 마지막 날	237
작가의 말 | 등단 1년 만에 세상으로 내보내는 첫 아이	247

리모델링

1. 마감세일

엘리베이터 문이 열리자 한 떼의 남자들이 쏟아져 내렸다. 하나, 둘, 셋, 넷, 모두 넥타이를 단정히 맨 정장 차림이었다. 윤하는 일하던 손을 멈추고 쳐다봤다. 옆구리에 낀 검은 서류파일, 백화점 고객들은 분명 아니었다. 느낌이 이상했다. 그들은 윤하의 매장 방향으로 걸어오다가 맞은편에 있는 '엄마손죽' 매장 앞에 멈춰섰다. 주인인 최 사장은 보이지 않았다. 지금 시간이라면 아마 작업실에 있을 것이다. 남자들 중 한 명이 주변을 휘휘 둘러보더니 오른손을 들어 이곳저곳을 가리켰다. 나머지 사람들의 눈은 그의 손을 따라다녔다. 설명이 있었고 사람들은 고개를 끄덕거렸다. 끼고 있던 파일을 펼쳐들고 무언가를 열심히 적는 사람도 있었다. 5분 정도 그렇게 머물던 그들은 일제히 복도 쪽으로 몸을 돌렸다. 그 끝엔 식품부 사무실이 있었다. 그들은 윤하의 눈앞에서 검은 등을 보이며 빠르게 걸어갔다. 윤하는 서랍을 열고 그 속에 넣어둔 핸드폰의 시계를 봤다. 지금 시각은 오후 5시 50분, 마감세일을 시작하기 10분 전이었다.

"아무래도 이상해."

서랍을 닫은 윤하는 계속 걸어가고 있는 그들의 뒷모습을 보며 중얼거렸다. 윤하의 옆 매장 성현이 샐러드팩 더미를 안고 작업실에서 나오면서 말했다.

"언니, 뭘 혼자 그렇게 중얼거리는 거야?"

윤하는 성현을 돌아봤다. 키가 거의 170센티에 달하는 성현이었다. 그녀와 눈을 맞추려면 고개를 쳐들어야 했다. 금방 어떤 남자들 몇 명이 여기를 둘러보다 사무실 쪽으로 갔다고 성현에게 말했다. 윤하가 그 말을 하고 다시 고개 돌려 복도 쪽을 바라보았으나 그들은 이미 사라지고 없었다.

"남자들이?"

성현의 눈은 호기심으로 가득했다.

"아무래도 백화점 본사에서 나온 사람들 같아. 느낌이 리모델링 같아."

"어머, 정말? 어떻게 해?"

성현은 리모델링이란 소리에 가뜩이나 큰눈을 더 크게 뜨며 소리쳤다.

"쉿! 조용히. 사실, 내가 얼마 전 정 대리에게 물어봤었어. 리모델링 소문이 있는데 혹시 아냐고. 올해는 경기가 안 좋아 그냥 지나갈 거라고 하더라고. 근데 아까 그 남자들이 여기를 둘러보고 가는 것을 보니 분명 리모델링이야. 정 대리 요것이 거짓말한 거야."

윤하는 정 대리가 괘씸했다. 아직 나이도 얼마 안 먹은 것이 영악

하기 이를 데 없다는 생각이 들었다. 성현은 윤하의 말에 무척 당황한 것 같았다. 돈도 제대로 못 모아뒀는데 큰일났다며 불안해했다. 그동안 윤하는 리모델링에 대해서 가끔씩 생각했다. 언젠가는 올 것이기 때문이었다. 하지만 이곳에서 일한 지 1년밖에 되지 않은 성현은 리모델링에 대해서는 미처 생각해보지 않은 것 같았다.

"우리가 지금 그 얘기하고 있을 때가 아니야. 마감세일 시간이 다 됐어. 나중에 다시 얘기하고 우선 장사에 집중하자. 오늘은 꼭 완판해야 해."

윤하의 말에 성현은 끌어안고 있던 샐러드팩 더미를 안고 아무 말 없이 자신의 매장으로 돌아갔다.

윤하는 매대 여기저기에 진열되어 있는 빵들을 한 곳으로 끌어모으기 시작했다. 그렇게 모아놓고 3봉에 만 원씩 세일 가격으로 파는 것이 마감세일이었다. 서랍에서 'P.O.P'를 꺼내 포스 옆 매대 위에 세워놓았다. 〈마감세일, 골라서 3봉 1만 원〉 그렇게 인쇄된 A4용지 크기의 아크릴 안내 표지판이었다. 성현도 자신의 포스 옆에 윤하의 것과 똑같이 만든 안내 표지판을 세워놓았다. 윤하가 빵들을 모두 모아 정리해놓고 다시 핸드폰을 보니 정각 6시였다. 판매량과 시간을 가늠해봤다. 지금부터 세일을 시작하면 8시 폐점까지 두 시간의 시간이 남아 있었다. 남은 빵이 평소보다 많지 않으니 폐점 전에는 충분히 완판할 수 있을 것 같았다.

마감세일 시간에는 1봉에 5천 원 하는 빵을 3봉에 만 원으로 마감세일을 친다. 거의 35프로가 다 되는 세일이다. 재료비 30프로, 백화점 매장 수수료 25프로, 가맹본사 수수료 5프로, 부가세, 카드 수수료 등 제세공과금 10프로, 알바 인건비 10프로 제하면 겨우 20프로 마진을 보는 장사였다. 백화점에서 입점업체에게 35프로나 세일해서 팔라고 하는 것은 너무나 심한 처사였다. 그러나 어쩔 수가 없었다. 이곳에서는 당일 폐점 시각인 저녁 8시까지 제품을 다 팔지 못하면 폐기처분하도록 규정되어 있었다. 남은 제품은 그렇게라도 팔아서 모두 소진해야만 했다.

어제는 빵이 많이 남아 모두 폐기처분했다. 그런 날은 속이 많이 상했다. 재료비도 재료비지만 그 빵을 만들기 위해 흘렸던 땀방울이 아까웠다. 그런 일을 반복하지 않으려면 완판밖에는 다른 방법이 없었다. 오늘은 마감 전에 꼭 완판하리라 생각하며 윤하는 모아놓은 빵의 수량을 세고 있었다.

맞은편에서 앙칼진 여자의 목소리가 이쪽으로 날아들었다. 윤하는 얼른 고개를 들었다. 죽 매장 앞에서 참을 수 없다는 표정으로 윤하를 노려보며 걸어오는 여자가 보였다. 식품부 담당자인 정혜경 대리였다. 삼십대 초반의 워킹맘인 그녀는 이곳에서 시어머니라는 별명으로 불리고 있었다. 지적질에, 잔소리에, 조금이라도 자기 맘에 거슬리는 것이 있으면 그냥 넘어가는 법이 없었다.

"사장님! 지금 물건이 너무 없잖아요. 제가 매대 바닥 보이지 말라고 몇 번이나 말씀드렸어요. 네?"

정 대리의 눈꼬리는 양쪽으로 마냥 올라가고 있었다. 마감세일 때

빵이 너무 없으면 지적대상이었다. 걸리기라도 하면 분명 한 잔소리 들을 것은 각오한 바였다. 하지만 이렇게 주변 사람들이 다 듣도록 크게 소리까지 지를 줄은 몰랐다. 나이도 어린 것이 하는 짓은 영락없이 못된 시어머니였다. 윤하는 자신도 모르게 오기가 생겼다. 올해는 리모델링 없이 그냥 넘어갈 거라고 거짓말한 것이 새삼 괘씸했다.

"정 대리님, 이제 마감 두 시간밖에 안 남았는데 어떻게 물건을 더 만들어요? 만들면 다 세일로 팔아야 하고 남으면 버려야 하는데요. 그렇게 매일 손해를 볼 수는 없잖아요!"

윤하의 난데없는 도발에 주위 사람들이 더 놀란 것 같았다. 성현, 최 사장, 그 옆의 롤초밥 매장 이 사장까지 모두 하던 일을 멈추고 정 대리와 윤하를 번갈아 쳐다봤다. 정 대리도 깜짝 놀란 것 같았다. 입점업체 사장이 관리자인 자신에게 그렇게 덤비리라고는 생각지도 못했던 것 같았다. 그녀는 눈까지 깜빡거리며 잠시 혼란스러워했지만 빠르게 결단을 내린 것 같았다. 베테랑 관리자답게 금방 차갑고 힘 있는 말투로 돌아갔다.

"사장님, 여기서 더 이상 다른 말은 필요 없고요. 일단, 영업 종료하고 사무실로 들어오세요."

그리고 윤하와 자신을 쳐다보며 서 있던 매장 사람들을 향해 큰소리로 말했다.

"자, 자, 이제 모두들 마감세일 준비하세요!"

말을 마친 정 대리는 황급히 자리를 떴다. 또각또각 구두 소리를 내며 걸어가는 그녀의 뒷모습은 펄펄 끓어오르는 물을 누르느라 들썩거리는 무쇠 솥뚜껑 같았다.

"우짭니꺼? 우짭니꺼? 시어메 엄체이 화난 거 같은데예."

겁 많아보이는 큰눈을 가진 이 사장이 말했다.

"나는 뭐 화 안 난 줄 알아?"

윤하가 성질을 내며 말했다. 이 사장은 윤하를 누나처럼 따르는 매장 동료이다. 순박하고 성실한 노총각이라 윤하는 평소에 그에게 다정하게 대해줬다. 하지만 오늘은 그런 말을 하는 그가 짜증스러웠다.

"누님, 와그랍니꺼? 여서 하루이틀 장사할 것도 아니지 않습니꺼?"

이 사장은 날카로운 윤하의 말에 조금의 노여움도 없이 다시 달래듯 말했다. 그의 눈엔 정말로 윤하를 걱정하는 마음이 가득했다. 그제야 윤하는 아차, 했다. 아무리 속상하고 성질이 나더라도 이성을 잃어서는 안 되는 것이었다. 우선 스스로의 감정부터 다스리기로 했다.

"아, 알았어. 걱정하지 마. 마감시간 다 됐는데 장사부터 하자."

윤하는 쇼케이스 유리에 비친 자신의 모습을 들여다보며 비뚤어진 명찰을 바로했다. 잘 쓰여 있는 모자도 다시 한번 고쳐 썼다. 허리를 꼿꼿하게 펴고 매대 앞에 똑바로 섰다. 윤하가 차분한 행동을 보이자 그제야 성현과 최 사장, 이 사장은 안심하는 표정이었다. 그들도 자신들의 매장에 집중하기 시작했다.

오후 내내 한산하던 식품매장에는 점점 사람들이 들어차기 시작했다. 마감세일하기 위해 제품을 쌓아놓은 매대마다 고객들이 몰려들었다. 윤하는 베이커리 매대 앞에 선 여자 고객들에게 고개를 숙이며 인사했다.

"안녕하세요? 어서 오세요, 고객님."

얼굴엔 환한 웃음을 머금고 목소리는 매끄럽게 뒤끝을 올렸다. 여러 번 교육받은 고객 응대 매뉴얼이고 지금은 너무 익숙해져 자동으로 나오는 인사말이었다.

"여기 있는 이 빵들은 1분 전까지 1봉에 5천 원씩 팔던 것들입니다. 지금부터 마감세일을 시작해서 3봉에 만 원씩 드립니다. 매장에서 직접 만들어 아주 신선하고 맛있습니다."

고객들은 자기가 원하는 종류의 빵이 없어질까 앞다투며 골라냈다. 윤하는 빠른 손길로 그들이 골라온 빵들을 쇼핑백에 담았다. 다음 고객, 그 다음 고객, 시간은 그렇게 정신없이 지나갔다. 마지막 빵 3봉지를 젊은 여자 고객에게 넘겨주고 서랍에서 핸드폰을 꺼내 시계를 봤다. 7시 50분이었다. 폐점시간 전 완판이었다. 기분은 좋았다. 맞은편에서 윤하의 매대가 깨끗해진 것을 본 최 사장과 이 사장이 한 목소리로 말했다.

"완판 축하드려요."

"킹베이커리, 축하드립니다."

"고맙습니다."

윤하는 그들의 축하에 답인사를 했다. 그날 열심히 만든 제품을 남김없이 판다는 것은 언제나 기분 좋은 일이었다.

빵바구니를 정리하고 있는데 성현이 옆으로 슬며시 다가왔다.

"언니, 사무실 갈 거야?"

"그럼 안 가? 담당 대리가 오라는데."

"오늘은 깜빡 잊은 척하고 가지 마. 내일 다시 말하면 그때 가. 내일은 정 대리도 감성이 좀 누그러질지 모르잖아."

성현은 윤하를 달래듯 말했다. 그녀도 많이 걱정되는 모양이었다.

"아니, 오늘 가서 할 말 하는 게 좋아. 그래도 관리자라고 여직 하라는 대로 다 했어. 근데 이게 점점 사람을 우습게 보잖아. 이젠 나도 가만 안 있어."

아까 겨우 다스려두었던 감정이 다시 폭발하는 느낌이었다.

"언니. 일 크게 만들지 말고 가서 싹싹 빌어. 여기서 벌어먹고 살자면 모두들 어쩔 수가 없어."

성현은 온갖 세상풍파를 다 겪고 넘은 노파처럼 말했다. 사실 윤하도 그것을 모르는 것은 아니었다. 성현이 어떻게 살아왔는지 모르지만 세상풍파라면 윤하도 못지않았다. 그래도 이건 아니라는 생각이 들었다. 누군가 사람을 제 마음대로 휘두르는데 가만히 있으면 그는 자신의 행동이 문제가 있다고 생각하지 않는다. 과하고 부당한 행동에 대해서는 항의가 필요했다.

폐점 5분 전이었다. 한참 동안 손님이 끊겼던 성현의 매대 앞으로 갑자기 고객들이 몰려들었다. 젊은 여자 고객들이 샐러드를 몇 팩씩 급하게 골라냈다. 성현은 그것들을 차곡차곡 쇼핑백에 담았다. 도움이 필요할 것 같아 윤하는 성현의 포스 앞으로 가 계산을 도와줬다. 그 고객들이 매대를 떠나는 것과 때를 같이해 백화점 곳곳에 설치된 스피커에서 음악이 울려퍼지기 시작했다.

'타임 투 세이 굿바이, 파에시 케 논 호 마이. 베 두토 비수토 콘테.'

안드레아 보첼리와 사라 브라이트만이 함께 부르는 노래였다. 이탈리아어로 부르는 그 가사의 뜻을 윤하는 다 알 수 없었다. 사랑하는 연인과 함께 멀리 떠나고 싶은 꿈을 담은 곡이라고 알고 있었다. 가사와 음률이 애절해 윤하가 오래 전부터 좋아했던 곡이었다. 하지만 연인들의 사랑과 꿈을 아름답게 노래한 그 노래가 이곳 은련백화점에서는 폐점 시그널 곡으로 쓰였다.

타임 투 세이 굿바이, 안녕이라고 말할 시간이에요. 그렇게 두 가수의 입을 통해 백화점에서는 고객들에게 작별의 인사를 전했다. 아름다운 멜로디는 그렇게 백화점 전 관으로 울려퍼졌다. 노래가 뒷부분으로 갈수록 고객들의 마음은 급해졌다. 그들은 매장 출구를 향해 빠르게 걸어갔다. 마음이 급한 사람들은 마구 뛰기도 했다. 드디어 음악이 다 끝났다. 아름다운 목소리가 울려퍼지는 동안 매장에 정자세로 서 있던 입점업체 사람들은 빠르게 마무리를 하기 시작했다. 이사장과 성현의 매대 위에는 아직도 다 팔지 못한 롤초밥과 샐러드팩들이 수북이 쌓여 있었다.

윤하는 정리를 다 마치고 포스 앞에 서서 매출마감을 했다. 현금으로 들어온 돈을 계산해 마감 영수증과 함께 '킹베이커리'라고 굵게 쓰인 돈주머니에 담았다. 그것을 가지고 지하 엘리베이터 옆 안내 데스크 뒤쪽으로 갔다. 그곳에는 각 매장의 당일 현금매출을 수납하는 수납처가 있었다. 미리 준비되어 있는 큰 나무통에다 돈주머니를 넣었다. 끈을 매달아놓은 장부에서 '킹베이커리' 란을 찾아 사인했다. '12월 1일 금요일, 킹베이커리 담당자 김윤하.'

백화점에 입점한 브랜드 가맹 소상공인들은 자신이 운영하는 매장의 매출금을 그날 가져가지 못했다. 직접 받은 현금매출액은 당일로 백화점 측에 전액 입금해야 했다. 카드매출금은 백화점 측으로 바로 입금됐다. 두 가지 형태의 판매금은 한 달 반 정도나 백화점 측이 가지고 있었다. 한 달 반이 지나도 그 돈은 입점업체들에 바로 입금되지 않았다. 백화점 수수료와 제세공과금을 제하고 난 차액이 각 매장의 가맹본사로 먼저 보내졌다. 그곳에서는 또 가맹본사 수수료와 재료비를 계산하여 차감했다. 그리고도 보름 정도는 더 쥐고 있다가 이들에게 보내줬다. 입점업체 사람들이 판매한 대금의 최종 입금은 매출이 발생한 지 두 달은 지나야 했다. 백화점마다 운영방식이 달라 입금하기까지의 시간이 다 똑같지는 않았다. 하지만 대략은 비슷했다. 한 달 반에서 두 달까지의 작은 차이가 있을 뿐이었다. 백화점은 이런 식으로 수많은 입점업체들의 판매대금을 이자 한 푼 없이 한 달이 넘도록 이용했다. 기간 차이는 있지만 입점한 업체들의 가맹본사도 다를 것은 없었다.

현금판매 입금하고 사인하는 것, 그것이 하루의 일 중, 윤하가 해야 할 마지막 일이었다. 하지만 오늘 그녀에게는 해야 할 일이 하나 더 남아 있었다. 정 대리를 만나러 사무실로 가야 하는 일이었다. 어둠이 일찍 내리는 12월의 저녁 8시는 그것만으로도 이미 늦은 시간이었다. 사무실에 들러야 하고, 질책을 들어야 하고, 백화점을 나와 지하철을 타야 하고, 오늘 집에는 언제 들어갈지 몰랐다. 한숨이 절로 나왔다.

정혜경 대리, 156~7센티 정도의 작은 키에 야무지고 당차게 생긴 여자였다. 그녀는 식품부 총괄 담당인 박춘식 팀장의 직속 부하였다. 그 상사에 그 부하라, 생긴 것도 스타일도 둘 다 비슷했다. 찔러도 피 한 방울 안 나올 것처럼 깐깐한 것, 입점상인들의 사정은 일체 봐주지 않는 것, 백화점 측의 매출과 이익이 첫 번째 목적인 것, 그것들을 위해 하는 행동이 둘은 똑같았다.

고용자인 백화점 측에서 보면 훌륭한 직원들일지도 몰랐다. 하지만 입점상인들 측에서 보면 여간 차갑고 비인간적인 사람들이 아니었다. 매장에서의 그들의 주업무는 지시와 명령, 그리고 감시였다. 지시하는 것을 바로 행하지 않거나 작은 실수라도 할 땐 가차 없는 벌칙이 주어졌다.

윤하는 정 대리를 만나기 위해 복도 끝 사무실 앞까지 종종걸음으로 갔다. 그러나 쉽게 문을 열 수가 없었다. 문 앞에 선 채 마른침만 꼴깍 삼켰다. 채 고이지도 않은 침을 다시 한번 삼키고 조심스레 문을 두드렸다. 똑똑. 안에서는 아무 대답이 없었다. 스테인리스 손잡이를 돌려 살짝 밀어봤다. 문은 소리 없이 열렸다. 손잡이를 잡은 채 10센티 정도의 틈만 내고 살짝 들여다봤다. 출입문 바로 앞에 있는 정 대리의 자리는 비어 있었다. 일하다 말고 급히 나간 듯 책상 위에 서류더미들이 어질러져 있었다. 아직 퇴근은 하지 않은 것 같았다.

책상들을 몇 개 붙여 이어놓은 맨 끝자리가 박춘식 팀장의 자리였다. 그가 누군가와 통화를 하고 있는 것이 보였다. 전화기를 귀에 대고 회전의자에 앉아 의자를 좌우로 흔들어대며 말하고 있었다. 얼굴은 벽 쪽으로 향하고 있어 윤하의 눈에는 의자 등판 옆으로 삐져나온 그의 팔만 보였다. 항상 입고 다니는 청색 스트라이프 무늬 셔츠, 그가 박 팀장임은 확실했다. 정 대리도 없는데 들어가야 하는지, 잠시 망설였다. 박 팀장이 갑자기 화통한 소리를 내며 웃었다.

"하하하하, 제가 말했죠? 제 말만 들으면 아무 걱정 안 해도 된다고요."

윤하는 깜짝 놀랐다. 박 팀장이 그렇게 크게 웃음소리를 내는 것을 한번도 들어본 적이 없기 때문이다. 은련백화점 한강점에서 3년이 넘게 근무하는 동안 처음 보는 광경이었다. 그가 그렇게 웃을 수 있는 인간이라는 것을 윤하는 처음 알았다.

박춘식 팀장, 지하식품부를 총괄하는 책임자인 40대 초반의 남자였다. 그는 항상 무언가를 발라 반지르르 윤을 낸 깔끔한 머리를 하고 다녔다. 청색 또는 회색 스트라이프 무늬의 셔츠에 칼주름 잡힌 감색 바지를 입고 다녔다. 170센티에는 조금 못미칠 것 같은 키였다. 하지만 몸이 다부져서 그런지 척 볼 땐 그리 작은 사람처럼 보이지 않았다. 가무잡잡한 피부에 번쩍이는 눈, 꼭 다문 입매가 보통 야무져보이지 않았다.

백화점 오픈 시간 전, 박 팀장은 담당 대리와 직원 몇 명을 데리고 항상 매장을 순시했다. 두 손을 허리 뒤로 모아잡고 천천히 걸었다. 몸은 앞을 향해 걸으면서 눈은 양 옆으로 늘어선 매장 물건들을 훑으며 지났다. 영락없는 매의 눈이었다. 젊은 직원들은 그와 반대로 두 손을 앞으로 모아쥐고 조심스럽게 그를 따랐다. 그는 입점업체 사람들과는 일절 눈을 맞추지 않았다. 대화를 하는 법도 없었다. 마치 이들과는 절대 말을 섞지 않겠다는 어떤 철칙이 있는 것처럼 보였다.

"사장님 자리는 메인통로 로열존으로 미리 뽑아놨습니다. 걱정하지 마십시오. 제가 찍어놓은 자리는 아무도 못 건드립니다."

박 팀장은 윤하가 듣고 있는 줄도 모르고 계속 통화를 이어갔다.

"본사 매입부에서 아무리 뭐라 해도 실권은 이쪽에 다 있어요. 거기서 원하는 자리 몇 개쯤은 뽑아주는 시늉만 해도 문제없습니다. 그렇지요. 다 이렇게 상부상조하는 것이지요. 그럼 조만간 뵙겠습니다."

윤하는 마감세일 전에 보았던 네 명의 남자들을 떠올렸다. 서류파일을 끼고 매장을 둘러보던 그 남자들은 리모델링을 위해 한강점에 방문한 본사 직원들임이 더욱 확실해졌다.

'리모델링을 하면 인테리어 비용은 입점업체가 전부 부담해야 한다. 몇 천만 원에 달할 그 큰돈을 소상공인들인 우리가 시간적 여유도 없이 어떻게 준비하라고 예고도 없이 일을 추진하는 것일까? 돈이 준비되지 못한 사람들은 매장을 빼고 쫓겨나겠지. 그렇게 생긴 빈 자리들을 저렇게 누군가에게 넘겨주는 것인가?'

여러 생각이 한꺼번에 머리를 스치고 지나갔다.

"여기서 뭐하고 계세요?"

갑자기 들리는 소리에 윤하는 깜짝 놀라 뒤를 돌아봤다. 싸늘한 표정의 정 대리가 바로 등 뒤에 서 있었다.

"아까 정 대리님이 사무실 오라고 하셔서요."

"일단 들어오세요."

정 대리는 차갑게 말을 던지고 문을 밀며 안으로 들어갔다. 윤하는 그녀의 뒤를 따라들어갔다. 자신의 책상 위에 서류들이 펼쳐져 있는 것을 보자 정 대리는 순간 당황한 듯 그것들을 재빠르게 주워모았다. 모아쥔 서류들을 두 손으로 잡고 책상 위에 톡 톡 쳐서 밑면을 가지런히 정리했다. 정 대리는 힐끗 윤하를 돌아봤다. 윤하가 보아서는 안 될 서류임이 분명했다. 정 대리는 오른쪽 책상 서랍을 열더니 안쪽 깊숙이 그 서류를 집어넣었다. 그리고 나서야 안심한 듯 앞에 놓인 팔걸이의자에 앉았다.

"앉으세요."

정 대리의 옆엔 검은 보조의자가 하나 있었다. 차갑게 내리깔은 그녀의 눈은 그 의자를 향하고 있었다. 윤하는 의자에 앉으며 박 팀장 쪽을 힐끗 돌아봤다. 통화를 다 마친 박 팀장은 이제 퇴근을 하려는 것 같았다. 의자 등받이에 걸어놓았던 회색 코르덴 재킷을 들어 팔에 꿰고 있었다. 사람들의 말소리가 들리고 자신이 관리하고 있는 사람들이 사무실에 들어왔는데도 그는 전혀 눈길을 주지 않았다.

"퇴근하시려고요?"

정 대리가 박 팀장을 쳐다보며 말했다.

"어."

엄격함이 느껴지는 짧은 대답이었다.

"살펴 들어가세요."

"어."

윤하는 의자에 앉은 채 고개만 살짝 수그려 그에게 목례를 했다. 인사까지 하기는 싫었다. 하지만 정 대리가 인사하는데 그냥 있을 수는 없었다. 그도 더 이상은 윤하를 무시하지 못하겠는지 머리를 까닥 움직였다. 그러나 눈은 여전히 차가웠다. 그 눈과 한 세트인 입도 굳게 다물고 있었다.

"사장님! 사장님은 왜 그렇게 사람 말을 듣지 않으세요?"

박 팀장이 나가기가 무섭게 정 대리가 훅 치고 들어왔다. 가까이서 보니 가무잡잡한 피부가 보통 매끄러워 보이지 않았다. 윤하는 할 말이 많았다. 그러나 마음을 억눌렀다. 조금 전 엿듣게 된 박 팀장의 통화에서 곧 리모델링이 시작된다는 것을 확인했기 때문이다. 하고 싶은 말을 다 한다면 재계약 시 분명 꼬투리가 잡힐 수 있었다. 묻는 말에만 답하는 것이 상책이었다. 짧게 대답했다.

"네."

"네라뇨? 그럼 잘못을 인정한다는 말씀이세요?"

"…."

윤하는 눈을 아래로 내리깔았다.

"그럼 벌점 드립니다."

정 대리는 일이 생각보다 쉽게 끝난다고 생각하며 말했다. 하지만 윤하는 그건 받아들이기 힘들었다.

벌점은 은련백화점에서 입점업체들을 통제하기 위해서 만든 제도였다. 매출실적에서부터 위생상태, 규칙엄수, 친절도 등. 모든 것들을 점수로 만들어 평가했다. 말하자면 갑이 을을 좀 더 쉽게 다루기 위해 만든 법이었다. 문제가 있을 시 벌점이란 명목으로 마이너스 점수를 줬다. 한번 마이너스 점수를 받으면 다른 것들을 아무리 잘해도 종합평가에서 좋은 점수를 받을 수가 없었다. 평가점수는 백화점 본사로 올라갈 뿐만 아니라 가맹본사로도 올라갔다. 그리고 그것들은 재계약 시 중요한 참고자료가 됐다. 그까짓 일로 벌점을 받는 것은 안 될 일이었다.

"그렇다고 벌점은 좀 그렇잖아요."

"잘못을 인정하신다면서 벌점은 안 된다고요? 왜요?"

정 대리는 피식 웃으며 말했다. 비웃음이었다. 자신이 기선을 제압했다고 생각하는 것 같았다. 윤하는 입술을 꼭 깨물며 침을 꼴깍 삼켰다.

"아, 뭐라고 대답을 해야 할 거 아네요? 아까 사람들 앞에서는 기세 좋게 말씀도 따박따박 잘하시던데 이렇게 왔으면 더 할 말도 준비해 왔어야 되는 거 아닌가요?"

윤하는 진짜로 참으려고 했다. 하지만 이 정도의 닦달이라면 분명한 대답은 해줄 필요가 있었다. 마음을 고쳐먹었다. 꼴깍, 침을 한번 삼키고 나서 비장하게 입을 열었다.

"정 대리님 하시는 말씀을 이해 못하는 것은 아닙니다. 어떻게 하든 매출을 많이 올려야 한다는 그 말씀을요. 그래서 저도 웬만하면 지시하시는 대로 물량을 많이 만들려고 노력합니다. 그런데 요즘 재료값이 너무 많이 올랐어요. 세일물량이 전체 판매물량의 30프로가 넘어가면 손해가 납니다. 폐점시간도 얼마 남지 않았는데 새 물건을 계속 만들어 세일가격으로 파는 건 저희 업체 입장에서는 정말 힘든."

거기까지 말했을 때 정 대리가 윤하의 말을 탁, 자르고 들어왔다.

"사장님, 여기 백화점에서 일한 지 몇 년이에요?"

"3년 됐습니다."

"저는 몇 년인지 아세요? 식품부만 올해로 8년이에요. 수많은 브랜드들이 들어왔다 사라졌다 하는 것을 8년이나 보았다는 말이죠. 사장님이 이곳에 들어와서 매장 운영하는 이상, 개인의 이익과 손해만 생각하면 앞으로 일 못합니다. 사장님은 여기서 매출 수수료를 내고 장사하시잖아요. 그러면 폐점시간까지는 어떻게든 제품을 내어놓고 팔아 매출을 올려야 할 의무가 있는 거예요. 그 시간까지 파는 매출액을 가지고 수수료를 책정하고, 그것으로 백화점은 수익을 얻습니다. 사장님이 마감세일로 팔면 손해난다고 제품 안 만들면 결국 사장님 손해 안 보려고 여기 손해 끼치는 거잖아요."

그녀의 입은 오직 백화점 수익만 말하고 있었다. 그건 공정하지 않았다. 처음 입점할 때 말했던 입점업체와의 상생은 조금도 생각하지 않는 말이었다.

"제가 제품을 만들지 않은 것이 아니잖아요. 평균 일 매출을 기준으로 하면 아까 그 정도 물량 있으면 마감까지 충분히 팔아요. 대리님은 항상 바닥이 안 보이게 물건을 쌓아두라 하시잖아요. 팔지 못한 그것들은 결국 폐기해야 하니 그걸 하기 힘들다는 것이지요."

그러나 정 대리는 윤하의 주장을 들어줄 생각이 요만큼도 없는 것 같았다.

"제가 식품부에만 8년 있었다고 그랬죠? 매출을 계속 올리려면 제품을 시간 내에 다 팔 만큼만 만들어서는 안 돼요. 오늘 다 못 팔아서 설령 그것을 버릴지라도 많이 만들어야 해요. 물건이 남으면 다 팔기 위해 더욱더 노력하게 돼요. 눈에 보이는 손해만 생각하면 사장님은 이미 이곳에서 일할 자격이 없습니다."

정 대리의 말은 점점 연설조로 변해갔다. 스스로의 이야기에 도취되어 이젠 얼굴까지 상기되어 있었다. 들으나마나 한 말이었다. 윤하는 갑자기 머리가 참을 수 없을 정도로 지끈거렸다. 참는 김에 계속 참았어야 했는데 괜히 입을 열었다는 후회가 밀려왔다. 결국 윤하는 죄송하다고 백기를 들고 말았다. 여기서 빨리 나가는 방법은 그것밖에 없었다. 요즘 매출이 많이 떨어져서 계속 제품이 남아버렸다. 재료비가 점점 오르니 힘든 마음에 순간적으로 그랬다. 대리님 말씀 듣고 보니 제가 생각이 짧았던 것 같다. 앞으로는 주의해서 열심히 일하겠다. 이런 말들을 윤하는 생각나는 대로 내뱉었다. 그리고 마지막으로 공손히 머리를 숙였다. 진심으로 뉘우치는 것 같은 태도를 보여야만 이 시간을 끝날 수 있었다. 빨리 끝내고 이곳에서 나가는 것만이 지금의 목표였다. 그제야 정 대리의 표정이 조금 풀어지는 것 같았다. 목소리도 아까보다는 많이 누그러진 것 같았다.

"사장님, 영업 시간은 물론이고, 마감세일 시간이라 할지라도 매대 바닥이 보이면 안 돼요. 고객들은 바닥이 드러난 제품은 사고 싶어하지 않아요. 그런 식으로 영업하다 매출이 점점 떨어지면 우리 한강점의 실적이 어떻게 되겠어요. 힘들어도 눈앞의 내 이익은 접어두고 모두의 이익을 위해 노력해야 하지 않겠어요?"

"네. 잘 알겠습니다."

모든 것을 내려놓은 윤하의 대답이었다. 정 대리는 그제야 겨우 진정된 것 같았다.

집으로 가는 지하철은 늦은 퇴근을 하는 사람들로 가득차 있었다. 더 들어갈 공간도 없어 보였다. 윤하는 왼쪽 어깨에 멘 가방 끈을 꼭 잡고 안간힘을 쓰며 안으로 몸을 구겨넣었다. 겨우 들어오기는 했지만 제대로 서 있기 힘들 만큼 피곤했다. 원래 혼잡한 시간대였다. 하루 종일 서서 일하는 그녀는 항상 피곤했지만 오늘은 정 대리와 실랑이를 해서 그런지 더 힘이 들었다. 완전 케이오 패를 당했으니 따지고 보면 실랑이라고 할 수도 없는 일이었다.

출입문 쪽으로 갔다. 경험상, 그 문에 몸을 기대어 서면 조금은 덜 힘들었기 때문이었다. 역에 정차할 때마다 문이 열리고 닫혀 그때마다 몸을 떼고 물러서야 하는 불편함이 있었다. 그래도 안쪽에서 사람들에게 이리저리 밀리는 것보다는 나았다. 기대어 선 출입문 유리창에 자신의 모습이 비쳤다. 하루 종일 모자를 쓰고 있다가 벗어서 그런지 머리가 찰싹 붙어 있었다. 갸름한 얼굴은 오늘 따라 더 작고 말라보였다. 그리고 눈은 우울했다. 윤하는 자신의 모습을 물끄러미

바라봤다.

'내가 어쩌다가 이런 곳에서 이런 일을 하고 있게 된 것일까?'

나쁜 꿈만 같았던 그 일이 떠올랐다. 3년 전 어느 날, 아무 준비도 없던 그녀에게 갑작스런 해일처럼 들이닥쳤던 사건이었다.

2. 파산

식탁 위에 놓아둔 핸드폰에서 문자 들어오는 소리가 들렸다. 윤하는 핸드폰을 집어들었다. 문자함을 클릭하자 남편 번호가 떴다. 아침에 중국 출장이 있다고 가방을 챙겨 나갔던 사람이었다. 어쩐지 느낌이 안 좋아 급하게 문자함을 눌렀다.

〈그동안의 일을 미리 말하지 못해 미안해. 사실은 출장이 아니라 사채업자들이 계속 협박해서 여기서는 더 이상 버티기가 힘들어. 돈을 좀 구해야 하는데 일단 거래처가 있는 중국으로 가보려고 해. 회사는 문을 닫기로 결정했어. 마무리를 하고 떠났어야 하는데 내가 좀 급해서 어쩔 수가 없었어. 모든 것은 이 과장에게 부탁해뒀으니 자세한 설명은 이 과장에게 듣고 의논해줘. 사정상 이 문자를 끝으로 핸드폰은 꺼둘 거야. 미안해.〉

청천벽력이란 그런 것을 두고 하는 말이었다. 그즈음 남편의 회사가 어렵다는 것은 짐작하고 있었지만 이렇게 마지막까지 왔다는 것은 상상도 하지 못했다.

남편은 대기업 의류수출팀에서 일하다가 독립하여 조그만 의류업체를 차렸다. 일본, 북유럽 등의 작은 회사들에 납품을 하며 사업을 일구어가고 있었다. 오픈한 지 3년이 지난 그해부터는 회사가 꽤 안정권에 접어들던 참이었다. 경리직원 한 명을 두고 시작한 사무실은 과장급 하나, 대리급 하나, 평직원 하나, 이렇게 4명의 직원을 거느리는 규모가 됐다. 대부분 소규모 오더들이어서 큰돈을 벌지는 못했지만 전에 재직하던 회사의 연봉보다는 더 나았다.

15년이 넘는 맞벌이로 일과 육아를 병행하며 살아오던 윤하였다. 집을 장만하고 남편이 자리도 잡자 그녀는 직장을 그만뒀다. 그동안의 빡빡했던 돈과 시간에서 벗어나 이제 막 삶의 여유를 맛보기 시작하던 중이었다. 그들은 서울 사당동에 있는 방 세 개짜리 아파트에 살고 있었다. 베란다엔 조그만 연못을 만들어 민물고기를 키웠다. 중학교에 다니는 아들이 하나 있었다. 윤하는 아침에 남편과 아들이 나가고 나면 집안을 깨끗하게 치워놓고 거실 소파에 앉아 음악을 들었다. 오랜 시간 정신없이 살아왔던 윤하는 그 편안함과 고요함에 감사했다. 여기서 더 바라는 것은 과욕이라고 스스로에게 말했다. 하지만 남편의 욕심은 점점 커져가기만 했다.

"사무실 오픈한 지도 어느덧 3년이 넘었는데 크게 발전이 없네."

"처음보다 많이 커졌잖아. 매출도 많이 늘고 직원들도 셋이나 더 늘었잖아."

"매출이 늘었다 해도 직원이 많아지니 비용이 늘어나 수입은 그대로야. 세금은 또 얼마나 많아졌는지."

“그만큼만 해도 어디야? 다른 데는 다들 힘들다던데.”

하지만 그는 윤하의 말은 듣는 둥 마는 둥, 항상 골똘히 생각에 잠기곤 했다. 그가 생각에 잠기는 날이 많아지자 윤하는 무슨 일이 있느냐고 물었다. 지금은 회사가 안정적이라지만 계속 이대로만 운영해서는 안 된다는 남편의 대답이 돌아왔다. 거래선은 새로 생기기도 하고 떨어지기도 하면서 유지되는데 이렇게 안정적으로만 하면 큰 돈을 벌 수 없다는 것이었다. 사무실 넓히느라 대출받은 빚도 갚아야 하고 아들도 점점 커가는데 기회가 왔을 때 돈을 벌어야 한다는 것이 그의 주장이었다. 그런 말을 윤하는 전에도 몇 번 들은 적이 있었다. 그녀는 안정을 추구하는 타입이었고 남편은 앞을 향해 돌진하는 타입이었다. 하지만 그즈음 윤하가 보는 남편의 행동은 진취적이라기보다는 욕심만 앞서갔다. 말리고 싶었지만 자신이 없었다. 행여 자신의 앞길을 막는다고 할 것 같아서였다.

“회사 오픈하면서 수출 쪽만 했잖아. 내수 납품은 안 하려고 했는데 올 초 대학 선배 한 분이 ‘다올’이라는 의류 브랜드 만들어 ‘오성백화점’에 입점했어. 믿는 선배니까 거기 봄 시즌 제품 몇 스타일 납품했지. 이제부터 매장이 늘어나면서 물량이 점점 많아질 거라는데 나도 슬슬 준비를 해야 할 것 같아.”

“수출에 비해 내수는 좀 위험하다고 하다고 했잖아.”

윤하는 언젠가 남편에게 들었던 말을 떠올리며 말했다. 그러나 남편은 자기가 언제 그런 말을 했느냐고 되물었다. 윤하는 그 말을 또렷하게 기억하고 있었지만 굳이 따지지 않았다. 자칫하다가는 싸울 것 같았다.

남편은 자신이 그동안 납품한 제품들이 오성백화점에서 반응이 좋았다고 했다. 선배는 이번 겨울 시즌 오리털 코트를 남편 회사에 모두 맡기고 싶다 했다는데 운영자금이 부족해 대답을 못했다고 했다. 윤하는 금액이 얼마나 되느냐고 물었다. 10억 정도는 될 거라는 대답이 돌아왔다. 너무 큰 금액이었다. 작은 회사가 한 시즌 물량으로 감당할 금액이 아니었다. 잘못하다가 납품대금이 물리면 다음 오더, 그 다음 오더도 쳐내지 못할 수 있었다.

"한 시즌 덩어리로는 너무 크다. 우리 자본금 다 털어도 안 될 물량이잖아."

윤하는 자기도 모르게 한숨이 나왔다. 그러자 남편의 목소리가 갑자기 높아졌다.

"아니, 생각해보면 못한다고 할 일도 아니라고. 공임은 공장에 계약금 들이밀기 전에 '다올'하고 계약해서 받은 돈으로 처리하면 되고 원단하고 부자재 비용만 확보해놓으면 돼. 무엇보다도 이번 건 잘 마무리되면 계속 납품할 수 있어. 몇 시즌만 이렇게 돌리면 큰돈 벌 수 있어. 이런 기회는 자주 오는 것도 아니라고."

남편의 조금 흥분하는 것 같았다.

"자기 능력에 넘치게 일 벌였다 무슨 문제라도 생기면 감당하기 힘들어. 일을 시작할 땐 항상 리스크를 생각해야 해."

윤하는 자신이 직장 다닐 때 보았던 거래처, 그렇게 해서 쓰러졌던 '신진건업'이라는 회사를 떠올리며 말했다. 하지만 남편은 고집스럽게 말했다.

"나도 알아. 하지만 이건 이렇게 저렇게 애를 쓰면 할 수 있을 것 같아."

윤하는 불안했다. 하지만 자신은 그 계통에 전문적인 지식과 경험이 없었다. 더구나 직접 그 회사에서 일하는 사람이 아니었다. 남편이 하는 사업에 강하게 반대할 근거와 명분을 찾지 못했다. 기도하는 마음으로 그를 믿기로 했다.

그렇게 남편은 선배에게 납품을 시작했다. 회사는 그럭저럭 잘 돌아가는 것 같았다. 언젠가부터 급히 필요하다며 집에 있는 돈을 야금야금 가져가기 시작했다. 선배에게서 납품대금을 제대로 받지 못했다는 것이었다. 조금만 기다리면 받을 수 있을 것처럼 말했지만 몇 달이 지나도록 돈은 들어오지 않았다. 남편은 운영자금이 없다고 그동안 해오던 안정적인 수출 오더를 포기할 수는 없다고 했다. 어떻게든 새로운 오더를 받아야 회사가 유지될 수 있다 했다. 결국 그 자금은 모두 윤하의 통장에서 빠져나갔다. 통장 잔고가 모두 떨어지자 그동안 부었던 두 개의 적금까지 해약했다. 남편은 계속 돈타령을 했다. 윤하는 끝없이 돈타령을 하는 그가 지긋지긋해졌다. 언제부터인가 둘은 다툼이 잦아졌다. 어느 날, 또 돈 때문에 다투다가 윤하는 남편에게 모질게 내뱉고야 말았다. 이제 자신은 더 이상은 능력이 없으니 다시는 돈 이야기를 하지 말라고. 다시 한번 돈 이야기를 하면 그땐 정말 끝이라고. 남편은 아마도 그때부터 사채에 손을 댄 것 같았다. 운영자금이 없으면 새 오더는 포기해야 한다는 것이 윤하의 생각이었다. 당분간 모든 것을 중단하고 다음을 기약하는 것이 맞는 일이었다. 고집과 욕심으로 사업을 했던 그에게 화가 났다. 그의 무모함과 어리석음에 분노가 치밀었다.

윤하는 핸드폰을 집어들었다. 이 과장을 찾아 단축키를 눌렀다. 그녀는 6살짜리 딸을 둔 워킹맘인데 성격이 싹싹하고 엽렵했다. 특히 중국어에 능통해 중국 내 생산라인 쪽 업무를 잘했다. 남편이 많은 일을 믿고 맡기는 사람으로 알고 있었다. 바로 전화를 받았다.

"이 과장님."

윤하는 무슨 말을 어떻게 해야 할지 몰랐다. 그저 그 한마디 하고 핸드폰을 든 채 가만히 있었다.

"사모님, 전화 기다리고 있었어요. 사장님 문자는 받으셨죠?"

"네. 도대체 일이 어떻게 된 건지…."

"잘 모르시겠지만 그동안 회사에 많은 일이 있었어요. 사장님이 저에게 이것저것 부탁하고 가셨는데 전화로 말씀드리기는 힘들어요. 사모님께서 사무실로 좀 나와주실 수 있으세요?"

이 과장은 조심스럽게 말했다.

"지금 준비해서 나가면 30분은 넘게 걸릴 것 같아요."

"서두르지 말고 천천히 조심해서 오세요. 그럼 이따 뵙겠습니다."

준비하고 말고 할 것도 없었다. 입고 있던 티셔츠, 청바지 그대로 재킷 하나만 더 걸쳤다. 숄더백을 어깨에 메고 빠른 걸음으로 주차장으로 내려갔다. 지하 1층에 주차해놓은 자신의 차에 올랐다. 안전벨

트를 매고 시동을 걸었다. 액셀을 밟으며 지상으로 올라가는데 엔진 소리가 참을 수 없을 정도로 시끄럽게 들렸다. 마음이 불안한 탓이려니 싶었다. 밖으로 나오자마자 핸들을 한 손에 맡긴 채, 나머지 한 손으로 자신의 가슴을 꾹 눌렀다.

쿵, 쿵, 쿠쿵, 쿵, 쿵. 심장이 불규칙적으로 뛰고 있었다. 핸들을 잡은 한 손도 떨렸다. 도저히 운전을 할 수 없을 것 같았다. 아파트 단지 내 도로 오른쪽에 차를 세웠다. 그렇게 한참을 핸들을 잡은 손과 팔에 얼굴을 대고 엎드려 있었다. 침착하자고 스스로에게 몇 번이나 말했다. 들숨과 날숨을 크게 여러 번 마셨다 뱉어내니 심장의 쿵쾅거림이 조금은 나아진 것 같았다.

액셀을 약하게 밟으며 천천히 차를 움직여 아파트 정문을 나섰다. 도로의 흐름을 따라 달렸다. 부들부들 떨면서 달린 것 같았다. 한참을 달리다보니 회사 사무실이 있는 역삼동 사거리가 보였다. 사거리 첫 번째 골목에서 속도를 줄이며 천천히 우회전했다. 두 블록쯤 더 달리자 눈앞에 5층짜리 건물이 보였다. 1층 앞마당에 그려진 주차구역에 차를 세우고 키를 뽑았다. 3층에 있는 사무실까지의 계단을 한달음에 뛰어올랐다.

'윤성무역'이란 현판 앞에 발을 멈췄다. 눈을 감고 크게 심호흡을 했다. 윤하와 아들 성진의 앞 자를 한 자씩 따서 지은 이름이었다. 회사 오픈할 때 윤하는 집에서 음식을 만들어 와 고사를 지냈다. 오픈식을 하던 광경이 떠올랐다. 웃는 돼지머리 입에 파란 지폐를 끼워넣으며 회사의 무궁한 발전을 빌던 사촌동생들과 남편 친구들의 모습이 생각났다. 월급쟁이 신세를 청산하고 새 사업을 펼치는 남편을 모두들 부러워하지 않았던가? 윤하는 고개를 세차게 저으며 다시 눈을 떴다. 침을 한번 꿀꺽 삼키고 조심스레 문을 두드렸다. 똑똑.

"네. 들어오세요."

착 가라앉은 여자 목소리였다. 스테인리스 손잡이를 돌리고 문을 밀었다. 30평 남짓의 사무실은 세 개의 파티션으로 구분되어 있었다. 문 건너편으로 마주보이는 책상 앞에서 이 과장이 일어서며 인사했다.

"어서 오세요. 사모님. 이쪽으로."

중간 정도의 키에 단단한 체구의 그녀는 생 단발머리를 하고 있었다. 연한 핑크빛이 도는 통통한 얼굴은 화장기가 전혀 없었다. 착용했던 검은 뿔테 안경이 거의 코끝까지 내려와 있었다. 컴퓨터 앞에서 집중하여 일하고 있었던 같았다. 윤하는 그녀가 권해주는 접대용 소파에 앉으며 말했다.

"저는 도대체 뭐가 어떻게 된 것인지…."

"제가 다 설명드릴게요. 우선 차 한 잔 드릴까요?"

"아니, 차는 됐어요."

윤하는 그저 이 상황에 대해서 최대한 빨리 알아야겠다는 마음뿐이었다.

"결론부터 말씀드리면 얼마 전부터 사무실 정리 들어갔어요."

"뭐라고요? 나에겐 한마디 말도 없이 어떻게 그럴 수가?"

"사장님이 그동안 여기저기 시달려서 마음이 많이 약해지셨어요.

사모님께는 무서워서 말씀을 못 드리겠다고 하시더라고요.”

그 말을 들으니 더 기가 막혔다.

“결론부터 말씀드리면 지금 거의 모든 자금이 물려 있는 ‘다올’이 얼마 전 오성백화점에서 계약이 해지되어 쫓겨났어요.”

계약해지라는 말을 듣는 순간, 윤하는 눈앞이 노래지면서 금방이라도 쓰러질 것 같았다. 정신을 가다듬으려고 안간힘을 썼지만 결국 오른쪽으로 몸을 옮겨 소파 팔걸이에 몸을 기대야 했다.

이 과장은 재빠르게 달려가 냉수를 가져왔다. 윤하는 몸속이 과열된 엔진처럼 뜨거워지며 울렁거림을 느꼈다. 냉수를 들이켜자 조금 진정되는 것 같았다. 이 과장의 말을 계속 듣기 위해 있는 힘을 다해 몸을 일으켜 세웠다.

“다올에서 지난 겨울 시즌 납품받았던 곳이 세 군데쯤 되더라고요. 우리 윤성무역은 오리털 코트, ‘광성모직’이란 곳에서 모직코트, ‘세모의류’란 곳에서 셔츠, 팬츠 류를 납품했는데 금액은 우리가 젤 컸어요. 세모의류란 곳이 금액은 얼마 안 되었는데, 아마 4억쯤 되었나봐요. 거기서 오성백화점에 다올 판매대금에 대해 가압류를 걸었죠.”

“왜요?”

“자기네는 금액이 적으니까 선순위로 빨리 가압류해서 판매대금 들어오는 거, 되는대로 먼저 챙겨 받겠다는 것이었죠. 우리 윤성하고 광성은 시간이 오래 걸리더라도 다올을 살려서 돈을 받아내려고 했어요. 하지만 세모는 걔네를 죽여서라도 지금 당장 있는 것만 받아내고 끝내겠다는 거였죠.”

"그래서 거기는 돈 다 받았대요?"

"들어보니 반 정도는 받아낸 모양이더라고요. 백화점에서는 거래처가 가압류 같은 것 걸려 법적 조치되면 무조건 계약해지예요. 그 세계의 법인 것 같더라고요. 그것 때문에 다올은 오성백화점으로부터 계약해지 당하고 쫓겨났어요."

이 과장은 윤하가 그 업계의 계약 시스템에 대해 이해를 못할까봐 걱정됐는지 차분하게 설명을 덧붙였다.

"그래서 다올 사장은 지금 어디에 있나요?"

"이런 일이 일어나고야 알게 됐는데 다올이 백화점 매장 입점할 때 시설비 잔금부터 납품대금까지 여기저기 걸린 돈이 장난이 아니더라고요. 하나가 그렇게 터지니 그동안 기다리던 사람들이 모두 다 달려들어 아우성을 치니 몸을 피했죠."

윤하는 남편이 중국 어디로 갔는지 궁금했다. 남편은 자신이 왜 중국으로 가는지 윤하가 납득할 만한 이유를 제대로 알려주지 않았다. 그것이 가장 화나고 답답했다.

"사장님은 어디로 간다고 하던가요? 문자에는 중국 거래처에 잠시 머물겠다고 하던데, 사채업자 때문에 협박받는다는 말은 또 무슨 말이고요?"

이 과장은 총알처럼 물어오는 윤하의 질문에 잠시 창밖으로 고개를 돌렸다. 그녀도 그동안의 이야기를 간단하게 말하기 힘든 것 같았다. 잠시의 시간을 둔 후, 그녀는 다시 설명하기 시작했다.

회사에서는 몇 년 동안 계속 해오던 봄 시즌 수출 오더를 포기할 수가 없어 우선 사채를 썼다고 했다. 다올에서 돈이 들어오면 주겠다고 하고 단기로 썼는데 갑자기 다올이 이렇게 터져버려 갚을 길이 없어졌다고 했다. 사채업자들이 그걸 어떻게 알고 찾아와 돈 내놓으라고 매일 와서 협박하는 통에 사장님은 사무실에 나올 수가 없게 되었다고 했다. 그가 갑작스레 중국으로 간 것은, 다올 사장이 중국에 있다는 정보를 입수하게 되어 겸사겸사 그를 찾아보려는 목적도 있다고 했다. 윤하는 일이 어쩌다가 이 지경까지 왔느냐고 한탄하려다가 문득, 이 사무실에 이 과장 말고는 아무도 없다는 데 생각이 미쳤다. 그제서야 정신을 차리고 사무실 직원들은 다 어디 갔느냐고 물었다. 직원들은 지난 주까지 일하고 다 퇴사했다고 했다. 그러면 이 과장님은 어떻게 아직 계시느냐고 물었다.

"네덜란드에 '오리리'라고, 사장님이 유성물산에 계실 때부터 거래하던 브랜드가 있어요. 거기에 아직 납품 끝나지 않은 게 있어 저는 그걸 마무리해야 그만둘 수 있어요."

결국 이 과장도 그만둔다는 말이었다. 그 일이 끝나고 나면 이 과장님은 어디 가실 곳이 정해졌느냐고 물었다. 아이가 어려 잠시 쉬고 싶다고 했다. 당분간은 고용보험 받으면서 천천해 알아보겠다고 했다. 마지막까지 사무실을 지켜준다니 그것은 고마운 일이었다. 언젠가 남편이 이 과장에 대해 지나가는 말로 얘기했던 적이 있었다. 성품이 무던하고 책임감이 강한 사람이라고. 윤하는 이 과장의 설명을 다 듣고 나서도 해소되지 않은 의문점들이 있었다. 생각나는 대로 이것저것 물었다. 이 과장은 표정이 어두워지더니 한숨을 내쉬었다. 문제가 많은 것 같았다.

"사채 말고도 외상대금이 여기저기 좀 있어요. 아직 선적하지 않은 제품이 있어서 그거 선적하고 L/C 오픈되면 은행에서 '네고'라도 해서 돈을 먼저 좀 받아서 처리를 해야 해요. 그 돈으로 플러스, 마이너스가 다 될지는 저도 모르겠어요."

"경리도 그만두었는데 그 일을 누가 하나요?"

"그걸 고민했어요. 사장님 말씀이 사모님께서 직장생활할 때 종합상사 자금부에 오래 계셨다고."

"그랬지요."

"그럼 사모님께서 좀 맡아서 해주시면 안 될까요? 저는 영업하고 생산 쪽 업무만 해서 그쪽 일은 잘 몰라요. 사장님께서도 사모님께 부탁해보라고 하셨어요."

아, 이 많은 일을 펴질러놓고 혼자 도망가는 것도 모자라 아내에게 이런 일들을 처리하도록 하는 사람이라니, 그런 사람하고 16년을 살을 맞대고 살았구나. 윤하는 서글픈 생각이 들었다. 무모하고 어리석은 사람은 남편이 아니고 자신이라는 생각이 들었다. 자신의 능력이 되는 한은 일처리를 맡아 하겠다고 이 과장에게 말했다. 비록 상황이 이렇게 됐지만 다른 거래처들에 피해는 가지 않도록 해야 했다.

윤하의 말을 들은 이 과장은 구세주를 만난 표정이었다. 이 과장이 이 회사로 옮겨올 때 몇몇 부자재업체들을 함께 데리고 왔다고 했다. 아주 소규모 업체들이어서 적은 금액에도 쓰러질 수 있는 회사들이라고 했다. 개인적인 인간관계가 얽혀 있어 책임을 다하지 않으면 자신이 괴로울 것 같다고 했다. 아무리 생각해도 이게 보통 일이 아니었다. 윤성만 문을 닫는다고 될 일이 아니라는 중압감이 윤하의 가슴을 눌렀다. 윤하는 다음날부터 사무실에 나오기로 했다. 이 과장은 마지막 남은 수출업무를 처리해야 하니 윤하가 경리업무를 대신 마무리하기로 했다.

이 과장과 거기까지 얘기하고 사무실을 나섰다. 밖은 어느덧 어둠이 내리고 있었다. 계단을 내려오는 다리에 힘이 주르륵 풀렸다. 어떻게 내려왔는지도 모르게 1층까지 왔다. 가방 속에서 키를 꺼내 마당에 주차한 차를 향해 버튼을 눌렀다. 문을 열고 들어가 운전석에 털썩 앉았다. 상황을 이렇게까지 만들어버린 남편에 대한 분노가 가슴 깊은 곳에서부터 솟구쳐올랐다. 등받이에 몸을 기대고 고개를 뒤로 젖혔다. 전면 유리 너머로 보이는 저녁 하늘엔 황금색 초승달이 걸려 있었다. 가만히 달을 쳐다보고 있자니 자신도 모르게 주르륵, 눈물이 흘러내렸다. 눈물은 오래도록 그칠 줄을 몰랐다.

3. 통보

성현은 지하 3층에 있는 라커룸에서 '에브리원샐러드' 유니폼을 갈아입는 것으로 하루 일을 시작했다. 집에서 입고 온 체크 무늬 남방셔츠를 벗고 연두색 티셔츠와 감청색 멜빵 앞치마를 입었다. 앞치마와 같은 색의 캡을 쓰고 벽에 걸린 거울에 얼굴을 비춰봤다. 모자도, 명찰도 다 똑바르게 되어 있었다. 성현은 거울 속 자신에게 씩, 한번 웃어줬다. 오늘도 최선을 다해 열심히 일하는 거야! 그녀는 오른손으로 불끈 주먹을 쥐고 힘차게 올렸다가 내렸다. 그 행동은 매일 아침, 자신과의 맹세와 같은 것이었다.

라커룸을 빠져나와 빠른 걸음으로 계단을 올라갔다. 식품부 매장은 지하 1층에 위치해 있었다. 두 개 층이나 걸어올라가야 했다. 빠르게 계단을 올라 매장으로 통하는 문을 열고 들어섰다. 그렇게 들어서면 매장마다 그날 판매할 제품을 만드느라 사람들이 정신없이 일하는 모습을 볼 수 있었다. 누가 들어오고 나가는지, 신경쓰고 돌아보는 사람은 아무도 없었다. 그런데 오늘은 분위기가 달랐다. 각자 자리에서 영업 준비를 하고 있어야 할 입점업체 사람들이 중앙 통로에 모여 웅성거리고 있는 것이었다. 족히 예닐곱 명은 돼 보였다. 아침에 무슨 일이 일어난 것이 분명했다.

성현은 사람들이 모여 있는 쪽으로 발걸음을 옮겼다. 의아한 표정으로 빠르게 걸어오는 성현을 보고 맨 먼저 입을 연 것은 윤하였다.

"성현 씨, 본사에서 얘기 전해들었어?"

"무슨 얘기?"

"식품부 리모델링한다는 얘기."

어제 마감세일 전에 윤하가 했던 말이 생각났다. 어쩌면 리모델링이 있을지도 모른다고 했던 말이었다. 마감세일 때문에 더 얘기할 시간이 없어서 나중에 하자고 미뤄뒀던 얘기였다. 자신은 돈도 못 모아뒀는데 어떻게 하느냐고 걱정스런 표정을 지었지만 정말 리모델링이 있으리라고는 생각지 않았다. 더구나 이렇게 바로 코앞에 다가왔으리라고는.

"난 못 들었어. 근데 확실하게 정해진 거야?"

"응. 내년 1월에 시작하기로 결정났대. 우리 본사에서는 아침에 연락왔어."

윤하가 확실하게 말했다. 성현은 그 자리에 선 채 날짜를 따져봤다. 오늘이 12월 2일이니 겨우 한 달밖에 남지 않았다. 리모델링 비용을 마련하기에는 너무 촉박한 시간이었다.

"아니, 이건 빨라도 너무 빠르잖아."

그녀는 금방 볼멘 얼굴이 되며 말했다.

"그러니 말이야. 돈이 준비되지 않은 사람들은 어떻게 하라는 건지."

윤하의 얼굴도 근심으로 가득했다.

식품부 리모델링은 작년부터 떠돌던 이야기였다. 백화점을 찾는 고객들은 대부분 깔끔하고 세련된 분위기를 좋아했다. 하지만 내부 인테리어는 시설한 지 오륙 년만 지나면 빛을 잃고 낡아버렸다. 주변에 신규 오픈하는 타 백화점이라도 생기면 아무리 충성 고객들이라도 금방 발길을 돌렸다. 그들을 붙잡아두지 못하면 매출은 바로 곤두박질쳤다. 백화점에서는 그런 일이 생기기 전에 미리 준비를 해두어야 했다. 인테리어가 낡아간다 싶으면 리모델링을 단행했다.

백화점 전관을 한꺼번에 하면 총 매출에 지장이 있을 뿐만 아니라 고객들을 놓칠 수가 있었다. 그래서 시간을 두고 각 층 별로 돌아가며 실시했다. 더 새롭게, 더 고급스럽게, 더 편리한 쇼핑을 할 수 있도록 최신 감각의 인테리어로 바꿨다. 그리고 여러 가지 홍보와 함께 재오픈했다. 그렇게 하면 한동안은 또 그럭저럭 매출을 올릴 수 있었다. 문제는 여기에 들어가는 비용을 모두 입점업체들에 전가시킨다는 것이었다.

입점업체 입장에서 리모델링은 큰돈을 재투자해야 하는 일이었다. 자금력이 약한 그들에게는 큰 부담이었다. 재투자가 부담스러워 리모델링에 참여하지 않으면 계약은 자동 종료됐다. 그동안 이곳에 투자한 시설이라든가, 영업권, 이 모든 것을 두고 빈손으로 나가야 한다는 것을 의미했다.

"사장님은 어떻게 할 겁니까? 저는 매출이 잘 안 나와서 그 많은 비용을 재투자하며 매장을 유지해야 하는지 고민되네요."

최 사장이 성현을 보며 말했다.

"저도 너무 갑작스럽게 당한 일이라 어찌해야 할지…."

그녀는 난감한 얼굴로 말했다.

"그렇다고 매장 빼면 어디 가서 또 뭘 하겠어요? 다른 데 가도 투자금 들어가는 것은 마찬가지잖아요."

이 사장이 머리를 긁적이며 두 사람의 대화에 끼어들었다. 이 사장의 롤초밥 매장은 이곳 식품부에서 장사가 잘되는 몇 손가락 안에 들었다. 어느 정도 비용을 내더라도 계속 있겠다는 생각인 것 같았다. 윤하가 나서며 단호하게 말했다.

"이번에는 예전처럼 업체들에게 인테리어 비용 다 물리지는 못할 거예요."

"왜요?"

최 사장, 이 사장, 성현이 한꺼번에 입을 모아 윤하에게 물었다.

"제가 어제 리모델링에 관해 인터넷에서 검색을 좀 하다가 그동안 우리가 모르고 있던 사실을 알아냈어요. 이제부터는 리모델링할 경우, 그 비용을 백화점 반, 입점업체 반, 이렇게 내야 한다고 공정거래위원회에서 결정했다더군요."

"어머, 그래요?"

윤하의 말에 세 사람 표정은 금세 밝아졌다.

"그동안은 리모델링하면서 모든 비용을 입점업체에만 물려 문제가 많았잖아요. 분쟁도 잦았고요. 공정거래위원회에서 그것이 부당하다고 판결냈나봐요. 신문과 뉴스에는 이미 발표가 됐다는데 정작 우리들만 모르고 있었어요."

"그래요? 그것 정말 잘된 일이네요. 그럼 이번엔 부담이 반으로 줄겠군요. 여기 매장들 대부분 평균 4평씩인데 평당 천만 원씩만 잡아도 4천만 원, 4천만 원의 반은 2천만 원. 2천만 원 정도면 되겠네요."

이 사장이 얼른 계산해서 답을 냈다.

"아우, 2천만 원은 누구 집 개 이름인가요?"

성현의 볼멘소리였다.

"그러게요. 현재 우리들 상황에서는 그것도 적은 돈이 아닙니다."

최 사장이 성현의 말에 동조했다. 표정을 보니 상당히 부담스런 모양이었다.

올해는 전체적으로 경기가 너무 안 좋았다. 생긴 지 오래된 은련백화점은 특히 더 그랬다. 몇몇 매장만 제외하고는 대부분 힘들게 유지해가고 있었다. 겉으로 잘되는 것 같이 보이는 매장이라도 막상 속을 들여다보면 빈껍데기인 경우도 많았다. 백화점에 지불해야 하는 수수료가 높아 정상가격으로 판매해야만 어느 정도 이익이 났다. 하지만 요즘 같은 경우엔 하루 종일 장사가 안 되다 저녁시간이 되어야만 고객들이 몰려왔다. 8시가 폐장이라 2시간 전부터는 마감세일로 판매를 하는데 대부분 고객들이 그것을 알고 있기 때문이었다.

물건을 팔수록 손해가 나는 매장도 많았다. 백화점 측에서는 총매출 대비 수수료를 받았기에 입점업체의 순이익에 대해서는 신경쓰지 않았다. 업체가 아무리 손해를 보더라도 총매출만 올라가면 백화점은 수익이 오르는 구조였다. 그러니 반타작 세일을 하든, 다 팔지 못하든, 무조건 많이 만들어 쌓아놓고 팔라고 닦달하는 것이었다. 이런 상황에서 재투자를 결정한다는 것은 쉬운 일이 아니었다.

성현이 사람들과 함께 그런 걱정들을 나누고 있는데 뒤에서 카랑카랑한 목소리가 귀를 찢었다.

"영업 준비 안 하고 다들 여기 모여 뭐하시는 겁니까?"

돌아보니 역시 정 대리였다. 사람들은 슬금슬금 정 대리의 눈치를 보며 자기 매장으로 돌아갔다. 하지만 성현은 아직 본사의 통보를 받지 못한 터라 그대로 선 채 물었다.

"모두들 리모델링 건으로 이야기하고 있었습니다. 그게 사실입니까?"

"다들 본사에서 연락받았을 거 아녜요?"

정 대리는 그녀 특유의 말투로 말했다.

"저는 아직…."

"그럼 기다리세요. 백화점에서는 가맹업체 본사하고 공문으로만 이야기합니다. 개인업체하고는 말하지 않으니 그렇게 알아두세요."

냉기가 뚝뚝 떨어지게 말을 던진 정 대리는 구둣발 소리를 또각거리며 멀어져갔다. 그렇게 차갑게 할 필요까진 없지 않은가? 성현은 정 대리의 그 태도가 과하다는 생각이 들었다. 아니, 과한 정도가 아니었다. 황당하고 어이가 없었다. 성현은 그 자리에 선 채로 정 대리의 뒷모습을 멍하니 바라보다 자신의 매장으로 들어왔다. 들어오자마자 에브리원샐러드 본사 한 사장에게 전화부터 걸었다.

"사장님, 안녕하세요."

"아, 이성현 사장님. 그러잖아도 전화드리려던 참이었습니다. 내년 1월 4일부터 리모델링하기로 결정됐다고 백화점에서 공문이 왔네요."

"저도 그 얘기 듣고 전화드리는 겁니다. 그럼 우린 어떻게 해야 하는 건가요?"

성현은 본론부터 말했다.

"식품매장은 1월 한 달 동안 폐쇄하고 인테리어를 할 계획이랍니다. 계약을 연장할 것인지, 종료할 것인지만 결정해달라네요."

"조건은요?"

"의사결정은 12월 25일까지, 신규 인테리어 비용은 28일까지 납부해야 하는 조건입니다. 공사 기간 한 달 동안만 휴업하고 2월 4일경에 재오픈한답니다."

"비용은 얼마나 되는데요?"

성현은 가장 궁금해하는 금액에 대해 물었다.

"평당 천만 원씩 해서 면적대로 나온대요. 우리 매장은 4평이니까 4천만 원 정도 되겠네요."

"4천만 원요?"

"대충 계산하니 그렇게 나오네요."

성현은 조금 전 윤하에게 들었던 말이 생각났다. 한 사장은 거기에 대해서는 모르고 있는 것 같았다. 그 말을 해줘야겠다는 생각이 들었다.

"사장님, 내년부터는 리모델링할 때의 비용을 백화점과 입점업체에서 반반씩 부담해야 한다고 하더라고요. 공정거래위원회에서 그렇게 결정했다고 들었어요. 사장님은 여기에 대해 모르고 계신가요?"

한 사장이 이 사실을 모르고 있었다면 적잖이 놀랄 것이라 생각하고 성현은 그의 반응을 기대했다. 하지만 한 사장은, 그건 별 것 아니라는 식으로 말했다.

"아, 어디서 무슨 말을 들으셨나보네요. 하지만 그건 공정거래위원회 말이고요."

이건 또 무슨 소리란 말인가? 성현은 윤 사장의 말에 놀라 다시 물었다.

"그 말씀은, 백화점에서는 공정거래위원회의 명령을 지키지 않아도 된다는 건가요?"

"그럴 수는 없죠. 거기 법을 따르지 않고는 대한민국에서 기업을 운영해나갈 수 없죠. 다만 법을 피해 편법을 쓴다는 거죠."

사장의 말에는 여유가 묻어났다. 어쩐지 뻔뻔한 느낌의 여유였다.

"편법요?"

성현은 자신의 가슴이 마구 뛰는 것을 느끼며 물었다.

"일단 기존 업체와의 계약을 모두 종료하고 내보내는 거죠. 백화점 계약은 기본 계약기간이 1년이잖아요. 특별한 문제가 없는 업체에 한해서만 해마다 자동 연장되는 것이지요. 1년이 넘은 업체들은 상황에 따라 언제나 계약 종료가 가능해요. 그건 계약서에 분명히 명시되어 있습니다. 그 다음에 다른 브랜드 이름으로 새로 계약을 맺어 주는 겁니다. 기존 계약업체에는 공정위의 법을 지켜야 하지만, 신규 계약업체에는 그것이 적용되지 않거든요. 백화점에서는 결국 인테리어 비용을 백퍼센트 다 내는 곳에만 매장을 다시 내주는 겁니다."

"그럼 리모델링 후, 우리 에브리원샐러드는 브랜드 이름을 바꿔야 하는 겁니까?"

성현은 다시 물었다.

"그렇죠. 이런 일에 대비해서 대부분의 가맹본사에서는 상표 등록된 이름을 두세 개씩 가지고 있습니다."

"우리 회사도 다른 브랜드가 있나요?"

"네. 우리 같은 '을'이 '갑' 밑에서 영업하고 사는 한은 별 수가 없어요."

상상하지 못했던 백화점의 꼼수였다. 어쩌면 요즘처럼 전체 매출이 점점 떨어질 때에는 자금력이 달려 재투자를 버거워하는 소규모 입점업체들은 아웃시키고 싶어하는지도 몰랐다. 새롭게 투자가 가능한 신규 업체들을 입점시키는 것이 그들의 목적이었을지도 몰랐다.

대부분 신규 업체들은 공격적 투자를 하기 때문에 초기 손익은 잘 따지지 않는 편이었다. 오픈 후, 일정 기간의 손해는 투자로 생각하기 때문이었다. 처음이라 백화점에서 하라는 대로 말도 잘 들을 테니 관리하기엔 또 얼마나 편하겠는가?

가맹본사의 대응에도 문제가 있었다. 그들은 웬만하면 '갑'인 백화점과 부딪치지 않으려 했다. 부당한 꼼수에 맞서 싸우기보다는 그들이 시키는 대로 하는 것이 편했다. 모든 비용은 자신들이 내는 것이 아니었다. 가맹점인 현장 입점업체가 내는 것이었다. 백화점과 가맹본사 사이에는 입점업체가 모르는 커넥션이 형성되어 있었다. 정 대리가 성현에게 모든 것을 본사와 얘기하라고 했던 이유를 이제야 알 것 같았다.

성현은 작업실로 들어갔지만 일이 손에 잡히지 않았다. 가슴 깊은 곳에서 작은 불길이 일어나는 것 같았다. 그것은 점차 큰 불길로 변해 온몸으로 번져가는 느낌이었다. 가슴이 뜨거워졌다. 냉장고를 열어 생수병을 꺼냈다. 뚜껑을 열고 차가운 생수를 벌컥벌컥 들이켰다. 가슴의 열기가 쉬이 사그라지지는 않았다.

성현은 자기 앞에 주어진 삶에 언제나 최선을 다했다고 생각했다. 하지만 세상은 결코 자신에게 페어플레이를 해주지 않았다. 항상 이런 식으로 뒤통수를 쳤다. 성현은 이제 자신이 세상을 어떻게 대해야 할지 다시 암담해졌다. 그녀의 머리는 온갖 생각으로 복잡해졌다. 하지만 오픈 시간이 얼마 남지 않았다. 그 시간까지 제품을 완성하려면 다른 생각을 하고 있을 여유가 없었다. 지금부터 일을 시작해야만 했다. 냉장고를 열어 그 속에 있는 재료들을 꺼냈다. 두 손은 빠르게 움직였지만 그녀의 머릿속엔 자신의 의지와는 달리 수많은 생각들이 몰려왔다 몰려갔다.

그 많은 생각들의 한 귀퉁이에 그녀의 남편이 서 있었다. 성현은 그의 모습을 가만히 떠올려봤다. 하지만 스포츠형으로 짧게 깎은 그의 머리 모양밖에는 생각나지 않았다. 얼굴이 그려지지 않았다. 그녀는 눈을 깜빡였다. 그려지지 않는 그의 얼굴이 눈을 깜빡인다고 보일 리는 없었다. 힘든 노동 속에서 자신도 모르게 잊혀졌던 그의 얼굴을 보고자 했던 무의식의 발현이었다.

성현의 남편은 한때 꽤 유명했던 프로 축구선수였다. 하지만 지금은 교도소에 복역 중인 죄수일 뿐이었다. 출소하려면 앞으로 1년이나 더 있어야 했다. 성현이 그의 얼굴을 못 본 지는 벌써 석 달이나 됐다. 혼자 일하는 이곳에서는 매장을 비울 수 없어 시간을 낼 수 없기 때문이었다. 백화점에는 휴무일이 한 달에 단 한번뿐이었다. 그 휴무일마다 남편 면회를 갔는데 지난 달과 지지난 달엔 아들의 청소년 축구경기가 광주와 대구에서 열렸다. 그곳에 두 번 다 다녀오느라 남편 면회를 가지 못했다. 며칠 후에 있을 이달의 휴무일에는 무슨 일이 있어도 다녀와야 했다.

은련백화점에 들어오기 전, 성현은 한국의 백화점 휴무일이 한 달에 단 한번뿐이란 것을 알지 못했다. 알았다면 달라졌을까? 이곳에 들어오지 않았을까? 아닐 것이다. 그때 그녀에게는 선택의 여지가 없었다. 쉬는 것을 따질 형편이 아니었다. 남편의 옥바라지를 하고 청소년 축구선수인 아들 뒷바라지를 하려면 어떻게 해서든 일자리를 만들어 돈을 벌어야 했다.

하지만 막상 어렵게 입점하여 일을 하다보니, 한 달에 한번만 있는 휴무제에는 문제가 있다는 것을 알게 됐다. 매일 11시간의 노동을 해야 하기 때문에 체력에 무리가 오는 것이었다. 성현은 올해로 마흔이 됐다. 더 이상 젊은 몸이 아니었다. 매달 29일이나 30일을 일하다보니 노동시간으로 계산하면 한 달에 319시간, 또는 330시간을 일하는 것이었다. 대한민국 일반 노동자들의 거의 두 배에 해당하는 노동이었다.

그렇게 벅찬 노동시간이었지만, 개인적인 일로 매장 문을 임의로 닫을 수는 없었다. 그것은 백화점에서 규정한 매장 계약해지 조건에 해당하기 때문이었다. 다른 사람들처럼 알바를 채용하여 도움을 받을 수는 있었다. 하지만 그렇게 하면 자신이 얻을 수 있는 수익이 얼마 되지 않았다. 혹여 매출이라도 떨어지는 달엔 자신의 월급도 가져가지 못할 수가 있었다. 고정적인 수입을 창출하려면 아무리 힘들어도 혼자 하는 수밖에는 없었다. 성현이 이 매장을 유지해가는 유일한 방법이었다.

성현은 법 없이도 살아왔던 남편이 투옥된 것이 너무 억울했다. 하지만 냉정한 법의 기준으로 볼 때 그는 범법자가 맞았다. 3년 전, 성현의 남편은 자신이 책임자로 있던 F스포츠재단에서 이중으로 만들어진 허위 계약서에 서명을 했던 것이다. 그리고 그 사실을 법정에서 모두 시인했다. 그 사건은 전직 프로 축구선수가 불법적인 이득을 취할 목적으로 이중 계약서를 만들어 재단에 큰 손해를 끼쳤다는 것으로 한동안 매스컴을 타기도 했다. 불법적인 것은 맞았지만 그 허위 계약은 자신의 의지로 한 것이 아니었다. 위에서 시킨 대로 한 것이었다. 위에서는 법정에서 순순히 시인을 하면 유명 로펌의 변호사를 선임하여 금방 빼어줄 테니 안심하라고 했다. 하지만 사건은 그가 전혀 예상하지 못했던 방향으로 흘러갔다. 누군가의 제보로 사건이 언론에 노출되면서 관례를 뿌리뽑아야 한다는 여론에 몰렸던 것이다. 뒤를 봐주겠다고 약속했던 사람들은 모두 발뺌을 했고 성현의 남편은 엄청난 벌금과 함께 3년이나 되는 실형을 선고받았다.

현 권력의 끄나풀이었던 윗선에서는 그 파장이 자신들에게 밀어닥칠까 두려워했다. 오랜 운동선수 생활로 신의와 의리를 최고의 덕목으로 여겼던 그는 모든 죄를 오롯이 혼자 뒤집어썼다. 이용당했다는 것을 깨달았을 때는 이미 늦은 뒤였다. 나중에 그는 자신이 어리석었다는 것을 부인하지 않았다. 단순하고 우직한 사람이었다. 축구 말고는 할 수 있는 것이 아무것도 없었다. 프로 축구단에서 잘 나가는 선수로 뛸 때만 하더라도 다른 일은 생각하지 않았다. 오직 운동에만 몰입하여 자신의 능력을 인정받겠다는 마음이었다. 나이가 들어 축구를 그만둬야 하는 시간이 온다면 코치나 감독으로 일할 생각이었다. 그의 실력 정도면 충분히 가능한 일이었다.

불행은 예고 없이 찾아왔다. 경기 도중 상대편 선수와 부딪쳐 쓰러졌는데, 그 위로 또 다른 선수가 걸려 그의 오른쪽 다리를 밟으면서 넘어졌던 것이다. 그 사고로 그의 오른쪽 정강이뼈는 완전히 으스러져버렸다. 병원에 입원한 기간은 채 1년이 되지 않았지만 선수로서의 그의 생명은 그 시간 동안 완전히 끝나버리고 말았다. 퇴원을 할 때 그는 오른쪽 다리를 살짝 절면서 병원을 나왔다. 축구가 전부였던 그의 방황은 몇 년이나 계속 됐다. 그래도 꽤 많은 보상금이 있어 가정 경제는 그리 힘들지 않게 살 수 있었다.

몇 년 전, 그에게 뜻하지 않은 행운이 찾아왔다. 현역에 있을 때 가깝게 지냈던 선배의 추천으로 F스포츠재단의 단장 자리에 앉게 됐던 것이었다. 그는 오랜 방황을 멈추고 재단에 나가 열심히 일했다. 그곳에서 일한 지 겨우 2년 만에 그 사건이 일어났다. 그때는 몰랐지만, 사실 그에게 주어진 그 직책은 그쪽 카르텔 내의 권력자들이 추후 일어날지 모르는 위험한 상황에서 빠져나가기 위해 그에게 던진 미끼였다. 행운으로 생각했던 단장 자리가 빠져나올 수 없는 올가미로 바뀌는 데는 2년밖에 걸리지 않았다. 예전부터 통상 일어났던 일이고, 관례로 넘어갔던 재단 내의 부정 계약이 누군가의 투서로 감사에 걸렸다. 그 위험성이 원래부터 존재했었다는 것을, 자신이 거기에서 벗어나기 힘들었다는 것을 알게 됐을 때는 이미 판결이 끝난 후였다. 엄청난 금액의 벌금과 소송비, 변호사 비용은 그가 그동안 축구선수로 뛰면서 모아놓은 모든 재산을 잃게 만들었다. 행운처럼 그에게 주어진 F스포츠재단 단장이란 직책은, 세상모르는 그에게 세상이 던진 미끼이자 올가미였다.

성현은 야채 냉장고에서 양상추 열 포기를 꺼내 비닐 포장을 벗겨냈다. 양상추를 한 장 한 장 손으로 뜯어 싱크대 수조에 담았다. 그것을 먹기 좋은 한 입 크기로 다시 뜯었다. 양상추나 양배추는 칼을 써

서 자르면 안 됐다. 쇠가 지나간 자리는 산소와 접촉하면 갈변현상이 일어났다. 잘린 자리가 누렇게 변하고 신선하지 않아 보였다. 그런 이유로 아무리 힘들어도 일일이 손으로 뜯어야 했다. 양이 워낙 많다 보니 단단하게 알이 배긴 것들은 손톱이 아플 때도 있었다.

다 뜯어내고 나면 수돗물을 틀어놓고 깨끗이 씻어냈다. 양상추는 조직이 약해 손에 힘을 주면 쉽게 부스러졌다. 아기 엉덩이 만지듯 살살, 그러면서도 흙이나 먼지가 깨끗하게 씻기도록 정성을 다해야 했다. 그렇게 몇 번을 씻어내고 나면 수조에 물이 잠기도록 하고 나서 제빙기에서 얼음을 몇 바가지 꺼내넣었다. 얼음물에다 30분 정도 담가두었다가 탈수시킨 양상추는 조직이 싱싱하게 살아나고 식감이 아삭아삭해졌다. 당일은 물론 냉장고에 보관하면 다음날까지 신선한 맛이 유지됐다. 얼음물에 담근 손이 시려워 몇 번이나 호호거리면서도 성현은 이렇게 번거로운 공정을 매일 아침 거쳤다. 다른 샐러드 매장에서는 하지 않는 공정이었다.

얼음물에 냉찜질을 한 양상추를 야채용 탈수기에 옮겨넣고 스위치를 눌렀다. 시간은 단 1분이다. 그 정도만 돌려야 물기가 적당히 털리고 식감이 아삭하게 유지됐다. 물기가 완전히 빠지지 않은 양상추는 드레싱을 싱겁게 만들었다. 그리고 장시간 보관도 힘들게 했다. 수분은 야채를 싱싱하게 만들기도 하지만 온도가 올라갈 땐 조직을 무르게 해 쉽게 상하게 만들었다. 더도 덜도 아닌, 딱 적당한 선을 유지하는 게 신선하고 아삭한 샐러드를 만드는 비법이었다.

샐러드는 기본 재료가 양상추였다. 하지만 제품 별로 여러 가지 녹색 야채와 과일, 치즈, 베이컨, 소시지, 견과류, 해산물까지도 추가로 토핑해야 했다. 가공된 제품을 그대로 슬라이스해서 쓰기도 하지만 볶거나 데쳐서 요리를 해야 하기도 했다. 매일 만드는 제품도 있었고 이틀에 한번씩 만드는 제품도 있었다. 샐러드 종류 별로 만드는 방법과 보관 시간이 다 달랐다.

성현은 작업대 위에 투명한 샐러드팩들을 두 줄로 늘어놓았다. 씻어서 탈수해둔 양상추들을 팩마다 정량으로 담았다. 그 위에 토핑 재료들을 일일이 얹은 뒤 뚜껑을 덮었다. 작업이 끝난 샐러드 제품들은 매장을 향해 오픈 방식으로 설치해놓은 냉장 쇼케이스에 차례로 진열했다. 그렇게 하면 샐러드 제품 1차 작업은 끝난 것이었다. 드레싱용 소스는 제품별로 따로 만들어둔 것을 작은 케이스에 일일이 소분해 샐러드 용기 옆에 쌓아두어야 했다.

간장과 식초, 설탕, 올리브오일, 검정깨를 각 배율로 섞은 오리엔탈 소스가 고객들이 가장 많이 선택하는 제품이었다. 발사믹 식초를 이용하는 발사믹 소스, 검은깨를 믹서에 곱게 갈아 만든 흑임자 소스, 갈아 만든 여러 가지 과일과 마요네즈를 섞어 만든 키위 소스, 오렌지 소스, 유자 소스, 사과 소스…. 성현이 이곳에서 만들어내는 소스들만 해도 거의 10여 가지나 됐다. 이 소스들은 한번 만들면 며칠은 사용할 수 있기 때문에 대개는 고객들이 뜸한 시간에 미리 만들어 뒀다. 아침에는 일회용 용기에 소분만 해서 담으면 되는 것이니 이 작업은 그리 시간이 많이 걸리지 않았다.

그 다음에는 양상추가 많이 들어간 샐러드 샌드위치도 만들어야 했고, 프랑크 소시지와 야채가 함께 들어간 소세지 빵도 만들어야 했다. 혼자서 만들기엔 엄청난 양의 일이었다. 하지만 성현은 언제나 그렇듯 오늘도 묵묵히 작업을 했다.

성현이 모든 제품을 완성해 쇼케이스에 완전 진열을 마쳤을 때에는 오픈 10분 전이었다. 이제 그녀의 앞에는 수많은 고객들을 상대해야 하는 판매의 시간이 기다리고 있었다. 이젠 정말로 다른 생각은 할 수 없는 시간이 오는 것이다. 백화점 고객을 상대하는 일은 몸과 마음을 모두 집중해야 하는 정신적, 육체적 노동의 집약체였다.

4. 소사장

오늘 이 사장은 마감 10분 전에 모든 제품을 완판했다. 며칠이나 계속 제품을 남기다 모처럼 완판을 했지만 기분은 그리 좋지 않았다. 아침에 본사에서 온 전화 때문이었다. 그의 매장은 제법 장사가 됐기 때문에 리모델링 비용을 다 내더라도 이곳에 남아 있을 생각이었다. 며칠 전 본사에서 이 사장의 의사를 타진해왔을 때 그는 남아 있겠다는 뜻을 확실히 밝혔다.

그가 이곳 롤초밥 매장을 인수한 것은 2년밖에 되지 않았다. 리모델링을 신청한다는 것은 그동안 번 수익금의 반을 다시 재투자해야 하는 일이었다. 하지만 이번에 신청하고 별일만 일어나지 않는다면 앞으로 5년 정도는 그대로 영업을 할 수 있었다. 이곳에서는 몇 안 되는 잘되는 매장인데 그냥 놓아버리기가 아까웠다. 재투자한 돈은 다시 벌면 된다는 통 크고 긍정적인 생각을 하고 있었다.

하지만 오늘 아침에 받은 본사로부터의 전화는 하루 종일 그를 일에 집중하지 못하도록 만들었다. 이 일을 스스로 결정하기 힘들었다. 생각에 생각을 거듭하다 내린 결론은 윤하에게 조언을 구해봐야겠다는 것이었다. 그녀는 이 사장보다 두 살 위인데다가 이곳에 들어온 시기도 1년 정도 앞섰다. 백화점에서 일했던 경험이 전혀 없던 이 사장이 처음 이곳에 왔을 때 많은 도움을 줬던 사람이었다. 그런 이유로 이 사장은 평소에 그녀를 '베이커리 누님' 또는 그냥 '누님'이라고도 부르며 잘 따르고 있었다.

이 사장은 힐끗 윤하의 매장을 건너다보았다. 그녀도 오늘 만든 제품을 다 팔았는지 바쁘게 매대 정리를 하고 있었다.

"누님예, 오늘 마감하고 시간이 좀 되능교?"

이 사장은 조심스럽게 물었다. 윤하는 하던 일을 멈추고 그를 쳐다봤다.

"시간이야 만들면 되는데, 왜? 무슨 일 있어?"

"쪼매 말씀드릴 일이 있어가꼬 끝나고 한잔했으믄 싶어서예."

"우리 둘만? 아님 최 사장님, 성현도 같이?"

"같이 있어도 좋고예."

두 사람이 같이 있어도 좋다면 분명 리모델링에 관한 의논일 것이라고 윤하는 생각했다. 잠시 대화를 하면서 보니 이 사장의 얼굴은 근심으로 가득했다. 무슨 문제가 생긴 것이 분명해보였다.

"그러지 뭐. 장소는?"

"맨날 가는 데로 하입시더. 거기가 마 이바구하기는 젤로 편하다 안캅니껴?"

"알았어."

"그라믄 각자 정리하는 대로 거게서 보입시더. 최 사장님한테는 지가 말씀드릴 테니 누님은 샐러드 누님한테 말해주이소."

"그래. 그러면 이따가 거기서 보자."

두 사람의 대화가 끝나자마자 바로 폐점 시그널 음악이 흘러나왔다. 타임 투 세이 굿바이, 윤하가 좋아하는 그 노래가 세계적인 두 남녀 가수의 목소리로 백화점 안에 울려퍼지고 있었다. 언제나 그렇지만 이 노래를 들을 때면 윤하는 어디론가 떠나고 싶은 마음이 가슴에 가득 차오르는 것 같았다. 그러나 그녀에게는 함께 떠날 연인이 없었다. 십오 년을 함께 살아온 남편은 지금 그녀의 곁에 없었다. 그는 윤하와 아들을 두고 혼자 떠나버린 것이었다. 그가 언제 돌아올지 알 수 없었다. 아니, 윤하는 자신이 그를 언제까지 기다릴 수 있을지 알지 못했다. 자신의 마음을 스스로 정확히 알 수 없어 조금 더, 조금 더, 그러면서 3년이나 지난 것이었다. 이윽고 노래가 다 끝났다. 윤하는 포스 마감을 하고 있는 성현에게로 다가갔다. 다른 사람들에게는 들리지 않게 낮은 목소리로 이 사장의 말을 전했다. 다행히 성현도 오늘은 특별한 일이 없다고 했다.

"리모델링 때문에 그러는 것 같지?"

성현이 말끝에 덧붙였다.

"아무래도 그런 느낌이야. 이 사장 매장은 장사가 잘되니 리모델링 신청해서 계속 장사하고 싶어하는 것 같던데 무슨 문제가 생겼나?"

윤하가 대답 겸, 혼잣말을 했다. 두 사람은 마감을 끝내고 포스기 전원을 껐다. 입금을 시키러 갔다가 그곳에서 바로 지하 3층의 라커룸으로 내려갔다. 옷을 갈아입고 백화점을 나와 후문에 위치한 '테라스비어'에 들어섰다. 이 사장과 최 사장은 아직 오지 않은 상태였다. 윤하와 성현은 그들이 항상 앉던 창가 테이블로 가 두 사람을 기다렸다.

테라스비어는 윤하, 성현, 최 사장, 이 사장, 이렇게 네 사람이 한 달에 한번 정도 찾는 곳이었다. 고된 일과를 마치고 나서 이런저런 수다와 함께 피로를 날려버리는 장소였다. 대부분의 이야기는 못된 관리자, 진상 고객들에 관한 것이었다. 너무 화가 나 속이 부글부글 끓어올랐던 사건들도 함께 이야기를 나누고 나면 어느 정도 진정이 됐다. 화나게 만든 사람들을 마른오징어 씹듯 질겅질겅 씹어 뽀얀 크림 거품이 흐르는 생맥주와 함께 목구멍으로 넘겼다. 그러고 나면 모든 스트레스가 함께 넘어가는 느낌이었다. 윤하는 문득 생각이 나 성현에게 물었다.

"혹시 이 사장에게 뭐 들은 얘기 없어?"

오늘 점심시간에 식당에서 이 사장을 만났는데 이상한 얘기를 하더라고 성현이 말했다. 이 사장네 본사에서는 이번 리모델링 때 '무지개 롤초밥' 브랜드를 빼고 다른 브랜드를 입점시킨다고 했다는 것이었다. 그 브랜드는 이 사장과 가맹계약을 하지 않고 본사 직영으로 들인다 했다던가? 성현은 그 말을 하면서, 자신도 그 내용이 잘 이해되지 않는다고 했다.

"그런 게 어디 있어? 이 사장이 여기 인수할 때, 전 운영자에게 돈을 8천만 원인가 주고 들어왔는데."

윤하는 깜짝 놀라면서 말했다.

"그 이야기는 나도 들은 적이 있어. 장사가 잘되는 매장이라 그렇게 많은 돈을 주고 들어왔다고. 근데 가맹계약을 새로 안 해주고 본사가 직영으로 들어오면 이 사장은 투자한 돈 몽땅 공중으로 날리는 거야?"

성현은 걱정스런 얼굴로 말했다.

"그렇게 된다고 볼 수 있지."

윤하도 걱정스럽기는 마찬가지였다.

윤하는 이 사장이 이곳에 입점할 때, 부동산 컨설팅을 통해 들어왔다고 들었다. 그들을 통해 백화점에 입점하게 되면 영업권 명목으로 큰 권리금을 줘야 하는 것으로 알고 있었다. 입점계약도 이 사장 본인이 아니라, 백화점과 가맹본사로 돼 있는 형태라고 알고 있었다. 투자금은 이 사장이 내고 들어왔지만 백화점과의 계약에서 첫 번째 권리자는 가맹본사라는 뜻이었다. 그렇게 입점하는 것은 원래 불법이었다. 백화점에서는 입점업자의 투자금으로 가맹본사가 계약하는 것을 인정하지 않았다. 문제가 생기면 권리관계가 복잡하고 시끄러운 잡음도 생기기 때문이었다.

하지만 쉬쉬하면서 그렇게 입점시키는 가맹본사들이 종종 있었다. 말하자면 나쁜 가맹본사였다. 그 길을 타고 들어오는 사람들은 백화점 입점 루트와 시스템을 잘 모르고 들어오는 사람들이 대부분이었다. 그런 것은 관행이라고 하면 그런 줄 알았다. 정확하게 말하면 본사에 속아 들어오는 것인데, 자신이 속은 것인지도 몰랐다. 그런 식으로 입점하여 멀쩡히 장사하고 있는 사람들이 꽤 있기 때문에 믿지 않을 수가 없었다. 더구나 백화점이란 곳이 대개 대기업 소유다 보니 설마 무슨 일이야 있으랴? 하는 경우도 많았다.

실제로도 아무런 일이 일어나지 않을 때는 계속 영업을 할 수가 있었다. 문제는 어떤 사고가 일어났을 때, 거기에 대한 대책이 없다는 것이었다. 누군가가 그렇게 입점하게 되면 매장에 있는 사람들은 대충 그게 어떤 유형인지 알았다. 하지만 누구도 거기에 대해 입을 뻥긋하는 사람은 없었다. 남의 일에 달려들어 걱정할 만큼 한가한 사람들이 이곳엔 없었다. 모두 다 자신의 매장 운영만으로도 힘이 부치는 사람들이었다.

성현과 윤하는 합법적인 방법으로 입점했기 때문에 이 사장의 매장이 아무리 장사가 잘된다 하더라도 항상 위험하게 보고 있었다. 갑작스런 리모델링으로 인해 그 위험이 생각보다 빨리 다가온 것 같았다. 그가 처음 이곳에 들어왔을 때는 그것이 남의 일이었다. 그동안 이곳에서 일하면서 이 사장과 함께 쌓아온 친분이 있었다. 지금은 내 일처럼 걱정하지 않을 수가 없었다.

맞은편 출입문이 덜컹 열리면서 최 사장과 이 사장이 들어왔다. 성현이 두 남자를 향해 손을 흔들었다. 그들도 윤하와 성현을 향해 손을 흔들었다. 두 사람이 자리에 앉자 윤하가 이 사장에게 급히 물었다.

“본사에서 직영으로 들어오겠다고 했다는 말, 그게 정말이야?”

“아, 들었십니꺼?”

이 사장은 침울하게 말했다.

"여기 큰돈 내고 들어왔잖아. 2년밖에 안 됐는데 그게 말이 되는 얘기야?"

윤하는 자신도 모르게 목소리가 높아졌다. 이 사장은 잠시 그대로 침울하게 있었다. 그러다 뭔가 결심한 듯 조심스럽게 입을 열었다.

"누님 예, 혹시 소사장제에 대해 좀 알고 있습니꺼?"

"잘 알지, 결국 그거야? 본사에서 이 사장보고 소사장을 하라는 거야?"

윤하는 기가 막혔다. 참 세상 뭣같다는 생각이 들었다. 소사장제는 투자는 가맹본사에서 하고 운영은 개인이 하는 시스템이었다. 영업이익을 계약 시 정해진 비율로 나눠먹었다. 초기 자본금이 없는 사람들에게는 돈 없이도 매장을 직접 운영하는 사장이 될 수 있다는 장점이 있었다. 하지만 가맹본사와 수익금을 나눠야 하기 때문에 아무리 열심히 일해도 돈을 버는 데는 제한이 있었다. 뼈 빠지게 일하면 자기 월급 플러스 알파를 얻을 수 있고 제대로 못하면 알바보다도 못한 수익을 가져갔다.

소사장은 사장이라는 이름을 가지고 있지만 엄밀하게 말하면 노동자였다. 하지만 해야 할 일과 맡아야 할 책임은 거의 노예 수준이었다. 백화점 경력이 3년이나 되고 주변 입점상인들과의 소통도 어느 정도 있는 윤하는 이 위험스런 것에 대해 잘 알고 있었다. 하지만 이 사장은 이 시스템에 대해, 더구나 치명적인 단점에 대해서는 제대로 알지 못하는 것 같았다. 나이가 서른아홉이나 먹었지만 총각이라 그런지 세상살이에는 아직 순수한 면이 있었다.

"야. 맞심니더. 지를 보고 그그를 하라카네요."

"그러면 리모델링 비용은 누가 내고?"

윤하는 다시 물었다.

"그그는 전액 다 본사에서 낸다캅니다. 지는 돈을 하나도 내지 말라카네요. 리모델링 끝나면 여기 갖고 있는 오래된 집기들도 다 빼불고 본사에서 모든 비품, 그러니까 숟가락 몽뎅이 하나까지도 싹 다 쌤삐로 구비해준다캅니더."

"그러면 이 매장 진짜 명의도 본사로 하고?"

"맞심더. 영업만 지가 맡아서 해서 매출의 13프로만 가지라네 예."

너무 박했다. 입점할 때 낸 권리금을 2년 만에 빼앗는 것도 모자라 고작 매출액 13프로의 이익금으로 영업을 하게 하다니…. 롤초밥 본사에서는 이 사장을 만만하게 보고 있는 것이 분명했다.

"13프로라. 이 사장네 매장, 한 달에 한 3천 정도 팔아?"

"야, 평균이 그 정도는 됩니더."

"그럼 재료비 30, 백화점 수수료 25, 제세공과금 10, 합하면 65, 그럼 35프로 남는다 치고 1050만 원 남는 데서 알바 인건비 200 정도 빼면 850, 한 달에 850만 원은 떨어지겠네."

"야, 그 정도는 남십니더."

"한 달 수익이 850만 원인데 자기가 매출의 13프로만 가져가면 결국은 본사에서 460만 원 먹고 자기는 390만 원만 가져가라는 소리인데."

"그렇십니더."

직접 들으면서도 믿어지지 않는 횡포였다.

"그럼 여기 인수할 때 전 주인에게 영업권 명목으로 준 8천만 원은? 그건 그냥 공중으로 사라지는 거야?"

윤하는 자신도 모르게 목소리가 높아졌다.

"그런 셈이지예."

"휴우. 여기나 저기나 다 도적놈들뿐이네."

윤하의 입에서는 한숨이 흘러나왔다.

"그래서 지도 고민이 이만저만이 아닙니더. 안 한다고 하면 빈손으로 나가야 하는데 억울해서 그럴 수도 없고, 그렇다고 그냥 하라는 대로 하자니 속이 부글부글 끓고…."

이 사장이 윤하에게 소사장제에 대해 물었지만, 그도 이미 어느 정도는 알아본 것 같았다. 윤하는 다시 물었다.

"이 사장, 2년 동안 여기서 일해 매장 인수했던 돈만큼은 벌었어?"

"벌기야 벌었지만 어디 가서 이래 일했으면 그 돈 못 벌었겠심니꺼? 하루 11시간 노동에 쉬는 날도 없이 일했는데예. 여 들이밀은 그 돈이 리모델링 때메 공중분해되게 됐으니 2년 동안 뼈골빠지게 일한 거는 결국 다 도로아비타불이 돼버렸다 아닙니꺼?"

맞는 말이었다. 그동안 그는 공으로 일한 꼴이 돼버린 것이었다.

"휴."

윤하도 한숨을 쉬고, 듣고 있던 최 사장과 성현도 한숨을 내뱉었다. 이 사장이 그동안 얼마나 열심히 일했는지 모두들 잘 알고 있었다. 악덕 가맹본사를 만나 졸지에 이런 상황에 처해진 이 사장이 안타까웠다.

“생각 같아서는 마 싹 다 때래치뿌고 콱 줘여뿌리고 싶어예. 갠데 우리 행님하고 행수님이 지가 인제야 자리잡았다고 좋아하시던 거를 생각하믄 그러지도 모하겠고. 마 죽겠십니더.”

“그래서 아직 결정은 하지 못한 거야?”

윤하는 이 사장 마음을 정확히 알고 싶었다.

“이러지도 저러지도 몬하고 억울하고 분해 이래고 있다 아입니꺼?”

그는 양 손으로 자신의 머리를 움켜잡았다. 열 개의 긴 손가락을 파마기가 아직 많이 남은 곱실곱실한 머리숱 사이로 쑤셔넣었다. 그리고 폭발할 듯한 표정으로 자신의 머리카락을 마구마구 헝클어뜨렸다. 세 사람은 그런 그의 모습을 바라보며 아무 말도 하지 못했다.

이 사장의 형님, 형수님 언급에 윤하는 문득 2년 전의 그날 일이 떠올랐다. 그가 매장을 인수한 지 한 달쯤 지났을까? 식품매장이 조금 한가했던 어느 오후였다. 매장을 지나다니는 고객들을 지켜보며 제품을 정리하고 있던 윤하의 눈에 부부로 보이는 오십대 후반의 남녀가 롤초밥 매장 쪽으로 걸어오는 것이 보였다. 남자는 갈색 콤비재킷에 검은 중절모를 쓰고 있었고, 여자는 베이지색 블라우스에 검은 재킷을 입고 있었다. 나름대로 정장을 한 모습들이었지만 두 사람 다 얼굴이 검게 그을려 어딘가 시골 사람들처럼 보였다. 두 사람은 금색, 그리고 연한 분홍색의 보자기에 싸인 무엇인가를 양손에 각각 들고 있었다.

윤하는 그들이 매장 쪽으로 걸어오는 것을 계속 주시하고 있었다. 그들은 롤초밥 매장 쪽으로 점점 다가오고 있었다. 고객들이 왔다갔다 하는 것을 지켜보며 서 있던 이 사장이 그들을 발견하고는 갑자기 크게 소리를 치며 매대 밖으로 뛰어나왔다.

"아이고. 행님, 행수님. 여를 우찌 오셨습니꺼?"

느닷없이 높은 이사장의 목소리에 모두들 하던 일을 멈추고 그쪽을 쳐다봤다.

"아이고야. 갱수야. 이제야 우리가 바로 찾아왔구나. 야야라. 여 백화점이 와 이리 복잡하노? 찾아오니라고 십 년 감수했다 아이가?"

그들은 이 사장이 쫓아나오자 안심한 듯 숨까지 길게 내쉬며 대답했다.

"행수님 예. 오시면 오신다. 연락이라도 하시지 급작시룹게 이기면 일입니꺼?"

이 사장은 여자가 들고 있던 보따리를 받아 자신의 매대 위에 올려놓고 그녀의 손을 꼭 맞잡았으며 말했다.

"도렌님이 가게 열었단 말을 듣고 여르 함 와보고 싶어서 이 양반이 울매나 몸살을 치든지. 가을걷이 아니믄 와도 벌써 왔을긴데 천지사방에 일이니 쉽게 나설 수가 있어야지예."

"안 와도 될긴데 머르 이래 바리바리 싸가꼬, 우리 행수님 내 참말로."

윤하는 상황을 가만히 지켜보았다. 시동생이 서울 백화점에서 매장을 냈다 하니, 그것을 보러 시골에서 형님과 형수님이 올라오신 것 같았다. 대화를 듣자 하니, 두 사람은 매장이 궁금해서 한번 오려고 했지만 농사일에 바빠 꼼짝 못하다가 이제야 겨우 시간을 낸 것 같았다.

"마, 여 서서 이러지 말고 저리로 가입시더. 저 가믄 휴게 코너가 있어 거 앉아서 이바구하믄 됩니더. 아참, 먼 길 오느라고 배고프시지예? 여 9층에 식당가가 있으니 아예 그리로 올라가입시더."

이 사장은 입고 있던 앞치마와 두건을 얼른 벗어 매대 안쪽에 있던 직원에게 넘겨줬다. 부부가 가지고 온 보따리도 안쪽에 잘 넣어두라고 하고 두 사람의 손을 끌고 밖으로 나갔다. 그들이 걸어가는 뒷모습을 바라보며 이 사장의 매장에서 일하는 직원 아주머니가 윤하를 보며 말했다.

"이 사장은 이제 겨우 30대 후반인데 형님은 50대 후반으로 보이니 나이 차이가 많이 나는 형제인가봐요."

"큰형님과 막내동생 같아요. 형수님 대하는 것도 엄마 대하듯 친근하고요."

윤하가 대꾸했다.

"제가 듣기론 이 사장이 조실부모했다고 하던데 지금 보니 형님과 형수님이 부모님 노릇을 하시는가보네요. 시골에서 여기까지 찾아온다는 게 보통 성의가 아니잖아요."

"그러게요. 이 사장 고향이 어디라 그랬죠?"

언젠가 들었지만 윤하는 갑자기 그 지역 이름이 떠오르지 않았다.

"안동 근교 어디 시골이라 하더라고요."

직원 아주머니도 정확한 지명은 알지 못하는 것 같았다.

"그래서 저렇게 경상도 사투리가 구수하구먼요. 정이 뚝뚝 떨어지네요."

윤하는 그들의 모습에 마음이 다 푸근해지는 것 같았다. 한 시간 정도 지났을 때였다. 이 사장과 형님 부부는 식사를 다 마쳤는지 다시 매장으로 돌아왔다. 부부는 이 사장의 매장을 이리저리 둘러보더니 영업이 끝날 때까지 슬슬 백화점 구경이나 하면서 기다리겠다고 말했다.

이 사장의 매장은 원래부터 장사가 잘되기도 했지만 늦은 시간에는 마감세일로 사람들이 한꺼번에 몰려들어 특히나 붐볐다. 이 사장과 직원 아주머니는 그 시간에는 정신없이 바빴다. 백화점 구경이나 하겠다고 했던 그의 형님과 형수님은, 그러나 그 어디에도 가지 않았다. 엘리베이터가 있는 저쪽 벽 한 구석으로 가서 계속 이 사장의 매장을 지켜보고 서 있었다. '무지개 롤초밥'이라고 프린트된 검정 앞치마에 검정 두건을 둘러쓰고 고객 응대에 정신없이 바쁜 이 사장의 모습을 두 사람은 흐뭇한 눈길로 바라보며 서 있었다. 그 모습을 훔쳐보며 윤하는 왠지 가슴 한구석이 따뜻해져 옴을 느꼈다.

솟구쳐오르는 울분을 가까스로 누르고 있던 이 사장도 윤하가 생각하던 그날의 풍경을 떠올리고 있었다. 그날, 소식도 없이 갑작스레 형님과 형수님이 찾아왔을 때, 이 사장은 얼마나 두 분이 고마웠는지 모른다. 두 분이 가지고 왔던 금색과 분홍색의 보따리는 이 사장의 마음을 문득, 문득, 울컥이도록 만들었다.

백화점 영업이 끝나자 이 사장은 자신이 사는 오피스텔로 두 분을 모시고 갔다. 혼자 살고 있었지만 방이 한 칸, 그리고 주방 겸 거실이 있었다. 방에다 두 분의 잠자리를 준비했다. 형님이 욕실에서 씻고 나오자 이 사장은 자신이 입던 추리닝 한 벌을 형님께 내밀었다. 형수님은 잠잘 때 입을 자신의 티셔츠와 파자마를 준비해왔으니 걱정하지 말라고 했다. 형님이 나오자 형수님이 욕실에 들어갔다. 이 사장은 주방 식탁에 놓여 있는 금색, 분홍색 보자기로 싼 상자를 가리키며 말했다.

"행님요, 먼 길 오시느라 엄체이 무거울 텐데 머를 이래 갖고 오셨습니꺼?"

형님은 추리닝 바지를 입으며 말했다.

"말도 마라. 이거 느그 행수가 여 가꼬온다꼬 어제, 그제, 그끄제, 사흘 내내 돌아쳤다 아이가? 함 열어봐라. 직접 깎아서 말린 곶감하고 올 농사로 맹근 강정이다."

이 사장의 어머니는 아들 셋 중에 막내이자 늦둥이인 이 사장을 몹시도 귀애했다. 곶감과 강정은 어머니 살아 계시던 시절, 가을마다 만들어주던 것이었다. 형수님은 아마도 이 사장에게 돌아가신 어머니의 사랑을 선물하고 싶었는지도 몰랐다.

이 사장은 울컥 밀려오는 감정을 누르며 묶인 보자기를 풀었다. 금색 보자기로 싼 상자 뚜껑을 여니 뽀얗게 분이 나기 시작하는 곶감이 그 속에 가득 들어 있었다. 족히 한 접은 되어 보였다. 이 사장은 그중 한 개를 엄지와 검지로 집어 입에 넣었다. 말랑말랑하면서도 쫄깃

한 반건조 곶감의 맛은 달콤하기 그지없었다. 저절로 눈이 감겨졌다. 가을 햇살이 짧게 들이치는 툇마루에 앉아 감을 깎던 어머니 모습이 떠올랐다. 그 위로 형수님의 모습이 겹쳐졌다.

"왔다메, 참말로 맛있습니더. 행수님 솜씨가 울 어머이 솜씨하고 똑같습니더."

"그 분홍 보자기도 함 풀어봐라. 그그도 다 느그 행수님 솜씨다."

형님은 득의만면한 웃음을 지으며 말했다. 이 사장은 옆에 있는 분홍 보자기도 풀었다. 그 상자 안에는 깨강정, 콩강정, 호도강정이 줄을 지어 가득 들어 있었다.

"와, 이그도 행수님이 다 맹그신 겁니꺼?"

"내 아께 말 안 했나? 느그 행수가 사흘 내내 돌아쳤다고. 그그 맹그는데 쓰인 엿도 다 직접 가마솥에 고아 맹근기다."

"고맙심더. 진짜로 고맙심더. 갠데 와 이리 마이 갖고 오신깁니꺼? 이그를 지가 혼자 우찌 다 먹으라꼬요?"

"니 혼처 먹으라꼬 갖고 온기 아이다. 저번에 전화했을 때 니가 말 안 했드나? 백화점에 함께 일하는 사람들을 엄체이 조흔 사램들 만냈다고, 니가 도움도 마이 받는다 했제? 그래가 그 사램들한테 인사도 좀 하라꼬 갖고 온기다. 받는 기 있으믄 가는 것도 있어야 하는기라. 그기 사램사는 일이라."

이 사장은 형님의 말에 다시 한번 가슴이 울컥했다.

이 사장 부모님은 그가 중학교 3학년 때 돌아가셨다. 아버님의 지

병은 만성 간경화였다. 오래 살지 못할 것이라는 것을 가족들 모두 알고 있었다. 아버님이 돌아가시고 나자 어머니는 채 여섯 달을 넘기지 못하고 따라가셨다. 갑작스런 심장마비였다. 돌아가시고 나서야 알게 된 일이지만 어머니는 그동안도 심장이 좋지 않으셨다. 하지만 아버님 병구완 때문에 정작 자신의 병은 쉬쉬했던 것이다. 그 정도라면 심장이 계속 아팠을 텐데 어찌 가족들이 아무도 알지 못했느냐고 의사는 혀를 찼다.

부모님이 돌아가시자 함께 살고 있던 큰형님과 형수님이 이 사장에게 부모님 노릇을 했다. 아들 삼 형제라 큰형님과 이 사장 사이에는 작은형님이 하나 더 있었다. 그는 서울에서 대학을 졸업하고 직장까지 다녔기에 이 사장과는 일찍부터 떨어져 지냈다. 부모님이 돌아가시자 고향 집에는 잘 내려오지 않았고, 쌀쌀맞은 서울 여자와 결혼하게 되자 거의 남처럼 멀어져버렸다.

큰형님에게는 여섯 살, 일곱 살의 연년생 두 아들이 있었다. 아이들이 아직 어려서 그랬는지 교육적인 면에서는 막냇동생인 이 사장에게 더 신경을 썼다. 하지만 늦둥이로 오냐오냐 받혀 자란 이 사장은 공부에 취미가 없었다. 중학교까지는 그럭저럭 따라갔지만 고등학교 들어가서는 아예 흥미를 잃고 말았다. 노는 친구들과 어울려 거의 밖으로 나돌았고 일주일이나 가출을 한 적도 있었다. 형님에게 혼이 많이 났고, 몇 번은 몽둥이로 엉덩이를 맞기도 했다. 그러나 그때까지만 하더라도 이 사장은 큰형님 집이 자기 집이라는 마음은 변함이 없었다. 자신이 태어난 집이고, 부모님이 돌아가신 집이기 때문이었다.

이 사장의 마음이 그 집에서, 그리고 큰형님 부부에게서 완전히 떠난 것은 고등학교를 졸업하고 한 여자를 알게 되면서였다. 이 사장이 주방보조로 일하던 레스토랑에서 만난 그녀는 이 사장보다 무려 여섯 살이나 많았다. 레스토랑 부매니저였는데 병으로 남편을 잃고 다섯 살 난 딸아이를 하나 기르고 있었다. 부근에 살아서 가끔 레스토랑에 데리고 오던 그녀의 딸을 이 사장은 몹시 예뻐했다. 시간이 날 때마다 데리고 놀아줬다. 아이도 이 사장에게 삼촌이라고 부르며 잘 따랐다. 자신의 아이를 예뻐하는 이 사장을 그녀는 고맙게 생각했는지 몹시 잘대해줬다. 시간이 지나면서 두 사람 사이에는 사랑의 감정이 싹텄다. 그렇게 두 사람은 자연스럽게 동거까지 하게 됐다.

이 사실을 형님 부부가 알게 됐다. 두 사람은 절대로 안 될 일이라며 펄펄 뛰었다. 그들이 살고 있는 곳은 삶과 사고가 보수적인 안동 지역이었다. 공자 왈, 맹자 왈, 유림의 기세가 엄청난 곳이었다. 갓 쓰고 두루마기를 입고 다니는 노인들을 아직까지도 길에서 쉽게 볼 수 있는 그런 동네였다. 태어나 한번도 그곳을 떠나지 않고 살아온 형님의 사고는 그 속에 굳게 갇혀 있었다. 정말로 동생을 사랑한다면, 동생의 앞날을 위해 무슨 일이 있어도 두 사람을 떼어놓아야 한다는 생각을 가지고 있었다.

어느 날, 그 일이 일어났다. 형님 부부가 여자를 찾아가 이 사장과 헤어질 것을 종용했던 것이다. 그 과정에서 어떠한 대화가 오갔는지는 모르겠지만 여자는 딸아이를 데리고 그 지역을 아주 떠나버리고 말았다. 어차피 그녀들에게는 타향인 곳이었다. 그곳에서 만난 사람들과의 관계도 모두 끊고 이 사장이 절대로 찾을 수 없는 곳으로 숨어버렸다. 이 사장은 거의 미친 것 같은 마음으로 두 모녀를 찾아다녔다. 전국 방방곡곡을 헤매며 안 가본 곳 없이 돌아다녔다. 그러나 찾을 수가 없었다.

두 번째 방황이 시작되었지만 그리 오래 가지 못했다. 그때 마침 영장이 나와 군대에 가야 했기 때문이다. 입대를 하면서 방황은 일단락됐지만 그때 일로 이 사장은 형님과의 관계를 완전히 끊어버렸다. 휴가 때 한번도 집에 가지 않았고, 심지어 그 먼 전방부대까지 찾아온 형님 부부의 면회를 거부했다. 제대를 하고 이 사장은 서울로 올라왔고 근 10여 년을 두 형제는 남처럼 지냈다.

이 사장이 형님 부부와 다시 만나 연락하고 살게 된 것은 몇 년 되지 않았다. 몇 해 전, 서울에 살고 있던 작은형이 교통사고로 갑작스레 세상을 떠났다. 그때 두 형제는 장례식장에 갔다가 15년 만에 만나 화해를 한 것이었다. 세상살이 외롭게 홀로 뒹굴면서 이 사장도 이젠 어느 정도 형님 마음을 알 나이가 됐다. 평생 농사를 지으며 고지식하게만 살아온 형님으로서는 자신의 삶의 방식을 이해할 수 없었다는 것을 알게 된 것이었다.

물론 큰형님도 이 사장을 그렇게 보내고 나서 후회를 많이 했다. 뿔뿔이 흩어져 지내던 삼 형제 중에 한 사람을 졸지에 잃고 나니 서로 형제의 정이 더 애틋하게 느껴졌다. 앞으로는 무슨 일이 있어도 헤어지지 말고 지내자고 둘은 다짐했다.

안정된 직장이 없이 여기저기 식당 주방을 전전하고 살던 이 사장이 백화점에 매장을 내겠다고 하자 가장 반가워했던 사람은 형님 부부였다. 그들은 이 사장에게 총 투자 금액을 물었고 무려 반이나 되는 돈을 보태주었다. 처음에 이 사장은 모자라는 돈은 은행 대출로 해결하려고 했다. 하지만 형님 생각은 달랐다. 빚을 지고 사업을 시작하면 사업이 순조로울 때는 큰 문제가 없겠지만 힘들어질 때는 낭패를 본다는 것이었다. 빚이 없어야 편히 사업할 수 있다는 것이 보수적인 그들의 생각이었다.

그렇게 그들은 다시 만난 동생에게 자신들이 가진 능력보다 더 큰 은혜를 베풀었다. 농사꾼이 돈 4천만 원을 만들려면 얼마나 힘들게 일해야 되는지 이 사장은 잘 알았다. 그래서 더 열심히 일하지 않을 수가 없었다.

"여 와서 니 매장이 그러 장사가 잘되는 거를 보이 우리는 인제 저승에 가도 부모님을 볼 면목이 생긴 것 같구마. 인제는 마 한시름 탁 놓은기라."

형님은 뿌듯한 얼굴로 이 사장을 보며 말했다.

"행님요, 그리 좋습니꺼?"

"말해 뭐하겠노? 우리가 오늘 여 올라와보길 정말 잘했기라."

형님은 이 사장이 집 나가 떠돌며 살게 된 것이 다 당신들 탓이라고 생각하는 것 같았다. 어느 정도는 사실이었지만 그렇다고 의절하고 살 것까지는 없었는데 이 사장은 자신의 속이 좁았다고 생각했다. 이제 형님의 마음속에 걸림돌로 남아 있는 그것을 완전히 풀어드리고 싶었다.

이 사장은 그때의 형님 얼굴과 했던 말을 떠올렸다. 울분이 일어난다고 이 매장을 그리 쉽게 던져버릴 수는 없었다. 형님 부부가 땀 흘려 농사지어 보태어 돈 4천만 원을 그렇게 쉽게 날려버릴 수가 없었다. 아니, 어차피 날려버리게 될 돈이었다. 다만 그 사실을 형님 부부가 알게 할 수는 없는 일이었다.

제대로 된 삶을 살겠다고 인수한 이곳 매장이 이젠 더 이상 자신의 소유가 아니게 돼버릴지라도, 일한 만큼 수입을 올리던 자신이 이젠 노동력을 파는 가맹본사의 소사장으로 전락하게 될지라도 어떻게든 이곳에서 버텨내야 했다. 그렇게라도 버티며 견디다가 또 다른 기회를 잡아야 했다.

이 사장은, 자신의 생각보다 항상 더 지혜로웠던 윤하의 의견을 듣고 싶었다. 그리고 함께 일하던 최 사장, 성현, 그들의 의견도 듣고 싶었다. 모두의 의견을 취합해 거취를 결정하려 이 자리를 만들었지만 이 순간 이 사장은 스스로 결정을 내리지 않을 수 없었다. 그토록 온전히 자신을 믿어주고 밀어줬던 큰형님과 형수님의 기대를 그는 결코 깨버릴 수 없었다. 비록 소사장이 되어버릴지라도, 그는 이곳에 남아 있어야 했다. 이곳에서 일하며 다시 내일을 도모해야 했다.

5. 최 사장

최 사장은 1년 전에 한강점에 입점했다. 백화점이란 곳엔 처음 들어온 새내기였다. 그가 입점하기 전에는 이곳에 '본죽'이라는 유명 브랜드 죽 매장이 있었다. 그 브랜드가 영업 부진을 이유로 매장을 철수했고 최 사장이 '엄마손죽'이라는 브랜드를 달고 대신 들어온 것이었다. 오픈 첫날, 최 사장은 맞은편 매장에서 빵을 팔고 있는 한 여자를 보고 너무나 놀랐다. 그가 대학 시절, 영어공부 동아리인 '타임지'에서 함께 활동하던 후배 김윤하였던 것이다. 오래도록 잊고 있던 기억들을 떠올리며 시간을 되돌려보았다. 그는 졸업하고 17년 만에 그녀를 처음 만난 것이었다.

윤하는 여리여리한 몸매에 하얗고 예쁘장한 얼굴이었다. 거기다 활달하고 야무진 성격으로 동아리 선후배들에게 인기가 있었다. 전공은 회계학이었지만 영어를 특히 잘했다. 매주 발행되는 동아리의 영문 위클리 칼럼을 그녀는 몇 명의 회원들과 돌아가며 올렸다. 동아리 지도교수는 김윤하의 글이 웬만한 영문과 전공자들보다 더 좋다고 칭찬했다.

최 사장, 그 당시의 최준영은 윤하에게 대학 1학년 때부터 사귀어 온 남자 친구가 있다는 것을 알고 있었다. 동아리 선후배들 중에 그녀를 연모하는 친구들이 몇 있다는 것도 알고 있었다. 오래된 남자 친구의 존재 때문인지, 워낙에 야무진 처신 때문인지, 그 모임 안에서 그녀에게 감히 접근하는 사람은 없었다. 그건 최 사장도 마찬가지였다.

대학을 졸업한 윤하는 공채를 통해 대기업에 입사했다. 배치받은 부서는 자금부, 전공에 맞는 부서였다. 그리고 입사한 지 1년 만에 오래됐다는 그 남자 친구와 결혼했다. 그때, 동아리 모임 친구들은 그녀의 결혼식에 모두 같이 몰려가 축하해줬다. 최준영은 바쁜 일을 핑계로 가지 않았다. 결혼식에 다녀온 여자 후배들이 김윤하의 남편에 대해 얘기했다. K대 경영학과를 졸업하고 S그룹에 다니는 유능한 남자라고 했다. 배우 이정재를 닮았더라고도 했다.

17년 전 기억 속의 그 김윤하, 그때 야무진 모습으로 이 세상에서 살아왔다면 지금쯤은 어디선가 여유롭고 편안한 삶을 살고 있으리라 생각했던 후배였다. 그런데 그녀가 어떻게 지금 이곳에서 장사를 하고 있는 것일까? 더구나 직접 빵을 만들어 파는 제빵사 겸 판매원으로 일하면서? 회계학을 전공하고 자금담당 일을 했던 그녀가 어떤 연유로 백화점에서 일하는 제빵사가 되었을까? 최 사장은 윤하가 빵을 만들어 파는 모습을 직접 눈으로 보면서도 믿을 수 없었다.

최 사장을 보고 놀란 것은 윤하도 마찬가지였다. 최준영, 그는 후배들에게 다정하게 대해주던 선배였다. 큰 키에 후리후리한 몸매였고 얼굴은 평범했다. 편안한 시선, 그리 높지 않고 원만한 곡선의 콧날, 얇지도 두껍지도 않은 평범한 입술, 사실 그의 이목구비는 별 특징이 없었다. 하지만 그의 웃음은 결코 평범하지 않았다. 사람을 편안하게 만들어주었다. 자신의 얘기는 별로 하지 않았지만 다른 사람의 말은 잘 들어주던 선배였다. 그냥 듣기만 하는 것이 아니었다. 눈으로 반응하며 마음을 기울여 들어주던 사람이었다.

영화며 드라마에서 '나쁜 남자'가 한창 떠오를 때였다. 여자 후배들은 그를 착한 남자라고 말했다. 착한 남자, 나쁜 남자, 어떤 스타일이 더 좋으냐고 서로에게 물어보면서 최준영 선배를 예로 들었다. 윤하는 그때 한 친구가 했던 말을 아직도 기억하고 있었다. 애인으로 하기엔 나쁜 남자가 매력적이지만, 남편으로 하기엔 착한 남자가 좋다고, 최준영 선배 같은 사람을 남편으로 선택하면 아주 편안한 결혼생활을 하지 않겠느냐고, 그렇게 함께 수다를 떨던 친구들의 모습이 떠올랐다. 오래 전 일이었다.

그런 그가, 그 편안한 웃음은 모두 사라진, 지치고 피곤한 얼굴로 윤하 앞에 나타난 것이었다. 시간의 강이 그를 이렇게 후줄근한 중년의 모습으로 만들어놓은 것일까? 윤하는 자신도 모르게 그에게서 상처의 흔적들을 보고 있었다. 그동안 무슨 일이 있었기에 그가 저런 모습으로 변한 것일까? 윤하는 문득, 어쩌면 그도 자신을 보고 비슷한 느낌을 받았을지도 모른다는 생각이 들었다. 서글펐다. 씁쓸한 웃음이 지어졌다. 점심시간에 두 사람은 지하 2층에 있는 식당에서 마주쳤다. 배식을 받기 위해 서 있던 긴 줄의 행렬 끝에서였다. 최 사장이 먼저 윤하를 발견하고 다가와 입을 열었다.

"오랜만이다. 아까 깜짝 놀랐어. 김윤하를 이곳에서 보게 되다니."

"저도 마찬가지예요."

"같이 앉아서 먹을까?"

"그래야지요."

30분밖에 안 되는 짧은 점심시간 가지고는 긴 이야기는 할 수 없었다. 서로의 사정을 자세히 물을 수가 없었다. 어떻게 이곳에서 일하게 됐느냐는 물음 따윈 무의미한 것이었다. 이곳까지 흘러들어오게 된 각자 사연이 다 있으리라. 일하다보면 언젠가 얘기할 기회가 있겠지. 두 사람 생각은 같았다.

잠깐이었지만, 윤하와 최 사장은 이곳에서 함께 일하는 규칙을 먼저 정하기로 했다. 옛날의 선후배 관계를 같은 구역에서 일하는 사람들에게 드러내지 않기로 했다. 그건 윤하의 의견이었고 최 사장도 이견 없이 동조했다. 은근히 뒤에서 말이 많은 곳이었다. 대학을 졸업했느니, 대기업에 다녔느니, 각자 잘나가던 시절 모습과 관계는 밝히지 않는 게 모두에게 좋을 것이다. 호칭도 '최 사장'과 '베이커리 사장'으로 하는 것이 깔끔할 것 같았다.

최 사장이 이곳에서 일한 지 거의 1년이 다 됐다. 그동안에 그는 자신의 이야기는 일체 하지 않았다. 사람들 역시 최 사장의 개인사에 대해서는 묻지 않았다. 이곳에서는 본인이 말하지 않는 것에 대해서는 모른 척하는 것이 예의였다.

그가 자신의 삶의 여정에 대해 슬며시 풀어놓은 적이 한번 있었다. 며칠 전 가졌던 술자리에서였다. 발표된 리모델링에 대한 의논을 좀 더 구체적으로 해봐야 했던 네 사람은 그날 영업이 끝난 후 함께 저녁식사를 하기로 했다. 식사를 하는 동안에도 필요한 이야기들은 다 나오지 않았다. 쉽게 결정을 내릴 수 있는 사람은 아무도 없었다. 자리를 옮겨 술 한 잔씩 더 하기로 했다. 술이 몇 순배 돌아가자 모두 얼굴엔 불그스레한 취기가 올랐다. 그들은 리모델링에 대한 의논은 아예 술상 밑으로 밀어놓고 말았다. 그동안 서로 조심하며 입을 떼지 않던 개인사들이 두서없이 튀어나오기 시작했다. 이 사장이 눈을 게슴츠레하게 뜨고 최 사장에게 말했다.

"행님은 여를 우예 들어오게 됐십니꺼? 지는 그기 엄체이 궁금시럽십니더."

최 사장은 취기를 떨쳐버리려는지 눈을 몇 번 끔뻑끔뻑했다.

"얘기하자면 긴데…."

"말씀해보시소마. 오늘은 여 들어와 이 그지같은 백화점 노예인생 시작하게 된 거르 다 털어놓입시더."

이 사장은 특유의 경상도 억양으로 소리를 높였다.

"생각하면 가슴만 아파 얘기하고 싶지 않았는데, 우리 이 사장이 그렇게 궁금해하니 할 수 없이 털어놔야지 뭐."

최 사장의 목소리는 눌눌했다. 하지만 그렇게 해놓고도 말을 잇지 않았다. 평소에도 워낙 말수는 없던 사람이었다. 모두들 조용히 기다렸다. 드디어 그가 다시 입을 열었다.

"사실 나는 지금 혼자 살고 있어."

"뭐라꼬예? 행님이 혼처 산다고예?"

"응."

최 사장은 덤덤하게 대답했다.

"지난 번 지한테 행수님이랑 딸이 있다고 하지 않았습니꺼?"

이 사장은 큰눈을 치켜뜨고 따지듯 물었다. 윤하와 성현은 모르는 둘만의 어떤 얘기가 있었던 듯싶었다.

"있기는 있지. 캐나다에. 헤어진 지 몇 년 됐어. 딸은 와이프가 기르고 있고."

"그럼 이혼하신기라예?"

"응."

"이 행님 좀 보소. 이혼이 무신 숭이라꼬 그래 꽁꽁 감추고 있었단 말입니꺼?"

이 사장은 어이없다는 표정이었다.

"다른 사람들한테는 별일이 아닐 수도 있겠지만 나에겐 큰일이었어. 그걸 딛고 다시 일어나는 데 몇 년이나 걸렸다네."

그는 담담한 듯 말하고 있었지만 윤하가 보기엔 작정하고 용기를 낸 것 같았다.

"이혼하고 나서 삶의 의지를 잃어버려 몇 년 동안 페인처럼 살았어."

"그 이혼 한번 어마어마하구먼요. 남들은 다들 잘만 살더구먼."

윤하는 조금 취기가 있는 중에도 이 사장이 수위를 넘는다는 생각이 들었다. 그녀는 이 사장을 향해 눈에 힘을 주고 끔뻑거렸다.

"그것만 가지고 그랬겠나? 사업도 실패했지. 믿었던 사람에게 배신도 당했지. 그러다보니 우울증에도 걸리고 공황장애도 오고 하더구먼."

함께 일했던 그 일 년 동안 한번도 하지 않았던 이야기를 최 사장은 술술 풀어냈다. 세 사람은 아무 대꾸도 하지 못하고 최 사장의 입만 바라보고 있었다. 윤하는 약하게 올라오던 취기가 확 깨는 것 같았다.

"그러던 차에 아는 형님이 이 백화점 매장을 소개해줬다네. 그 형님이 전에 큰 식품회사에 제품개발담당 이사였는데 퇴사하고 나서 '엄마손죽' 브랜드를 만들었어. 그게 은련백화점에 매장을 내게 돼서 내가 그 선 타고 입점한 거야. 그런데 내 딴에는 열심히 하느라고 하는데 장사가 제대로 안 돼. 어떻게 해야 할지…."

그는 길게 한숨을 내쉬었다.

"최 사장님 여기 들어오시기 전에 그 자리는 본죽이라고 유명한 죽 매장 있었던 자리예요. 그 매장이 장사 안 돼 나간다 하기에 다른 아이템 매장 들어오는 줄 알았어요. 그런데 또 다시 죽 매장이 들어와서 좀 놀라긴 했어요. 유명한 메이저 브랜드도 안 돼 나간 자리인데 이름도 없는 브랜드가 과연 버텨낼까? 하고요."

장사 안 되는 것은 그의 잘못이 아니라고, 그 자리가 죽이라는 아이템하고는 맞지 않는 자리라며 윤하는 그를 위로했다.

“화나는 것은 그 형님이 그런 상황을 정확하게 제게 말해주지 않았다는 것입니다. 본죽이 있던 자리인데 다른 더 좋은 자리가 있어서 넓혀서 옮긴다고, 월 매출 2천은 나오는 자리라기에 요만큼의 의심도 하지 않았어요.”

“들어올 때 돈은 얼마를 주고 들어온 겁니꺼?”

이 사장은 매장 인수금액부터 물었다.

“가맹보증금 천, 가맹비 천, 교육비 및 초도물품 보증금 5백, 집기 천, 그리고 시설비 3천, 모두 6천5백만 원을 본사에 들이밀고 여기 들어왔지.”

“지금 월 매출 얼마 나옵니꺼?”

“천 2백만 원 겨우 나와.”

“그럼 하루에 4십만 원 정도 나온다는 말이에요?”

윤하가 물었다.

“그렇지요. 다 그렇겠지만 평일은 좀 덜 나오고 주말은 좀 더 나오고.”

“그라몬 재료비, 인건비, 세금, 다 빼불면 행님은 뭐를 가져갑니꺼?”

터무니없는 매출에 이 사장이 핏대를 올렸다.

“알바비 주고 나면 내 인건비는 가져갈 때도 있고, 다 못 가져갈 때도 있고.”

두 사람의 이야기를 듣고 있던 윤하는 잠시 망설이다가 다시 입을 열었다.

"최 사장님, 본죽 매장은 본사 직영으로 운영했는데 여기 파견되어 일하던 매니저를 제가 잘 알고 지냈어요. 그 사람 말이, 은련백화점 한강점 매장이 자기네 전국 직영매장 중에서 제일 꼴찌라더군요. 우리 지점 전체 매출이 다른 곳에 비해 떨어지기는 하지만 죽 매장 매출이 특히 안 나오는 것은 주변에 큰 병원이 하나도 없어서라네요. 그래서 그 매장은 입점한 지 1년 만에 스스로 철수한 거예요. 시설은 다 포기하고 집기만 빼갔는데 무슨 시설비를 3천이나 받아요?"

"우리 본사에서는 시설비 3천을 백화점 측에 지불했다고 하던데요?"

윤하의 말에 최 사장은 깜짝 놀라며 말했다.

"최 사장님은 모르시는 것 같은데요. 백화점에서는 계약 끝나고 나가는 업체는 시설비를 보상받지 못하고 그냥 나가야 해요. 그 자리에 같은 아이템 브랜드가 들어왔는데 새로 인테리어를 할 여유가 없으면 상황에 따라 기존 시설을 그대로 이용하면서 영업할 수도 있어요. 그럴 경우엔 뒷사람이 운이 좋은 거죠. 오픈 비용에서 시설비가 그만큼 세이브 되니까요."

"그게 정말입니까?"

최 사장은 계속 놀랐다.

"저는 죽 매장이 인테리어 변경 없이 전 업체의 시설을 그대로 받아 오픈한 것으로 알고 있는데 그 시설비 3천은 어디로 들어갔다는 건지 모르겠네요."

윤하가 거기까지 말하자 이 사장은 대충 짐작이 간다는 듯 손을 들어올렸다.

"눈 뜨고 코 베가는 세상이구마이. 엄마손 본사에서 공짜로 얻은 시설을 즈그들이 한 것처럼 하고 꿀꺽해 처먹었구먼요. 매출도 부풀리고. 완전 쇡여먹었구만요."

최 사장은 이 사장의 말에 아무 대꾸를 하지 않았다. 충격을 받은 것 같았다. 이 저녁, 그는 어설픈 술기운에 기대 그동안 감춰뒀던 상처를 드러내보이고 싶었던 것일까? 혼자서는 이겨내기 힘들어 누군가의 위로라도 받았으면 했던 것이었을까? 하지만 그가 고백한 이야기 속에서 사람들은 뱀처럼 숨어 있을 가맹본사의 속임수를 의심했고, 안타깝게도 최 사장은 자신의 또 다른 상처를 확인했을 뿐이었다.

늦은 밤 지하철 안에는 승객들이 많지 않았다. 빈 좌석이 몇 개나 보였다. 최 사장은 입구 정면 우측으로 들어가 비어 있는 좌석 하나에 엉덩이를 들이밀었다. 옆에 앉은 젊은 아가씨가 얼굴을 찌푸리며 최 사장 반대편으로 고개를 돌렸다. 아차, 싶었다. 술 냄새가 날 것이라는데 생각이 미쳤다. 자리에서 일어날까 싶었지만 너무 피곤해 그런지 마음처럼 몸을 일으킬 수가 없었다. 그대로 앉아 있었다. 집까지 가는데는 한 시간 정도 소요될 것이었다. 잠시 눈을 붙여도 될 것 같았다. 하지만 이상하게도 잠은 오지 않았다. 정신은 점점 더 말똥말똥해지는 것 같았다. 오늘 그곳 사람들에게 자신의 이혼 이야기를 괜히 말한 것일까? 아니야, 잘했어. 아니야, 쓸데없는 짓을 했어. 최 사장은 자신이 오늘 했던 말과 행동에 대해 제대로 된 판단이 서지 않았다.

최 사장은 요즘 들어 부쩍 초조해졌다. 난데없이 심장이 두근대는 날도 많아졌다. 생각해보니 그런 증상은 리모델링 통보를 받고 나서부터 생겨난 것 같았다. 그는 예전에 우울증을 심하게 앓았던 적이 있었다. 그때 증상과 비슷하다고 느꼈다. 혹시라도 우울증이 재발될까 두려웠다. 아니, 우울증은 그리 두렵지 않았다. 작은 알약 하나면 그때그때 어느 정도 마음을 진정시킬 수 있었다.

문제는 공황장애였다. 이 증상이 나타나면 정말 무서웠다. 심장이 대책 없이 날뛰었다. 맥박은 빨라지는데 숨이 쉬어지지 않았다. 아니, 숨은 잘 쉬고 있었다. 쉬어지지 않는다고 느끼는 것이 더 무서웠다. 가슴이 쫄깃거리면서 아파왔다. 그러다가 불현듯 질식할 것 같은 느낌이 들었다. 손으로 가슴을 쥐어짜듯이 하고 있으면 잠시 후 조금 진정됐다. 온몸에서는 식은땀이 줄줄 흘러내렸다.

가장 무서웠던 것은 죽음에 대한 공포였다. 자신이 어느 날 스스로를 죽일 것 같은 불안감이 밀려왔다. 이 증상들은 우울감을 느끼기 시작하다가 그것이 조금 길어지면 찾아왔다. 경험상 그런 것들을 너무나 잘 알기에 더 두려웠다. 왜 자신에게 이런 병이 생긴 것일까? 다 나았다고 생각했는데 왜 또 다시 나타나는 것일까? 그는 눈을 감고 오래 전 시간 속으로 천천히 들어갔다. 아프고, 서럽고, 슬펐던 일들…. 맥락도 없고 두서도 없는 여러 기억들이 밀려왔다 부서지고 다시 밀려왔다.

아내는 딸이 아주 어렸을 때부터 외국에서 공부시키겠다는 집념에 불타올랐다. 그녀의 가까운 친구들 몇은 이미 해외에서 아이들을 공부시키고 있었다. 남편들은 한국에서 직장생활을 하고, 아내들이 아이를 데리고 미국이나 캐나다에 나가 있었다. 아내는 그 친구들을 몹시 부러워했다. 최 사장은 한국에서 그냥 평범하게 살고 싶었다. 딸아이는 한국식 교육을 시키고 자신의 품에서 사랑으로 키우고 싶었다. 하지만 아내의 생각은 달랐다. 이렇게 열악한 한국의 교육환경에 아이를 방치한다는 것은 부모로서 무책임한 일이라는 것이었다.

최 사장은 성실한 직장인이며 가장이었다. 다만 익숙하지 않은 것에 대해서는 두려움을 많이 느꼈다. 태생적인 성격이었다. 아내는 그런 남편을 도전적이지 못하다고, 진취적 기상이 없다고 몰아세웠다. 평소, 두 사람의 관계는 그리 나쁘지 않았지만 어떤 일로 한번 다툼이 일어나면 아내의 혀는 당장 비수로 변했다. 온갖 날카로운 언어로 그의 마음을 베어내고 깊이 찔렀다. 그때마다 최 사장의 심장에서는 선연한 피가 흘렀다. 그런 일이 거듭되면서 최 사장은 아내와의 다툼이 점점 두려워졌다. 가능하면 그녀와의 싸움은 피하고 싶었다.

딸이 초등학교 4학년이 되자 아내는 본격적으로 외국에 나갈 준비를 했다. 몇몇 친구들이 나가 있는 캐나다가 낙점됐다. 최 사장은 직장 때문에 갈 수 없다고 버텼다. 아내는 기러기아빠라도 하라고 했다. 다들 그렇게 해서 자식들을 좋은 환경에서 공부시킨다는 것이었다. 최 사장은 아내와 딸 없이 한국에서 혼자 살 자신이 없었다. 그가 혼자 사는 것을 그렇게 두려워했던 것은 어쩌면 오래 전 상처 때문인지도 몰랐다.

어린 시절, 그는 부모님 이혼으로 두 살 위인 누나와 함께 고모집에 얹혀살았다. 아버지의 큰누나였던 고모는 나름 신경써 보살핀다고 했지만 그는 항상 외로웠다. 부모님이 이혼하기 전, 두 분은 최 사장이 보는 앞에서 자주 싸웠다. 한번 싸울 때면 아주 격렬하게 싸웠다. 밥상이 엎어지고 창 유리가 깨졌다. 그는 너무 무서워 작은 방으로 뛰어들어가 이불장 속에 숨었다. 그 영향 때문이었을까? 그는 누가 큰소리로 화를 내는 것을 아주 무서워했다. 별 것 아닌 작은 일에도 겁을 먹었다.

결혼을 하고 딸을 낳았다. 아내는 더 이상은 아이를 낳는 것에 자신의 인생을 허비하고 싶지 않다고 했다. 그래도 그녀는 하나 있는 딸에게는 최선을 다했다. 그것만은 그녀에게 고마왔다. 최 사장은 자신의 가정이 그런대로 안정적이라고 생각했으며 그런대로 행복하다고 생각했다. 그리고 그런대로 계속 유지되길 바랐다. 만일 아내와 딸이 자신을 떠난다면 혼자서는 그만큼 행복할 수 없을 것 같았다. 그는 그 막연한 두려움 때문에 그들을 먼 나라로 보낼 수가 없었다.

딸이 5학년이 되자, 아내는 계획했던 대로 아이를 데리고 캐나다로 가겠다고 고집을 피웠다. 지금도 이미 늦었는데 더 늦출 수는 없다는 것이었다. 최 사장이 고집스럽게 반대하자 아내는 이혼을 요구했다. 집을 팔아 재산을 나누고 딸은 자신이 데리고 살겠다는 것이었다. 한국에서 이렇게 허송세월로 아이의 귀중한 시간을 죽일 수는 없다고 했다. 최 사장은 아내를 이해할 수 없었다. 한국에서의 교육이 왜 허송세월하는 것인지? 그녀의 교육관은 허영으로 채워진 것이라는 생각을 버릴 수 없었다. 하지만 결국 그는 아내의 캐나다 행 요구에 승복했다. 그는 이혼만은 하고 싶지 않았다. 모든 것을 다 내어주더라도 가정을 깨고 싶지 않았다. 처절하게 외롭던 어린 시절로 다시 돌아가고 싶지 않았다. 아내와 딸을 순순히 보내주지 않으면 어쩌면 그들을 영원히 잃어버릴지도 모른다는 불안감이 엄습했다.

집을 팔고 그동안 붓던 적금을 깨서 아내와 딸이 캐나다에서 어렵지 않게 살 수 있도록 철저히 준비를 했다. 나머지 돈으로는 회사 부근에 13평 오피스텔을 얻었다. 그렇게 최 사장은 결혼 12년 만에 기러기아빠가 됐다. 월급의 80프로는 아내와 딸의 생활비와 교육비를 위해 캐나다로 송금했다. 나머지 20프로만을 가지고 그는 홀로 생활했다.

딸이 한국 학년으로 중학교 1학년이 되었을 때였다. 그의 회사에는 감원바람이 불어닥쳤다. 스스로 퇴직하는 직원에게는 명예퇴직수당이 주어진다고 했다. 3년 동안의 연봉과 플러스 알파가 회사에서 제시한 금액이었다. 꽤 유혹적인 목돈이었다. 무조건 버티다가는 돈도 놓치고 그냥 잘릴 수 있겠다 싶었다. 많은 입사 동기들이 명예퇴직 행렬에 뛰어들었다. 많은 고민을 했지만 결국 그도 거기에 동참했다. 꽤 큰돈을 손에 쥐게 됐지만 아내에겐 말하지 않았다. 직장을 놓아버린 그를 아내가 어찌 생각할까도 걱정됐고, 혹 아내가 그 돈을 캐나다로 다 보내라고 하지 않을까도 두려웠다.

그러지 않아도 그즈음 아내는 생활비가 적다느니, 교육비가 더 필요하다느니, 대출을 낼 수는 없냐느니 하면서 틈틈이 그를 조여댔다. 그의 손에 목돈이 들어온 것을 알게 되면 가만히 있을 리가 없었다. 결국 명예퇴직을 했다는 말을 그는 아내에게 하지 않았다. 그 일은 그의 삶에 더 큰 파란을 가져왔다.

명예퇴직을 하고 나자 목돈을 갖게 된 것을 알게 된 몇몇 지인들이 주변에 맴돌았다. 좋은 사업 아이템이 있다느니, 함께 일해보자느니, 이런저런 권유가 많았다. 그 중에서 가장 구미가 당겼던 것은 함께 퇴직한 동료가 내밀었던 동업 제안이었다. 회사에서 담당했던 꽤 알찬 거래선이 있는데 자신이 독립하면 그 거래선이 자신을 따라오겠다 했다는 것이다. 회사 입장에서는 구조조정을 하는 마당에 규모가 작은 거래선은 계속 끌고갈 필요가 없었다. 독립하는 직원들에게 나눠주면 서로 윈윈하는 방법이었다. 다만 그들이 독립을 하더라도 그 거래선을 감당하기엔 자금력이 부족했다. 동료는 그것을 동업으로 해결하고자 했다. 그의 명퇴금은 그렇게 동업으로 새로운 회사를 차리는 자금으로 들어갔다.

회사는 1년쯤 그럭저럭 굴러갔지만 동업자는 규모를 늘리는 데 욕심을 냈고 자금은 계속 모자랐다. 여기저기서 계속 자금을 끌어들였고 최 사장에게도 기회는 왔을 때 잡아야 하는 것이라며 계속 자금 압박을 했다. 원래부터 겁이 많았던 최 사장은 이 사업이 빚으로 확장되는 것에 대해 엄청난 부담을 느꼈다. 그렇게 커지는 것에 자신이 없었다. 의논 끝에 자신은 이 사업에서 발을 빼는 것으로 최종 결정이 됐다.

동업자는 최 사장의 투자금을 쉽게 빼주지 않았다. 이런저런 이유를 대고 차일피일 미뤘다. 한계를 느낀 최 사장이 동업자를 상대로 소송을 걸었지만 너무 늦었다. 그때는 이미 회사가 감당할 수 없는 수준의 자금 압박으로 부도 위기에 처해 있었다. 동업자로 되어 있었다는 올가미에 걸려 최 사장은 투자금 회수는 커녕 부도에 대한 법적 책임도 함께 져야 했다. 그렇게 고의부도를 내는 사람들이 있다는 것을 알게 되었을 때는, 그리고 동업자가 그렇게 최 사장을 이용했다는 것을 확신하게 됐을 때는 이미 모든 것을 다 털린 뒤였다. 결별하자마자 빠르게 법적 대응을 했어야 했는데 믿음으로 기다리고 있었던 것이 패착이었다. 인간을 믿었던 것에 대한 대가는 너무나 가혹했다. 그의 명퇴금은 그렇게 허무하게 날아갔다.

캐나다의 아내가 누군가를 통해 이 사연을 알게 됐다. 전화기 속의 그녀는 펄펄 뛰었다. 회사를 그만두고도 자신에게 알리지 않았고, 꽤 큰 금액의 명퇴금을 받고도 혼자 모든 것을 처리한 남편을 용서하지 않았다. 그녀는 이혼 서류를 보내 도장을 찍어달라 했지만 최 사장은 그것만큼은 수락하지 않았다. 결국 변호사를 통해 이혼소송에 들어갔고 꽤 많은 시간 동안 법정 싸움을 벌여야 했다.

어린 시절부터 다툼을 싫어하던 최 사장이었다. 너무 억울하다고 생각될 때는 가끔 상대에게 대들어보기도 했다. 하지만 그는 누구에게도 제대로 이겨본 적이 없었다. 그때마다 더 큰 상처만 받을 뿐이었다. 믿었던 동료와의 동업과 실패, 아내와의 이혼 소송, 그 연이은 싸움에 그의 가슴은 아주 만신창이가 되어버렸다.

6. 윤 사장과 박 팀장

식품부의 오전과 점심 영업 시간은 정신없이 지나갔다. 오후 3시가 되자 만들어놓은 제품들이 어느 정도 빠지고 조금 한산해졌다. 윤하는 열흘 전 통보받은 리모델링에 대해 오늘은 좀 깊게 생각해보기로 했다. 그동안 틈나는 대로 생각을 하기는 했다. 이렇게 했다가, 저렇게 했다가, 많은 생각을 해보았으나 딱히 이것이다 싶은 결정을 내리기가 어려웠다. 마냥 미뤄둘 수는 없는 일이었다.

남편이 그렇게 도망치듯 한국을 떠난 뒤, 통장 잔고가 바닥이었던 윤하는 우연한 기회로 이곳에 입점했다. 뼈가 부서지도록 일한 대가로 그동안 아들과 먹고살았다. 학교도 보내고, 학원도 보내고, 집세도 내며 살았다. 잠시만 몸을 피했다가 온다던 남편은 돌아오지 않았다. 그래도 전화는 가끔씩 왔다. 그는 돌아오지 못하는 이유에 대해 늘어놨다. 윤하가 자세히 들어보면, 이것저것 다 핑계였다. 가끔은 다올 사장에게 떼어먹힌 돈을 받을 수 있을지도 모른다는 희망을 말하기도 했다. 그럴 때의 그의 목소리는 바람 가득 든 풍선처럼 높이 높이 날아올랐다. 밉기도 했다가 안타깝기도 했다. 그리고 언젠가부터 윤하는 더 이상 그에게 기대를 하지 말아야겠다고 생각했다. 혼자서라도 씩씩하게 걸어가야 했다. 자신과 아들 앞에 펼쳐진 삶은 스스로 돈을 벌어 꾸려가야 했다.

현재로서는 리모델링을 신청해 매장을 유지하는 것이 최선이었다. 하지만 백화점에서 요구하는 인테리어 비용이 그녀에게는 너무 큰 부담이었다. 이곳에 입점할 때 창업자금으로 받았던 대출금을 윤하는 아직도 다 갚지 못했다. 또 어디서, 어떻게, 4천만 원을 마련한다는 말인가? 이곳에 남기 위해 그 돈을 다시 만들어내야 한다는 생각을 하니 가슴 속 어딘가 꽉 막혀버린 듯 답답해졌다. 머리를 절레절레 흔들었다. 이런 상태로는 도저히 생각의 진도를 나갈 수가 없었다. 명쾌하면서도 합리적인 답을 내릴 수가 없었다. 나중에 다시 생각하기로 했다.

작업실로 들어갔다. 아까 구워둔 빵들이 식힘틀 위에서 잘 식고 있었다. 검지로 살짝 눌러보았다. 이제는 들어내어 포장을 해도 습기가 차지 않을 것 같았다. 빵들을 차곡차곡 쟁반에 담아 작업실을 나왔다. 쟁반을 매대 아래에 내려놓고 하부 장에서 포장용 비닐봉투 뭉치를 꺼냈다. 비닐장갑도 꺼내 양 손에 끼고 빵 포장을 하기 시작했다. 쟁반의 첫 번째와 두 번째 줄에는 깨찰빵들이 놓여 있었다. '킹베이커리' 매장 매출 1,2등을 다투는 인기 상품이었다. 한 봉에 여섯 개씩 포장하여 묶은 것을 5천 원 받는 제품이었는데 낱개로도 팔았다. 낱개로 파는 빵은 한 개 천 원씩 받았다. 대부분의 고객들은 빵 한 개가 서비스로 더 들어간 여섯 개들이 포장 제품을 선호했다.

윤하는 깨찰빵을 포장하면서 지나다니는 고객들의 움직임도 함께 보고 있었다. 누군가 자신의 매장으로 눈길이라도 주는 것을 보게 되면 즉각 포장을 멈추고 고객 응대 자세를 취해야 했다. 그녀의 눈에 식품매장 입구 쪽에서 윤 사장이 걸어들어오는 것이 보였다. 불뚝한 배를 쑥 내밀고 어그적어그적 걷고 있었다. 그는 이곳 식품부 내에서만 매장을 3개씩 운영하는 사람이었다. 모두 식품부 내 노른자인 중심 통로를 낀 매장들이었다. 한 개도 잡기 힘든 그런 로열구역 매장을 그는 무슨 백으로 3개나 운영하게 됐을까? 윤하는 그것이 항상 궁금했다.

윤 사장은 주기적으로 매장에 나왔지만 이곳에서 직접 일하는 입점업체 사장들하고는 어울리지 않았다. 그러다보니 사람들은 그와 말을 섞을 기회도, 이름을 알게 될 기회도 없었다. 이곳 D존 매장의 네 사람인 윤하, 성현, 이 사장, 최 사장은 그를 지칭할 때 그냥 윤 사장이라고 했다. 같은 입점업체 사장들이었지만 함께 일하는 동료라는 느낌은 전혀 들지 않았다. 가끔 와서 매장을 왔다갔다 하는 그에게서는 오히려 백화점 관리자 분위기가 더 진하게 느껴졌다.

그는 운영하는 모든 매장을 책임 매니저를 채용해서 운영했다. 자신이 직접 만들고 판매하는 일은 할 필요가 없었다. 일주일에 한번 정도, 관리 명목으로 저렇게 방문하는 것이 그의 일이었다. 그의 외모는 옥떨메, 즉 옥상에서 떨어진 메주라고 부르는 사람들이 있을 정도로 못생겼다. 나이는 30대 중후반 정도로 보였고, 165센티쯤 되는 작달막한 키에 배가 불룩 튀어나온 체형이었다. 백화점을 방문할 땐, 항상 지하 주차장에서 식품부 매장으로 바로 들어오는 후문 출입구를 이용했다. 그가 들어오는 모습을 멀리서 보면 꼭 커다란 오뚜기 인형이 걸어오는 것 같았다. 천천히 걸어온 그가 윤하의 매장 쪽으로 가까이 다가오면, 윤하는 그때야 그의 얼굴을 제대로 볼 수가 있었다.

그는 아주 독특한 얼굴을 가지고 있었다. 뭉툭한 사다리꼴 얼굴은 군데군데 여드름 자국으로 얽어 있었다. 눈썹의 꼬리 부분은 마치 끊어진 것처럼 숱이 하나도 없었다. 작은 눈은 못난이인형의 그것처럼 위로 찢어졌고 코는 펑퍼짐했다. 두터운 입술은 툭 튀어나와 있었다. 처음에 누가 그렇게 불렀는지 모르지만 옥떨메는 그에게 퍽 잘 어울리는 별명이었다. 항상 넓은 통바지를 입고 다녔는데, 한여름만 빼고는 브라운 계통의 풍덩한 잠바를 꼭 상의 위에 걸쳐 입었다. 툭 튀어나온 배를 가리려는 목적인 것 같았지만 배는 아랑곳없이 튀어나와 보였다. 그는 항상 루이비통 문양의 가방을 끈이 가슴팍에 사선으로 쳐지게끔 둘러메고 왔다. 가느다란 가방끈은 그의 배를 더 불뚝하게 보이도록 만들었다. 언젠가 이곳 D존 매장의 네 사람은 그의 가방을 보고, 저것이 진품인지 가품인지 궁금하다며 웃었던 적이 있었다. 그가 거둬들이는 수입으로 보면 진품일 가능성이 크지만 그의 외양으로 보면 영락없이 모조품처럼 보이지 않느냐고 했다.

그가 운영하는 매장은, 떡볶이와 김밥 전문점인 '한끼식사', 비빔밥 전문점인 '텃밭비빔밥', 철판볶음밥 전문점인 '데리야끼철판볶음밥', 이렇게 3곳이었다. 월 매출 5천만 원은 족히 넘는 매장들이어서 한 달 순수익이 각각 1천만 원씩은 보장됐다. 모두 합하면 매달 3천만 원의 순수익은 그냥 가져가는 고수익자로 추측할 수 있었다. 가방이 진품일 가능성이 크다는 것은 그것을 빗대어서 했던 말이었다.

윤 사장이 그렇게 매장으로 들어오고 1분밖에 되지 않았을 때였다. 언제 연락을 받았는지 식품부 박 팀장이 쏜살같이 쫓아 들어왔다. 윤 사장은 걸음을 멈추고 박 팀장에게 손을 들어올렸다. 박 팀장은 그에게 다가가서 인사를 나누더니 곧 함께 매장을 돌기 시작했다. 마치 윤 사장의 호위무사 같은 표정이었다. 식품매장에 입점해 있는 모든 입점업체들에 권력자로 군림하는 박 팀장이었다. 하지만 그는 윤 사장 앞에서만은 사람이 180도로 변했다. 아주 높은 사람을 대하듯 굽실댔다. 윤하는 처음 이곳에 입점했을 때, 그런 박 팀장의 모습을 보고 몹시도 의아했었다. 얼마 후, 오랫동안 이곳에서 일했던 사람이 전해주는 그 이유를 듣고는 실소를 금치 못했다.

그날은 윤하가 윤 사장을 두 번째 본 날이었다. 오늘처럼 저렇게 박 팀장이 그와 함께 매장을 돌고 있는 것을 보던 윤하는 맞은편 오른쪽 라인에 있던 '우리떡' 조 사장에게 물었다.

"저 사람 누군데 박 팀장이 저렇게 저자세를 하며 같이 다니는 거예요?"

"입점업체 사장이에요."

윤하는 그의 대답에 의문이 생겨 다시 물었다.

"우리도 다 입점업체 사장이잖아요. 박 팀장이 왜 저 사람에게만 저렇게?"

조 사장은 실실 웃으면서 다시 말했다.

"입점업체 사장이라고 다 같지 않아요. 저 사람은 우리들하고는 달라요."

이해 못할 말이었다.

"뭐가 다른데요?"

계속 묻지 않을 수가 없었다.

"저 사람은 이 백화점 회장님의 안마사예요."

"은련그룹 유명규 회장님 말예요?"

"네."

"저 사람이 회장님 안마사라서 박 팀장이 저렇게 굽실댄다고요? 아하하."

윤하는 그의 대답이 하도 황당해 자신도 모르게 큰소리로 웃고 말았다.

"아주 실력 있는 안마사인가봐요, 예전에 회장님이 몸이 안 좋으셔서 다리하고 허리를 못 썼던 적이 있었어요. 병원에 다녀도 별로 차도가 없었는데 저 사람이 신묘한 안마 솜씨로 회장님 다리와 허리를 싹 고쳤대요."

"어머, 진짜요?"

"네, 그래서 회장님이 무지 예뻐하신대요. 당신 몸을 고쳤다고요. 의사보다도 낫다고 하신다더라고요."

믿기가 힘든 이야기였지만 조 사장은 이 백화점에서 일어나는 일들을 거의 정확하게 알고 있는 소식통이었다. 그의 말대로 윤 사장이 정말 회장님의 몸을 안마로 싹 고쳤다면 충분히 회장님의 예쁨을 받을 수는 있는 일이었다. 하지만 윤하는 몇 가지 의문이 계속 생겨났다.

"그런데 왜 회장님 안마사가 여기서 이런 매장을 운영하는 거예요?"

조 사장이 다시 말했다.

"돈이 되니 하는 거지요. 저렇게 자리좋은 매장은 직원들 두고 일 시켜도 수익이 많이 나잖아요. 자기는 손도 까닥 안 하고도 돈을 버는데 안 할 이유가 없지요. 그에게 돈 벌라고 회장님이 저런 매장을 특별히 빼준 거예요."

"아, 거기까진 이해가 가요. 그런데 박 팀장은 왜 저 사람한테 저렇게 굽실대는 거지요?"

윤하는 저번부터 잘 이해가 되지 않던 것을 물었다.

"박 팀장 입장에서는 저 사람에게 잘 보여야 회장님께 말이 좋게 들어갈 거 아녀요? 저 사람이 회장님 허리, 다리 주무르면서 별 말 별말 다 할 거 아녀요? 측근도 그런 최측근이 없죠. 그러니까 저 사람에게 잘 보이려고 여기 매장에 나오기만 하면 짝 붙어서…."

조 사장은 자신의 두 팔을 올리더니 양 손바닥을 리드미컬하게 붙였다 뗐다 했다. 비위를 맞추면서 굽실굽실한다는 표현이었다.

"아이고, 참. 모두들 살아남으려고 애 많이 쓰네요."

몸으로 하는 그의 표현에 윤하는 웃지 않을 수가 없었다. 산다는 건 모두 다 서글프다는 생각이 들었다. 팀장이라는 직책 하나만으로 이 식품부에서 무소불위 권력을 휘두르는 박 팀장이었다. 그가 이곳에서 몸을 굽히는 사람은 오직 한 사람, 윤 사장뿐이었다. 윤하는 박 팀장의 행동이 우스울 정도로 비굴하다 생각됐지만 마음 한편에서는 애처롭다는 느낌이 들기도 했다.

윤하의 눈은 박 팀장과 윤 사장의 걸음을 계속 따라갔다. 두 사람은 매장을 다 돌아본 후, 건너편에 있는 휴게 코너로 들어갔다. 벽 없이 사방이 오픈되어 있는 곳이었다. 그곳에 앉아 있는 고객들의 모습이 한눈에 보였다. 70대 후반은 되어보이는 할머니 세 분이 휴게 코너 중앙의 커다란 목재 테이블 앞에 앉아 얘기를 나누고 있었다. 한참 동안 매장을 돌던 윤 사장과 박 팀장이 그곳까지 걸어가 할머니들 앞에 멈췄다. 두 사람은 공손한 태도로 두 손을 모으고 서서 할머니들에게 깊이 허리를 굽혔다. 윤하는 그 정중한 인사에 고개를 매장 밖으로 쑥 뺐다. 할머니들이 누구인지 자세하게 살펴보려는 것이었다. 윤하의 짐작이 맞았다. 그 할머니 중의 한 분은 유명규 회장님의 사모님이었다. 나머지 분들은 사모님이 가끔 이곳에서 만나는 친구들이었다.

백화점 옆에는 38층짜리 고급 주상복합 건물이 있었다. 회장님 내외가 그곳에 살고 있어 사모님은 가끔 백화점에 나와 친구들을 만났다. 얼핏 보기에는 여느 할머니들과 하나도 다를 것 없어 보이는 평범한 할머니들이었다. 그러나 그녀들이 이곳에 오면 식품부 직원들은 모두 스프링처럼 튀어나가 사모님, 사모님 하고 떠받들었다.

재미있는 것이 있었다. 윤하가 유심히 보니 윤 사장은 할머니들에게 단 한번만 인사하고 똑바로 서서 대화하고 있었다. 아주 자연스런 몸짓과 표정이었다. 박 팀장은 그 옆에서 두 손을 맞잡고 계속 허리를 굽실거리며 쩔쩔매며 서 있었다. 무슨 야단을 맞고 있는 것일까? 설마 이런 곳에서 그럴 리가 있겠는가? 윤하는 박 팀장의 그 태도가 너무 우스웠다.

베이커리 매장에 갑자기 대여섯 명의 고객들이 한꺼번에 몰려들었다. 윤하는 더 이상 한가롭게 그들을 구경하고 있을 수가 없었다. 얼른 고객들을 맞아들이며 인사 멘트를 했다. 고객들이 원하는 제품을 시식시키기도 하고, 재료에 대한 설명도 덧붙이면서 빵을 팔았다. 그렇게 열심히 응대하다가 잠시 다시 고객들이 끊어졌을 때였다. 조금 전까지만 해도 휴게 코너 할머니들 앞에 쩔쩔매며 서 있던 박 팀장이 갑자기 윤하의 매대 앞에 불쑥 나타났다. 두 손에는 플라스틱 쟁반을 받쳐들고 있었고, 그 위에는 말간 식혜가 담긴 유리컵 세 개가 놓여 있었다. 조 사장의 '우리떡' 매장에서 파는 식혜였다.

"안녕하세요?"

박 팀장을 보자 윤하는 먼저 인사를 했다. 하지만 그는 그녀의 인사를 무시하고 다짜고짜 말했다.

"사모님이 지난 번 드셨던 그 빵이 뭐였죠?"

난데없는 질문이었다.

"네?"

"그, 뭐, 찹쌀이 들어갔다는 그거 있잖아요. 검정깨도 들어가고."

그가 답답하다는 얼굴로 다시 말했다.

"아, 깨찰빵요?"

문득 드는 생각이 있어 윤하가 말했다.

"맞아요. 깨찰빵. 그거 좀 담아줘봐요. 세 분 드실 만큼."

"잠시만요."

윤하는 크라프트지 종이봉투를 꺼내어 그 속에다 깨찰빵 여섯 개를 담았다. 지난 번, 회장 사모님이 윤하의 매장에서 몇 종류의 빵을 사갔던 적이 있었다. 아마 그때 사갔던 빵 중에서 깨찰빵이 맛있었다고 박 팀장에게 말했던 모양이었다. 윤하는 빵이 담긴 종이봉투를 박 팀장 앞으로 내밀었다.

"종이봉투 말고 접시 같은 거 없어요?"

박 팀장이 뭔가 불만스런 눈으로 말했다. 정작 빵을 담을 때는 가만히 있더니 다 담고보니 봉투째 갖다주기는 부적합하다는 생각이 든 모양이었다.

"여기는 테이크아웃 하는 매장이라 접시는 없는데요."

윤하의 말에 그는 난감한 표정을 지었다. 아주 잠깐, 무언가 생각하는 눈을 하더니 식혜 잔이 놓인 쟁반을 그대로 매대 빈 공간에 내려놓았다. 주머니에서 핸드폰을 꺼내 바로 버튼을 눌렀다.

"정 대리. 사무실에 접시 큰 거 하나 가지고 킹베이커리로 와. 빨리!"

그는 '빨리'라는 말을 강조하며 전화를 끊었다.

1분도 되지 않아 정 대리는 매장으로 달려왔다. 그녀의 두 손에는 항상 들고 다니는 서류파일 대신 하얀 플라스틱 접시가 들려 있었다. 정 대리로부터 접시를 받아든 박 팀장은 조금 전 윤하가 빵을 담아놓은 봉투 속으로 손을 넣었다. 그 모습을 보고 정 대리가 봉투를 잡으며 말했다.

"팀장님. 제가 옮겨 담을게요."

"됐어! 정 대리는 그만 가봐!"

박 팀장의 그 말이 어찌나 빠르고 단호한지 윤하도 놀라고 정 대리도 놀랐다. 마치 먹잇감을 빼앗기지 않으려는 맹수 같은 얼굴이었다. 정 대리는 놀라서 동그래진 눈을 그대로 하고 슬금슬금 자리를 떴다.

빵을 접시에 다 옮겨 담은 박 팀장은 식혜 잔을 담은 쟁반 한쪽에 그걸 올려놓았다. 그는 양 손으로 쟁반을 들고 휴게실 쪽으로 조심조심 걸어갔다. 행여나 둥그런 빵이 굴러떨어질까, 찰랑이는 식혜가 쏟아질까 전전긍긍하며 걸어갔다. 그 뒷모습이 코미디의 한 장면 같았다. 맞은편에서 그 모습을 지켜보던 최 사장과 이 사장이 윤하를 보며 웃었다. 박 팀장의 모습이 D존 구역에서 조금 멀어지자 이 사장이 입은 크게 벌리고, 소리는 들릴 듯 말 듯 작게 하며 말했다.

"돈은?"

윤하가 물었다.

"무슨 돈?"

그가 다시 말했다.

"빵값."

"몰라."

"안 줬어?"

"안 주네."

"이런, 젠장."

최 사장이 옆에서 어이없다는 듯 웃었다. 사모님이 친구들과 백화점에서 쇼핑하거나 쉬고 있을 때, 저 박 팀장이 지극하게 대접했던 다과들은 모두 어디서, 어떻게 구했을까? 그가 그런 식으로 입점업체들에 은근슬쩍 빼앗아 바쳤다는 것을 이곳 식품매장에선 모르는 사람이 하나도 없었다. 하지만 대접받는 그녀들은 그 사실을 결코 알 수 없을 것이었다.

7. 휴게실 단전

오후 4시가 되자 윤하는 알바 황 여사에게 매장을 맡기고 성현과 함께 밖으로 나왔다. 휴식을 취하기 위해서였다. 두 시간만 있으면 대부분의 매장에서는 마감세일을 시작한다. 그때는 30,40프로나 파격 할인하는 것을 대부분 고객들이 잘 알고 있었다. 때문에 백화점 식품매장은 오후 4시에서 6시 사이가 가장 한가했다. 두 사람은 휴게실로 가기 위해 식품매장과 연결된 지하 주차장 쪽으로 빠져나왔다. 썰렁한 한기가 느껴졌다.

"어, 추워. 12월 초순인데 왜 이리 춥지?"

성현은 양팔로 가슴을 감싸 오므리며 바르르 떨었다.

"이리 추울 줄 알았으면 라커룸에 가서 패딩이라도 챙겨 입고 나올걸."

윤하도 성현과 똑같이 가슴을 감싸안으며 몸을 오그렸다.

"쉴 시간도 모자란데 지하 3층까지 어떻게 내려가? 그냥 뛰어."

성현은 그 말을 내뱉음과 동시에 마구 달렸다.

"같이 가."

윤하도 성현을 쫓아 달렸다.

"나 잡아봐라. 아하하."

장난기가 발동한 성현은 어린 소녀처럼 웃음소리를 흔들며 도망갔다. 길고 튼튼한 다리의 성현이 있는 힘껏 달리자 가녀린 윤하와의 격차는 순식간에 벌어졌다. 윤하는 있는 힘을 다해 성현을 쫓았다. 하지만 성현은 이미 주차장을 빠져나가 휴게실 쪽으로 사라져버리고 말았다.

윤하는 이곳에서 거의 1년을 성현과 함께 일했다. 하지만 성현은 자신의 개인사에 대해서는 잘 말하지 않았다. 윤하가 성현에 대해 알고 있는 것은 딱 두 가지였다. 무슨 사정이 있었는지는 모르지만 지금 남편과 떨어져 살고 있다는 것, 중학생인 그녀의 아들이 청소년 축구선수라는 것뿐이었다.

깜짝 놀랄 정도로 빠른 성현의 달리기를 보면서 윤하는 그녀가 과거에 혹시 운동선수가 아니었을까? 하는 생각을 했다. 성현의 달리는 폼과 속도는 평범한 여자들이 낼 수 있는 것이 아니었다. 윤하는 이미 눈앞에서 사라진 그녀를 따라잡으려 있는 힘껏 달렸다. 숨을 헉헉거리며 겨우 휴게실에 다다라 출입문을 열어젖혔다. 성현은 문 뒤에 숨어 윤하를 기다리고 있다가 왁, 하고 달려들었다.

"아이 깜짝이야."

윤하가 놀라 소리쳤다.

"아하하. 재밌어. 언니 헥헥대는 모습 되게 귀엽다."

성현은 개구쟁이 소년 같았다. 그녀가 매장에서 보여주는 모습은 항상 우직하게 일하는 모습이었다. 그런데 오늘 윤하가 본 성현의 모습은 평상시 모습과 너무 달랐다. 천진하고 장난스러웠다. 밝은 에너지가 마구 넘쳐흘렀다. 윤하가 알지 못하던 성현의 모습이었다.

휴게실은 매장과는 반대편, 지하 주차장 맨 끝에 있었다. 처음부터 건축 공간으로 설계된 휴게실이 아니었다. 석고보드를 이용해 한쪽 벽을 막아 만든 가설 공간이었다. 열다섯 평 정도의 공간은 두 파트로 나눠져 있었다. 일곱 평 정도는 50센티 정도 바닥을 높여 전기패널을 놓아 온돌로 만들었다. 나머지 공간은 회색 아스타일을 바닥에 시공한 맨바닥이었다. 한쪽 벽과 닿는 쪽으로 낡은 소파들을 길게 붙여놓아 사람들이 각자 취향에 따라 좋아하는 곳에서 쉴 수 있도록 만들어놓았다.

〈휴게실〉이라고 붙여진 그곳은 여자들만의 공간일 뿐이었다. 남자들은 쉴 곳이 아예 없었다. 백화점에서 일하는 사람들의 성별의 수는 여자가 절대 우위였다. 남자는 전체 숫자의 20프로 정도밖에 되지 않았다. 그래서 남자 휴게실은 아예 만들지도 않았다. 대부분 남자들은 옥상 한 구석에 설치돼 있는 흡연실에서 쉬었다. 어떤 남자들은 아예 건물 밖으로 나가 바람만 잠시 쐬고 들어왔다.

피로에 많이 지친 남자들은 가끔 여자들이 가득한 이 휴게실에 들어와 쉬기도 했다. 하지만 따뜻한 온돌에는 올라올 엄두를 못냈다. 그저 소파에 잠시 앉았다 나가는 정도였다. 그나마도 여자들 쉬는데 비집고 들어온다고 눈총주는 사람들이 가끔 있었다. 웬만큼 얼굴이 두껍지 않으면 휴게실엔 들어오지도 못했다.

날씨가 추워지면 여자들은 온돌에 누워 쉬고 싶어했다. 코드만 꽂으면 전기가 바로 들어왔다. 금방 따끈해지는 방바닥이 지친 몸을 쉬게 하기에는 그래도 괜찮았다. 특히, 냉장시설이 가득 설치된 신선식료품 코너에 근무하는 알바 여자들이 그 온돌을 좋아했다. 그녀들은 하루 종일 온몸에 냉기를 받으면서 일해 추위를 많이 탔다. 특별한 기술 없이 찾아들어온 일자리인 만큼 나이가 50대를 넘긴 주부들이 대부분이었다. 그녀들은 휴게실에 들어오면 '에구구, 허리야, 에구구, 다리야'를 연신 뇌면서 뜨끈한 온돌 바닥에 몸을 눕혔다. 그렇게 30분 정도나마 몸을 지지고 나면 근육이 조금 풀려서 다시 일을 할 수 있었다.

윤하가 성현과 함께 휴게실 문을 열고 들어서자 평소에는 보지 못하던 풍경들이 그곳에 펼쳐져 있었다. 몇 명의 여자들이 바닥에 종이박스를 깔고, 또 몇 명은 스티로폼 박스를 부스러뜨려 조그만 자리를 만들어 그 위에 몸을 눕혀 쉬고 있었다. 어떤 여자는 착용했던 앞치마를 벗어 엉덩이와 발밑에 깔고 무릎을 감싼 채 웅크리고 있기도 했다. 실내는 냉기로 가득했고 사람들의 표정도 우울하고 어두웠다. 윤하가 바닥에 손을 대보니 냉골이었다. 얼른, 벽 구석에 부착된 온도조절기를 살펴봤다. 조절기가 통째로 빠져 있었다.

"이게 어디 갔어요?"

윤하는 깜짝 놀라서 물었다.

"내 정말, 시어매 무서워서 어데 살겠나?"

무릎을 감싸고 웅크려 있던 여자가 고개를 들고 투박한 경상도 사투리로 말했다. 휴게실에서 가끔 마주쳐 서로 눈인사 정도는 나누고 지내던 50대 초반의 신선 식료품 코너 직원이었다.

"정 대리가 이거 뺐어요?"

여기서 시어매라면 정 대리였다.

"엊지냑 끝날 때 이거 안 꺼놓고 갔다고 마카 질거지를 들인답디다."

"이건 휴게실에서 맨 마지막에 나가는 사람이 끄는 거 아녜요?"

"갠데, 누가 그그를 안 끄고 갔나봅니더."

"그렇다고 이렇게 온도조절기까지 빼가면 다른 사람들은 어떻게 하라고요?"

윤하는 온도조절기가 뜯어진 자리를 이리저리 살펴봤다. 함부로 뜯어낸 것은 아닌 것 같았다. 뜯긴 자리에는 플라스틱 캡이 씌워 있었는데 규격제품인 듯, 딱 들어맞는 모양새였다. 전기에 대해서 뭘 좀 알거나 공구와 기구들을 갖추고 있는 사람이 가져다 끼운 것 같았다.

"아침에 전기 담당 기사 델고 와서 그랬다는데, 전기를 들어오게 고쳐줘야 할 사람이 그그를 몬 들어오게나 하고, 먼 일을 이따위로 하는 줄 모르겠네예."

윤하와 여자의 대화를 잠자코 듣고 있던 성현이 끼어들었다. 몹시 화가 난 목소리였다.

"그래서? 이 추운데 언제까지 이거 못쓰게 한답니까?"

“몇 번이나 전기 끄고 가라고 했데 말 안 들었다고 본때를 뵈켜야 한답디다. 당분간은 못쓴다카네예.”

“그것 때문에 여기 사람들을 이렇게 덜덜 떨게 만들어요?”

성현이 점점 목소리를 높였다. 백화점 담당자들은 입점업체 사람들을 관리한다는 명목으로 가끔씩 이렇게 자기 맘내키는 대로 일을 처리하고 있었다. 사람들은 이렇게 부당한 일을 당하면서도 아무 말하지 못했다. 잘못 건드렸다가는 더 큰 불이익을 당할지도 모른다는 두려움이 그들의 마음속에 있었다. 입 다물고 있는 것이 불이익 당하는 것보다는 낫다는 생각이었다. 그러나 성현은, 이건 아니라고 정확하게 말하고 싶어졌다.

“정 대리한테 가서 따질래. 우리들을 인간으로 생각한다면 이건 아니지.”

성현의 얼굴은 분노로 일그러졌다. 그 말이 끝나기가 무섭게 문을 열고 밖으로 나갔다. 윤하가 뒤따라올 것으로 확신했는지 뒤도 돌아보지 않고 걸어갔다. 성큼성큼 걷는 걸음걸이가 어찌나 빠른지 몰랐다. 윤하는 성현을 뒤쫓아갔다. 사무실 문 앞에 다다르기 바로 전에야 겨우 따라잡았다. 그녀의 옷자락을 잡으며 물었다.

“어떻게 하려고?“

“따져야지! 이 추운 겨울에 히터도 들어오지 않는 곳에 전기온돌까지 못 켜게 한다는 게 말이 돼?”

성현은 정 대리가 괘씸해서 못견디겠다는 표정이었다.

“하지만 다른 사람들은 다 가만있는데 꼭 성현 씨가 나서야 할까?”

화나는 건 윤하도 성현 못지않았다. 그러나 지금 정 대리에게 가서 따지는 것은 위험했다. 리모델링에 대한 구체적인 계획과 그림이 아직은 나오지 않았다. 심사숙고한 뒤에 다음 행동으로 들어가야 했다. 감정은 언제든지 폭발시킬 수 있는 것, 지금은 아니었다. 성현을 말리는 게 먼저라는 생각이 들었다. 그런데, 말리고 말고 할 것도 없었다. 마침 서류파일을 들고 사무실에서 나오던 정 대리와 문 앞에서 딱 마주친 것이었다. 벌겋게 달아오른 성현의 얼굴을 본 정 대리가 먼저 입을 열었다.

"무슨 일이에요?"

영업장이나 휴게실에 있어야 할 입점업체 사장들이 왜 그곳 사무실 앞에 허겁지겁 왔는지 정 대리는 분명 그 이유를 알았을 것이다. 하지만 그녀는 아무것도 모르는 것처럼 시침을 떼며 물었다.

"휴게실에 전기 못 들어오게 한 것 말예요."

"네."

"언제 다시 전기 넣어주실 거예요?"

성현은 윤하가 예상한 것보다는 훨씬 잘 참으며 차분한 어조로 물었다. 감정을 누르고 좋게 타협봐야겠다고 다시 생각을 바꾼 것 같았다.

"당분간은 전기 끊을 겁니다."

정 대리는 단호하게 말했다.

"왜요?"

성현의 목소리는 다시 높아졌다.

"영업 끝나면 마지막으로 휴게실 나가는 사람이 스위치 끄게 돼 있어요. 안 끄고 간 게 벌써 몇 번인지 몰라요. 말로만 하니까 안 들어서 이번에 아주 본때를 보이려고 해요."

"그러니까, 누군지도 모르는 그 마지막 사람 때문에 몇 십 명의 직원들이 난방도 안 되는 휴게실에서 떨어야 하는 거예요? 이 추운 겨울에?"

성현은 점점 흥분하고 있었다.

"몇 번이나 주의를 줬어요. 그런데도 안 들으니 저도 어쩔 수 없는 거죠."

정 대리는 요지부동이었다. 두 사람은 한 치의 양보도 없이 서로 팽팽하게 줄다리기를 하고 있었다. 윤하는 잘못하면 일이 커지겠다 싶었다. 한 살이라도 더 나이 먹은 자신이 나서야 할 것 같았다. 성현을 밀어내며 정 대리 앞에 나섰다. 이 상황에서 어떻게 말해야 할지, 수많은 생각들이 순식간에 휘리릭 지나갔다.

"그러지 말고 좀 풀어주세요. 일하다가 겨우 몇 십 분씩 쉬는데 바닥이 냉골이라 사람들이 스티로폼 깔고 드러누워 있는 거, 보기도 좀 그래요."

윤하는 감정을 죽이고 최대한 부드럽게 말했다.

"안 돼요."

정 대리는 단호했다. 더 이상은 말하기 싫다는 듯, 곧바로 두 사람을 지나 복도를 따라 걸어갔다.

"그럼 언제쯤 풀어주실 거예요?"

윤하는 그녀를 따라가며 물었다.

"일 주일은 걸릴 거니 그렇게들 알고 계세요. 그리고 사무실엔 더 이상 찾아오지 마세요."

정 대리는 복도 끝에 다다르자 뒤도 돌아보지 않고 출입문을 밀며 나갔다. 그녀가 밀고 나간 육중한 문이 찬바람과 함께 탁 소리를 내며 닫혔다. 윤하는 그 완강한 문 앞에 그대로 선 채 혼잣말을 했다.

"백화점 관리자가 아주 대단한 벼슬이구나."

윤하를 뒤따라온 성현이 옆에 서서 뜬금없는 소리를 했다.

"왜 이 백화점에는 노조가 없지? 노조가 없으니 관리자들이 저렇게 제멋대로 하는 거잖아."

그런 말은 한번도 해본 적이 없던 성현이었다. 그녀는 이 백화점에서 식품부 D존 그룹의 네 사람 말고는 다른 사람들과 거의 말을 섞지 않았다. 휴식시간도 없이 일하는 성현이었다. 사실 그녀는 다른 사람들과 교류할 시간도 없었다. 그런 성현이 갑자기 정치적 색채가 밴 발언을 하는 것이었다.

"백화점에 무슨 노조야? 노조는 노동자가 있어야 있는 거지."

노조에 대해서 성현이 잘 모르는 것 같아 윤하가 설명했다.

"그럼 여기서 일하는 저 많은 사람들은 노동자들이 아니고 뭐야?"

성현은 이해할 수 없다는 표정이었다. 윤하는 성현이 노동자와 자영업자에 대한 구분을 제대로 하지 못하고 있다는 생각이 들었다. 노동을 하는 사람들은 다 노동자라고 여기는 듯했다. 좀 세세한 설명이 필요할 것 같았다.

"여기서 일하는 사람들은 자기의 매장을 운영하는 자영업자들이야. 물론 이곳에는 임금을 받고 일하는 순수한 노동자들도 있어. 하지만 그들은 백화점에 직접 고용된 것이 아니고 매장 자영업자들에게 고용되어 있잖아. 백화점은 매장을 빌려주고 관리하면서 판매 수수료를 받아 챙길 뿐이야. 사람들이 잘못 알고 있는 게 있어. 대부분이 백화점을 유통업체라고 알고 있지만 그렇지 않아. 직매입해서 판매하는 자체 매장도 가지고 있지만 대부분은 수수료를 받아 챙기는 임대매장이야. 그러니까 엄밀히 말하면 임대업체지. 우리들이 이곳에서 제품을 만들어서 파는 노동을 하고 있긴 하지만 백화점에서 월급을 받는 것이 아니잖아. 매장을 임대받아 영업하고 사업소득을 얻는 것이기 때문에 엄밀히 말하면 우리는 노동자들이 아니야. 노조를 만드는 것은 힘들어. 대형 마트하고는 시스템이 또 다르게 되어 있어."

그제야 성현은 이곳에서 일하는 사람들과 백화점의 관계에 대해 수긍하는 것 같았다.

"그렇긴 하다. 하지만 우리가 이곳에 처음 입점할 때 그들이 말했던 것이 있었어. 서로 노력하여 함께 성장하는 것을 목표로 한다고. 진심으로 그 목표를 행하려 한다면 일하고 쉴 수 있는 기본적인 환경은 조성해줘야 하잖아. 노동자든, 자영업자든, 그건 일하는 사람들의 기본적인 인권이야. 은런백화점이 어떤 곳이야? 우리나라 굴지의 대기업이잖아. 겉은 저렇게 화려하면서 속이 이리 끔찍할 줄 고객들이 알까? 이곳 휴게실의 실상을 상상이라도 할 수 있을까?"

성현의 말은 틀린 것이 하나도 없었다. 그 누구도 서비스 만족 1등을 목표로 하는 은련백화점의 지하 휴게실에서 이런 일이 일어났으리라고는 생각지 못할 것이다. 이 추운 겨울에 전기까지 끊어 일하는 사람들을 길들이려는 관리자의 행동은 어떤 마음에서 나온 것일까? 그렇게 해도 괜찮다고 생각하는 것은 무슨 배짱일까? 윤하와 성현은 그 길로 매장으로 다시 돌아왔다. 그 냉골에 앉아 쉬고 싶은 마음은 없었다. 냉골이 문제가 아니었다. 인간으로 취급받지 못하는 그런 휴게실에서는 쉬고 싶지 않았다.

돌아오자마자 윤하는 바로 작업실로 들어갔다. 그날 따라 일찍 떨어진 빵들이 많아 급하게 다시 만들어야 했다. 마침 레몬즙을 넣어서 만드는 머핀 스타일의 마들렌이 다 떨어져 있었다. 마들렌 반죽은 발효시간이 꼭 필요한 반죽이 아니었다. 레시피대로 만들어 냉장고에 보관했다가 필요할 때 짤 주머니에 넣어 짜서 구워내기만 하면 됐다. 그렇게 바쁘게 일하며 40분 정도 지났을까? 구워진 빵들을 매장으로 옮기면서 보니 성현이 밖에서 들어오는 모습이 보였다. 매장에 성현이 안 보여서 윤하는 그동안 그녀가 작업장 안에서 일하고 있는 것으로 알고 있었다. 지금 보니 그게 아니었던 것 같았다.

"어디 갔다오는 거야?"

윤하는 눈을 동그랗게 뜨고 물었다.

"점장실에."

성현은 검지로 천정을 가리켰다.

"왜?"

문득 짐작 가는 게 있었지만, 설마 하는 마음이 그것을 밀어냈다.

"이따 이야기하자. 일단 마감세일 준비부터 하고."

한참 동안 매장을 비웠던 성현은 마음이 급한 것 같았다. 말을 끊고 서둘러 작업장으로 들어갔다. 그녀가 7층에 있는 점장실에 갔다 왔다는 말을 듣자 윤하는 점장의 얼굴이 떠올랐다. 그가 처음 부임했을 때의 일이 함께 떠올랐다.

6개월 전, 새로운 점장이 부임했다. 40대 중반의 남자였다. 180센티는 되는 큰 키에 어깨가 넓고 듬직해보이는 사람이었다. 이목구비도 큼직큼직 시원해보였다. 무엇보다도 웃는 모습이 선해보였다. 그는 아침 조회시간에 식품부로 와서 입점업체와 협력업체 직원들에게 부임 인사를 했다. 흰 셔츠에 감색 넥타이까지 갖춘 정장 차림이었음에도 맨바닥에 엎드려 큰절을 올렸다.

"저희 은련백화점 한강점은 여러 입점업체 직원들에 의해 운영해나가고 있습니다. 여기 계시는 분들의 땀과 노력으로 저희 직원들도 월급을 받고 있습니다. 감사한 마음에 제가 이렇게 여러분들께 큰절을 올립니다. 제가 처음 부임하여 지금은 이곳에 익숙하지 못합니다. 앞으로 많은 노력을 하겠습니다. 여러분들께서도 열심히 하셔서 더욱 발전하는 한강점이 되도록 도와주십시오."

조회에 나온 사람들은 모두 큰 박수를 쳤다. 표정과 목소리, 그리고 몸짓에 진실성이 있어보였다. 무엇보다도 맨바닥에 엎드려 큰절을 올린다는 것이 사람들에게는 신선한 충격이었다. 그동안 백화점의 관리자들은, 팀장급은 물론 햇병아리 평직원들까지도 입점업체 사람들 위에 군림하려고 했다. 그처럼 그렇게 몸을 낮추는 사람을 이곳에서는 본 적이 없었다. 대부분 점장들은 직원들을 대동하고 권위적인 태도로 매장을 돌아다녔다. 입점업체 사람들에게는 전혀 눈길을 주지 않고 진열된 제품들만 날카롭게 훑으며 지나갔다. 식품부 박팀장의 행동과 거의 비슷했다. 그러니 사람들이 이 새로운 점장에 대해 호감을 갖지 않을 수가 없는 것이었다.

점장의 부임 인사가 끝나고 모두들 영업 준비를 하러 자신들의 매장으로 돌아갈 때였다. 윤하는 마침 옆에 서 있던, 이곳에서 8년이나 매장을 운영하고 있던 '우리떡' 조 사장에게 슬며시 말을 건넸다.

"이번에 부임한 점장님은 인품이 아주 훌륭해 보이시네요. 벼는 익을수록 고개를 숙인다는데 부임 인사하는 것 하나만 봐도 앞으로 크게 될 분 같아 보여요."

점장에게 감동받은 것을 조 사장도 동의하길 바라고 말했는데 그는 시큰둥하기만 한 표정으로 되받았다.

"크게 되긴요. 전에 있던 지점에서 밀려서 이리로 온 건데."

"어디에서 오셨는데요?"

"강남점에요. 말하자면 좌천이죠. 제가 듣기론 여기가 마지막일 거래요."

그는 이 백화점에 대해 아주 잘 아는 체했다.

"어떻게 그렇게 잘 아세요?"

윤하는 다시 물었다.

"본사에 아는 사람들이 좀 있어요. 강남에 있다가 여기로 온다는 것은 이제 여기서 1년 채우고 옷벗으라는 얘기예요."

그의 말은 확신에 차 있었다.

"거드름만 피우던 다른 점장들과는 다르게 겸손해 보이는데요? 덕있게 우리 점을 잘 이끌어나갈 분 같은데."

뭔가 아쉬운 듯한 윤하의 말에 조 사장은 씩 웃고 나서 다시 말했다.

"그러니까요. 그게 참 이상하더라고요. 제가 여기 오랫동안 있으면서 보니까요. 하여튼 잘 나가는 사람들은 다 못돼먹었더라고요. 입점업체들 쥐어짜고 들들 볶는 것들은 진급도 잘해서 좋은 점으로 가는데, 사람 참 괜찮다, 신사적이다, 하는 사람들 있잖아요. 그런 사람들은 다 밀려나요. 좌천되거나 옷을 벗거나."

"설마."

윤하는 그의 말이 썩 믿어지지 않았다. 동의하지 않는 것 같은 윤하의 표정을 보더니 조 사장은 다시 말했다.

"이건 내가 직접 겪은 일들이에요. 생각해보니 그런 사람들은 여기 회장님하고 성향이 맞지 않아 그런가 싶기도 하고요."

어쩌면 조 사장의 말이 틀린 것도 아니겠다 싶었다. 몇 년 전, 매스컴에서 대대적으로 보도해 알려졌던 유명규 회장의 회사자금 횡령 사건, 협력업체들에 대한 탄압, 그런 경영행태를 돌이켜보았다. 얼마든지 그렇게 생각될 수도 있는 일이었다.

6개월 전의 일들을 그렇게 떠올리고 있는데 성현이 윤하 옆에 와서 소곤댔다.

"오늘 마감 끝나고 맥주 한잔 해. 얘기가 길어."

"그래. 끝나고 얘기하자. 후문 앞에 테라스비어로 가자."

"갈 때 최 사장, 이사장. 다 같이 불러. 리모델링 얘기도 좀 하고."

리모델링은 모두에게 풀어야 할 숙제였다. 말은 안 하고 있었지만 성현도 속으로는 고민하고 있는 것 같았다.

"좀 있다 틈나면 눈치봐서 말할게."

마지막 남은 두 시간 동안 그녀들은 최선을 다해 남은 제품을 팔았다. 마감을 하고, 입금을 하고, 주변정리를 마쳤다. 둘은 함께 라커룸으로 내려가 서둘러 옷을 갈아입고 백화점을 나섰다.

윤하는 성현과 함께 창가 쪽에 자리를 잡고 앉았다. 어둠 속에 우뚝 버티고 서 있는 은련백화점 건물이 바로 보였다. 2층 작은 비어홀에서 내다보는 그 건물은 거대해보였다. 둘은 그것을 멍하니 바라봤다. 9층 높이의 건물 벽엔 은련백화점 전속 모델인 탤런트 정윤아의 얼굴이 정사각형 대형 광고판에 들어가 있었다. 광고판 가장자리를 빙 둘러서 간접 조명을 설치해 그녀의 얼굴은 은은하고 고혹적으로 빛났다.

〈여러분의 다정한 친구 은련백화점. 고객감사 정기세일 12월 1일 ~12월 31일〉

그녀는 여덟 개의 하얀 윗니를 가지런히 드러내고 웃고 있었다.

"예쁘긴 하다."

성현이 탁자에 팔꿈치를 대고 턱을 고이며 말했다.

"지금 한참 예쁠 나이지. 정윤아가 스물여섯이라 했던가?"

"그럴걸. 요새 핫한 여자 세 손가락 안에 들잖아."

성현은 오른손을 들어올려 엄지, 검지, 중지, 세 손가락을 펼쳐보였다.

"성현 씨도 스물여섯 때는 못지않게 예뻤을 것 같은데. 평범한 얼굴은 아니야."

그냥 하는 말은 아니었다. 성현이 이곳 샐러드 매장을 운영한 것은 1년 남짓 되었다. 윤하는 성현이 유니폼 위에 앞치마, 머릿수건만 두르고 있어도 그 모습이 참으로 맵시 있다고 생각했던 적이 여러 번 있었다. 반듯하고 또렷한 이목구비와 숱 많은 검은 눈썹은 1960년대를 풍미하던 한국 여배우들의 전형적인 얼굴이었다. 늘씬한 팔다리와 꼿꼿하고 반듯한 허리로 알바 하나 쓰지 않고 매장의 모든 일을 혼자 쳐내는 그녀였다. 강한 체력, 몸에 밴 성실함이 성현의 트레이드마크였다.

"그런데 최 사장과 이 사장은 왜 이렇게 늦는데요?"

칭찬이 쑥스러웠던지 성현이 말을 돌렸다.

"이 사장이 직원판매 해야 한다고 하더니 거기서도 아직 안 끝난 모양이야. 최 사장은 이 사장과 같이 오려고 하는 것 같으니 조금 더 기다려보자."

직원판매란 마감시간까지 다 못 판 제품을 직원들이 퇴근하는 출구에서 반값, 또는 떨이로 파는 것을 말하는 것이었다. 백화점 식품매장은 당일 다 팔지 못한 제품은 폐기처분하게 되어 있었다. 돈도 돈이지만 자신이 힘들게 만든 제품들을 그냥 버리기가 쉽지 않았다.

물건이 남으면 그런 식으로 직원판매라도 해서 모두 처리해야 했다. 그런 경우에는 퇴근시간이 훨씬 늦어지는 것이다.

오른쪽 벽에 붙어 있던 문이 덜컥 열리며 기다란 남자 둘이 성큼성큼 들어왔다. 최 사장과 이 사장이었다. 최 사장의 키는 179센티, 이 사장은 181센티라고 했다. 이 식품부 내에서는 큰 키에 속했다. 성현도 170센티가 다 되어가니 여자로서는 아주 큰 키였다. 윤하만 160센티의 키였다. 한국 여자 중간은 되는 키였으나 넷이 함께 있으면 윤하는 꼬맹이처럼 작아보였다.

"호랑이도 제 말 하면 온다더니."

성현이 그들을 보며 말했다.

"어서 오세요."

윤하는 환한 얼굴로 그들을 맞았다.

"죄송합니데이. 오늘 따라 제품이 많이 남아서예."

이 사장이 뒷머리를 긁적였다.

"우리 일 그런 거 여기 모르는 사람 있나요?"

윤하는 성현과 마주 보며 앉았던 자리를 최 사장과 이 사장에게 내주고 성현의 옆자리로 옮겨앉았다. 탁자 위에 붙은 작은 벨을 누르자 스무 살 남짓 됐을 아가씨가 메뉴판을 들고 달려왔다. 네 사람은 머리를 맞대고 이것저것 들쳐봤다. 그들이 주문한 것은 결국 항상 먹던 크리스피 치킨과 바비큐 치킨이었다. 생맥주는 3000CC 피처로 시켰다. 아가씨가 메뉴판을 들고 사라지자 이 사장이 먼저 물었다.

"참 아까 그기 먼 말입니꺼? 성현 누님이 점장실에 갔다고예?"

"응, 내가 아까 점장실에 찾아갔어. 휴게실 단전에 대해서 말하려고."

"그런 것 같았어. 하지만 은련백화점 직원들은 다 한통속 아니겠어?"

윤하는 어쩐지 성현이 쓸데없는 짓을 한 것 같다는 생각에 말했다.

"다른 점장이라면 내가 안 갔지. 근데 지금 점장님은 사람이 좀 다른 것 같더라고. 직원식당 출입구에도 백화점에 건의사항이 있거나 부당한 일에 대해 투서할 일이 있으면 하라고 건의함, 투서함도 설치되어 있고."

거기에 대해서도 윤하는 부정적이었다.

"그건 자기네 백화점 직원들에게 해당되는 일이지. 우리 같은 입점업체 사람들은 투서하면 오히려 색출하여 불이익을 줄 것 같은데?"

하지만 성현은 꿋꿋했다.

"그것까지는 잘 모르겠어. 아무튼 나는 점장님 찾아가 자초지종을 말씀드렸지. 정 대리의 작태를 더 이상은 봐줄 수가 없어서."

"그랬더니?"

"그건 있을 수도, 있어서도 안 되는 일이라는 거예요."

"정말 그랬단 말이야?"

윤하는 놀란 눈으로 말했다. 오랜만에 이곳에서 제대로 된 사람을 보는 것 같았다. 함께 듣던 최 사장, 이 사장도 놀라는 표정이었다.

"식품부 휴게실에 모든 정리, 소등, 전열기기 점검 같은 것은 식품부 담당직원이 하게 돼 있는데 그 책임을 알바 직원이나 입점업체 사람들의 책임으로 돌려서 단전조치 하는 것은 있을 수 없다는 거지.”

들을수록 놀라운 점장의 말이었다. 사실은 당연한 말이었다.

“그건 점장 말이 맞아요. 책임이라는 것은 책임질 위치에 있는 사람이 져야 하는 것이지요. 휴게실에 들락거리는 모든 사람들이 그런 황당한 방법으로 책임을 져야 한다는 것은 말이 안 되지요.”

이런 대화에선 대체적으로 듣기만 하는 최 사장이 입을 열었다.

“아무튼 점장님은 저에게 정중하게 사과를 하셨고, 식품부 담당자 불러서 빠른 조치를 한다고 하셨어요. 내일은 아마 휴게실에 전기가 들어올 거예요.”

“잘 됐어. 오늘 성현 씨가 아주 큰일했네.”

윤하는 성현에게 박수를 쳤다. 이 사장과 최 사장도 윤하를 따라 박수를 쳤다. 하지만 얼마 지나지 않아 지하식품부에는 엄청난 회오리바람이 일어나고 말았다. 그 바람의 시작이 성현이 오늘 점장실을 찾아간 것에서 비롯되었다는 것을 그들이 알게 됐을 때는, 일은 이미 돌이킬 수 없는 상태가 되어버린 후였다.

8. 입점

리모델링 통보를 받은 지 어언 보름이 지났다. 마감일인 25일까지는 이제 열흘밖에 남지 않았다. 윤하는 아직도 결정을 내리지 못했다. 12월은 연말 정기세일 시즌이라 하루 종일 바빴다. 집에 돌아가면 학원에서 돌아온 아들의 저녁을 챙겨주고 다음날 아침 식사를 준비해야 했다. 씻고 자리에 들어오면 생각하고 말고 할 것도 없이 그냥 쓰러져 잠들었다. 한두 시간 눈을 붙였을까? 하면 금방 알람이 울렸다. 시계를 보면 벌써 아침 6시였다. 시간을 어디다 도둑맞은 것처럼 억울했다. 그렇게 하루가 다시 시작되고, 또 하루가 끝났다. 윤하가 무언가를 깊이 생각할 수 있는 시간은 오로지 퇴근하는 지하철 안에서의 시간뿐이었다. 달리는 전철 안에서, 많은 사람들 속에서, 그렇게 함께 흔들리며 가는 시간만이 윤하가 온전한 생각이란 걸 할 수 있는 시간이었다.

하루 영업을 마치고 집으로 가는 지하철에 몸을 실었다. 출입문 구석, 기대어선 유리문에 비친 자신의 모습을 윤하는 멍하니 바라봤다.

오늘 따라 유난히 지친 모습이었다. 인생의 거의 반인 시간, 마흔이라는 그 나이를 넘게 살았는데도 왜 자신은 아직도 세상살이가 이리 어려운 것일까? 그런 생각을 하자 윤하는 그만 슬퍼졌다. 하지만 자신에게는 슬픔의 감정을 누릴 여유가 없다는 것을 잘 알고 있었다. 그렇다. 그녀에게 있어 슬픔은 사치였다. 유리창에 비치는 작고 마른 얼굴을 향해 가만히 웃어봤다. 억지로 지어준 그 웃음은 씁쓸했다. 문득 3년 전 그날들이 떠올랐다. 쓰러지지 않으려고, 휩쓸려가지 않으려고, 온몸에 힘을 주고 죽을힘을 다해 버티던 날들이었다.

남편이 도망가버린 그 사무실에서, 윤하는 이 과장과 함께 남은 업무를 마무리했다. 임대차 계약 종료와 집기 처분, 해야 할 모든 정리를 꼼꼼하게 다 마치고 사무실을 떠났다. 하지만 해결해야 할 일들은 그 후로도 윤하 앞에 끊이지 않고 일어났다. 주택담보대출에 대한 은행의 압류, 각종 세금 체납에 대한 국세청과 세관의 압류, 채권회수를 다하지 못한 사채업자들의 방문, 협박, 채권자들의 경매신청, 헐값 경매를 피하려 궁여지책으로 가격 내린 아파트 급매…. 전쟁터의 폭탄 터지듯 매일 매일 일어났던 일들이었다. 이리 뛰고 저리 뛰면서 그것들을 하나하나 수습해 마무리했다. 그러는 사이, 시간은 어느 새 3개월이나 지나가 있었다.

그동안에 남편에게서는 세 번의 전화가 왔다. 그의 말에 의하면, 사업을 시작했다는 정보를 가지고 급히 쫓아간 선배의 중국 사무실은 자신의 명의가 아닌 타인 명의 사업체였다고 했다. 선배는 그곳에서 남의 일을 도와주고 있었다고 했다. 받는 급여와 인센티브 일부를 들어오는 대로 조금씩 주기로 약속했다고, 좀 기다려보자고 했다. 윤하는 그에게 언제 돌아올 거냐고 물었다. 전화기 저쪽에서 긴 한숨소리가 들렸다. 잠시 후, 그는 힘없이 대답했다.

"얼마라도 받아야 갈 거야. 지금 돌아가면 그가 부쳐준다는 보장이 없어."

한국을 떠날 때, 한마디 말도 없이 도망친 선배였다. 남편이 그곳에 있다 해도 그 선배에게서 돈을 받아낼 것 같지가 않았다. 어쩌면 남편은 그 선배처럼 다른 채권자들로부터 도망쳤는지도 몰랐다. 윤하는 이제 남편을 마냥 믿고 기다려서는 안 된다는 생각이 들었다. 두려웠던 것은 행여나 하는 기대가 깨지는 것인지도 몰랐다. 하지만 중요한 것은 현실을 똑바로 응시해야 한다는 것이었다. 받아들일 것은 받아들이고, 놓을 것은 놓아버려야 다음을 향해 다시 발걸음을 내딛을 수 있었다. 어설픈 기대와 희망은 미래의 발목을 잡을 수 있는 독이 될 수도 있었다.

도심의 방 세 칸짜리 번듯한 아파트를 시세보다 한참 내려 급매로 팔았다. 그래도 꽤 큰 금액이었지만, 줄줄이 걸린 부채와 체납 세금을 정리하고 나니 남은 것은 서리 내린 가을 들판에 떨어져 있는 이삭 같았다. 15평짜리 허름한 다세대주택 3층에 월세를 얻어 빈약한 보증금을 넣었다. 남은 낱알갱이 같은 돈으로 일자리를 구할 때까지 버텨보기로 했다.

그러나 일을 해결하려고 정신없이 쫓아다닐 때는 정작 몰랐다. 그러한 상황이 어떤 고통을 가져다주는 것인지를. 진짜 고통은 모든 일이 수습된 후에 본격적으로 시작됐다. 허무함과 우울함, 억울함과 분함, 불안함과 초조함이 돌아가면서 윤하를 찾아왔다. 무차별적으로 진격해오는 적군들처럼 그녀의 머리, 가슴, 얼굴, 영혼까지 침범해왔다.

온갖 상념들로 밤마다 뒤척이다가 동이 하얗게 틀 때야 잠이 들었다. 아들의 등교 준비에 맞춰 설정해놓은 알람은 겨우 잠든 그녀를 다시 깨웠다. 힘들게 일어나 챙겨 학교에 보내고 나면 그녀는 또 다시 시체처럼 드러누웠다. 동쪽에서 떠오른 해가 남쪽으로 돌아 다세대주택 조그만 창으로 그 빛을 들여보낼 즈음이면 윤하는 허둥거리며 일어나 커튼을 내렸다. 그 밝은 빛이 너무 싫었다. 자신의 작은 공간이 빛에 점령당하는 것을 견딜 수 없었다.

통장에 잔고가 거의 없어져갈 무렵이었다. 질긴 생고무줄 같은 것으로 심장을 조이는 것 같은 흉통이 밤마다 일어났다. 늦은 시간까지 공부하던 아들이 잠이 들고 옆 세대의 웅웅거리던 텔레비전 소리도 멈추고 나면 그때부터 윤하의 심장은 벌렁거리기 시작했다. 똑바로 누운 채 어둠 속 천정을 쏘아봤다. 대책 없이 벌떡이는 심장을 제지하기 위해 몸을 뒤집어 방바닥에 가슴을 꼭 붙였다. 그러나 한번 날뛰기 시작한 심장은 결코 스스로 멈추지 못했다.

윤하는 무릎과 가슴을 방바닥에 댄 채 허리만 높게 들어올렸다. 웅크려 엎드리는 자세였다. 그런 자세는 누가 가르쳐준 적이 없었다. 가슴의 통증을 줄이려 움직이다보니 저절로 알게 된 것이었다. 20분 정도 그렇게 있으면 고통이 점점 잦아드는 듯했다. 그것은 동물들의 자세였다. 본능적인 움직임으로 동물들의 자세를 취했다. 그리고 그것들처럼 스스로 고통을 핥았다. 그런 상황에서도 윤하는 내일은 꼭 일어나야 한다는 생각은 놓지 않고 있었다. 하지만 다음날이면 또 일어나지 못했고 그런 시간들은 하루하루 반복됐다.

열흘쯤 지난 어느 아침이었다. 윤하는 더 이상은 이렇게 누워 있을 수 없다는 생각이 들었다. 일어나야 했다. 걸어가야 했다. 처음 먹은 마음은 햇빛을 절대 두려워하지 말아야겠다는 것이었다. 두 번째 먹은 마음은 일자리를 구해 돈을 벌어야겠다는 것이었다. 온힘을 다해 일어나 창에 드리워진 커튼을 열어젖혔다. 햇빛이 들이쳐 눈이 부셨다. 순간적으로 눈을 감았다가 가느스름하게 다시 떴다. 양손으로 힘차게 창문을 열어젖히니 차가운 공기가 방으로 밀려들었다. 길게, 아주 길게, 숨을 들이켰다. 그리고 크게 뱉어냈다. 그 길고 큰 호흡으로 그녀는 자신의 작은 창 앞에 오래도록 서 있었다.

여기저기 알아보며 일자리를 찾기 시작했다. 대기업에서 자금담당 일을 하며 오랫동안 직장생활을 했다. 하지만 4년이나 경력이 단절되고 마흔이 넘은 그녀에게 다시 그런 일을 할 기회를 주는 곳은 없었다. 일자리를 구하려 애쓰면서 시간은 자꾸 흘러갔다. 통장 잔고가 완전히 바닥나자 무서워졌다. 이젠 더 이상 어떻게 할 수가 없었다. 아무렇게나 당장 구할 수 있는 일을 찾아야 했다. 몸을 쓰는 일당벌이라도 해야 했다. 옛날 어른들이 하루 품을 팔아 사는 사람들을 하루살이생이라 하던 것이 생각났다. 윤하는 자신이 그 밑바닥까지 밀려내려왔음을 느꼈다.

그렇게 구하게 된 첫 일이 만두 전문점의 주방보조 일이었다. 만두 전문점은 은련백화점 한강점에 입점해 있었다. 아침 9시에 시작하여 저녁 8시에 끝났는데 하루 종일 서서 일해야 했다. 저녁만 되면 다리가 퉁퉁 붓고 허리는 끊어질 듯했다. 몇 년 동안이나 전업주부로 집안일을 했었기에 주방보조 정도는 할 수 있겠다고 생각했다. 하지만 막상 해보니 윤하가 견딜 수 있는 강도의 노동이 아니었다.

만두매장 여사장이 두르고 있던 앞치마 주머니에서 파란 배춧잎을 아홉 장 세어주며 말했다.

“오늘 많이 힘들었죠?”

“아, 네.”

“처음에는 누구나 다 그래요. 적응되려면 한 달은 지나야 해요. 내일 어디 일 정해진 데 있으세요?”

“아직은요.”

“그러면 내일도 해주실 수 있어요? 월급제로 구하는 주방보조가 아직 구해지지 않아 저희도 매일 매일 일당으로 구하고 있는 상태라.”

“그러면 내일 다시 올까요?”

“네, 내일도 좀 해주세요.”

윤하는 다음날도, 또 다음날도 그곳에서 일을 했다. 일주일째 되는 날, 사장으로부터 월급제 주방보조로 일해보는 게 어떻겠느냐는 제의를 받았다. 하지만 그녀는 거절했다. 통장에 잔고가 하나도 없어 당분간은 매일매일 현금이 들어와야만 생활할 수 있었기 때문이다.

월급제 직원이 구해지지 않는 바람에 윤하는 거의 2주일째 거기서 일을 하고 있었다. 만두매장엔 손님이 끊이지 않았다. 맛도 맛이었지만 매장 위치가 워낙 좋았다. 상행선 에스컬레이터 바로 옆이어서 지하 매장에서 쇼핑을 마친 고객들이 1층으로 올라가며 테이크아웃으로 만두를 구매했다. 장사가 잘되는 그 매장에서 일을 하다보니 윤하는 자신도 이런 매장 하나 운영했으면 좋겠다는 마음이 들었다. 장사를 해보고 싶다는 마음은 태어나서 처음 든 생각이었다. 그날, 영업을 마치고 일당을 받으며 윤하는 조심스럽게 말했다.

"뭐 좀 여쭤봐도 될까요?"

"무슨?"

윤하는 그녀에게 이런 백화점에서 매장을 내려면 어떻게 해야 하느냐고 물었다. 이곳에서 일을 시작했던 그날부터 계속 궁금했던 것이었다. 만두매장 사장은 몹시 어렵게 물어본 윤하에게 비교적 순순하게 대답을 해줬다. 백화점 입점은 다 알음알음 연결해서 들어온다고, 자신의 경우는 형부가 이 만두 브랜드 본사 사장이라 그 선을 타고 들어왔다고 했다. 그러면 백화점에 줄이 없는 사람들은 들어올 수 없느냐고 다시 물었다. 그렇지는 않다고 했다. 부동산 컨설팅업체를 통해 들어오는 경우도 있다고 했다. 마감을 해야 하는 시간이라 그런지 만두 사장은 말하면서도 자꾸만 포스를 돌아봤다. 미안해진 윤하는 알려줘서 고맙다는 인사를 하고 그만 매장을 빠져나왔다.

만두매장 사장과 그런 이야기를 나누고 며칠 지난 오후였다. 쉬러 갈 시간이 되자 윤하는 입고 있던 앞치마와 모자를 벗었다. 서랍에 넣어두기 위해 잘 접고 있는데 만두매장 건너편 오른쪽 라인 매장 앞에서 한 남자가 서성이고 있는 것이 보였다. 얼마 전부터 비어 있던 자리였다. 잠시 후, 그는 서성임을 멈추고 상체를 반쯤 기울여 주방 안쪽을 들여다봤다. 50대 초반 정도의 나이로 보였고 중키에 호리호리한 몸매였다. 갸름한 얼굴엔 금테 안경을 꼈고 왼쪽 겨드랑이에는 누런 서류봉투를 끼고 있었다. 백화점 고객은 아닌 것 같았다. 문득 며칠 전, 휴게실에서 옆에 앉은 사람들이 하던 얘기가 생각났다.

"만두가게 앞으로 비어 있는 매장 말이야."

한 여자가 조심스럽게 말했다. 옆에 있던 여자가 잘 아는 것처럼 말했다.

"'미가본베이커리' 자리? 그기, 쫓겨났잖아."

"어머, 왜?"

처음에 입을 뗀 여자가 깜짝 놀라며 물었다.

"새로 온 매니저, 본사 매니저가 아니고 권리금 주고 사서 들어온 자영업 사장이었더라고. 팀장한테 걸린 모양이야."

"그런 거, 알고도 모르는 척 눈감아주는 거 아니야?"

"뿌리를 뽑는다고 본보기로 그랬다던데? 밉보인 게 많은 모양이야."

"그 팀장, 성깔머리 못돼보이더니…."

휴식시간이 끝난 모양인지 두 여자는 함께 자리에서 일어났다.

그들의 얘기가 떠오르자 윤하는 저 남자가 새로 입점할 업체의 사장일지도 모른다는 생각이 들었다. 만두 사장이 옆에서 빨리 가 쉬고 오라고 말했다. 접었던 앞치마를 서랍 안에 넣고 매장 밖으로 나왔다. 남자가 매장 구경을 다 했는지 앞에서 천천히 걸어가고 있었다. 윤하는 드는 생각이 있어 발걸음 속도를 맞춰 그의 뒤를 따랐다. 출입문을 열고 남자가 밖으로 나서는 것을 보고 윤하는 조심스럽게 그를 불렀다. 뒤에서 누군가 부르는 소리에 남자는 걸음을 멈추고 뒤돌아봤다.

"저 말씀이세요?"

"네."

"무슨 일로?"

그는 의아한 표정이었다.

"좀 여쭤볼 게 있어서 그러는데 대답 좀 해줄 수 있으세요?"

그는 윤하를 훑어봤다. 유니폼을 입고 있었고 '만두 전문점 상하이'라고 새겨진 명찰도 하고 있었다. 만두매장 직원임을 그는 바로 알았을 것이다. 윤하는 다시 말했다.

"혹시 '미가본베이커리' 자리에 들어오실 업체 사장님 아니세요?"

"그걸 어떻게?"

그는 몹시 놀랐다.

"아까 매장에서 이리저리 둘러보는 거 보았는데 분위기가 좀 그래 보여서요. 제가 백화점 매장 들어가는 것에 대해 좀 여쭤볼게 있어서요."

그는 혹시 입점하시려고 그러냐고 물었다. 그런 건 아니지만 관심이 좀 있어 그러니 시간이 된다면 어디 앉아서 얘기 좀 할 수 없겠느냐고 말했다. 그가 좋다고 했다. 마침 두 사람이 나온 A동 출입문 옆에 커피숍이 보였다. 윤하는 그곳으로 남자를 안내했다. 차는 자신이 대접하겠노라고 미리 말했다. 그것이 먼저 대화를 신청한 사람의 예의였다. 함께 커피숍으로 들어가 창가 쪽에 자리를 잡았다. 남자가 좌석에 앉자 윤하는 주문대로 걸어가 아메리카노를 두 잔 주문했다. 잠시 후, 커피를 받아든 윤하는 그가 앉은 자리로 가서 탁자 위에 커피를 내려놓았다.

"감사합니다. 이렇게 시간을 내주셔서요."

"괜찮습니다. 저도 이곳에 대해 궁금한 게 있었는데 잘됐습니다."

"궁금한 거라면?"

"먼저 말씀하세요. 대답드리고 저도 여쭤보겠습니다."

남자는 정중한 말투로 윤하에게 먼저 말하기를 권했다.

"저는 만두매장에서 일하고 있어요. 거기 장사가 퍽 잘되더군요. 사장님 형부가 만두 브랜드 본사 사장이어서 그 연줄로 입점했다고 하더군요. 들어보니 다른 매장들은 또 다른 루트로 입점하기도 하고요. 저는 나중을 위해서 그런 루트라든가 절차라든가를 좀 알아두고 싶어서요."

"그러시군요."

남자는 천천히 고개를 끄덕였다. 윤하는 남자에게 사장님 업체의 아이템은 무엇이냐고 물었다. 베이커리라고 대답했다. 브랜드 이름은 '킹베이커리'라고 했다.

"미가본베이커리 자리에 킹베이커리가 들어오는가 봅니다."

윤하의 말에 그는 손사래를 쳤다. 아직 들어오는 건 아니고 백화점 측으로부터 의뢰만 받았을 뿐이라고 했다. 입점 의뢰받는 것은 인지도 있는 유명 브랜드여야 한다고 윤하는 알고 있었다. 그녀는 킹베이커리라는 브랜드를 알지 못했다. 하지만 남자에게, 입점 의뢰를 받은 것을 보니 사장님 브랜드가 유명한 브랜드인가 보다고 말했다. 그 말에 그는 슬며시 웃었다. 그렇게 유명한 브랜드는 아니지만 요즘 좀 떠오르는 중이긴 하다고 했다. 3년 전에 '유나백화점'에 처음 입점했는데 맛있다고 소문나 이젠 유나백화점 7개점에 입점해 있다는 설명이 뒤따랐다. 은련백화점에는 매장이 없느냐고 물었더니, 이곳에서는 처음 의뢰를 받았다고 대답했다. 언제 입점하게 되느냐는 윤하의 물음에 남자는 난감한 표정을 지었다.

"사실은 그것 때문에 고민이 많습니다."

"왜요?"

"입점 의뢰받았다고 해서 마냥 좋아할 일은 아니거든요. 장사가 잘되는 곳이면 좋겠지만 매출 제대로 안 나오는 곳이면 수수료에, 인건비에, 고생만 하고 나오는 일도 많아요."

그는 은련백화점에 대한 정보는 거의 없는 것 같았다. 윤하는 자신이 일하는 만두점은 장사가 잘된다고 말했다. 다른 곳들도 대부분 그럭저럭은 되는 것 같더라고 덧붙였다. 윤하의 말에 남자가 반색했다. 자신이 알아보고 싶었던 것이 바로 그것이었다고 했다. 그럼 장사 잘되는 것만 확인되면 들어오는 것이냐고 물었다. 남자는 다시 난감한 표정으로 돌아갔다.

"처음 뵙는 분께 이런 말씀까지 드려야 하는지…."

남자는 윤하를 빤히 쳐다봤다. 무언가 생각이 많은 듯했다.

"자꾸 캐물어서 죄송합니다. 나중에 기회되면 저도 이런 매장 하나 운영해보고 싶은 마음이 있어서요."

그렇다면 자기가 솔직하게 말해보겠다고 하며 남자는 입점 이야기를 꺼냈다.

"여기 의뢰받고 고민이 좀 많았습니다. 백화점이란 게 처음 들어오는 게 어렵지 매출이 웬만큼만 나오면 각 점의 비어 있는 매장에 입점 의뢰가 꽤 들어와요. 담당자들과 관계만 잘해놓으면 매장을 쏠쏠하게 늘릴 수 있고요. 저도 유나백화점 매장들을 그런 식으로 늘려오며 여기까지 왔습니다. 그러니 여기 의뢰받고 왜 욕심이 없겠습니까?"

"그렇겠지요. 잘되면 유나백화점처럼 커질 수도 있겠네요."

"그런데 지금 회사 사정이 여의치가 않습니다. 저희는 유나백화점 매장들을 모두 직영으로 운영하기 때문에 일하는 사람들이 다 본사 직원들입니다. 백화점에 매장을 오픈하려면 기본적인 재료를 본사에서 공급한다고 하더라도 숙련된 빵기술자를 포함 최소한 2명은 있어야 하지요. 그런데 지금 저희 본사에 기술자들은 다 유나백화점 매장에 투입되어 남은 인력이 하나도 없어요. 요즘은 그곳에서도 휴무 대체할 사람이 모자라 기술자들이 휴일날 쉬지 못할 때도 많아요."

그럼 사람을 구하면 되지 않겠느냐고 윤하가 말했다. 기술 있으면서 매장도 맡길 믿을 만한 사람 구하는 게 쉽지가 않더라고 그는 말했다. 판매 알바라면 그럭저럭 구해지겠지만 기술자는 구하기가 더 어렵다는 것이었다. 백화점은 주말이나 공휴일에도 일해야 하기 때문에 더더욱 그렇다고 했다. 정말 그럴 것 같았다. 사람들이 주말과 공휴일에 일하지 않으려고 한다는 것은 윤하도 잘 알고 있었다. 어제도 와봤고 오늘도 와봤지만 어떻게 해야 할지 결정을 못하겠다고, 사람 때문에 이러저러 고민이 많다고, 그렇게 말을 하고 남자는 약하게 한숨을 쉬었다. 한숨은 그의 습관인 것 같았다.

“그 기술자 말에요. 제빵 자격증이 있으면 되나요?”

윤하는 갑자기 어떤 생각이 떠올라 그에게 물었다.

“자격증이 꼭 있어야 하는 건 아닙니다만 있으면 좋죠. 저희 제품은 본사에서 다 만들어 냉동생지 상태로 들어오기 때문에 매장에서 구워내기만 하면 됩니다. 그래도 몇 가지는 즉석에서 만들어야 해서 기술 있는 사람이 필요하지요. 왜, 누구 소개시켜줄 만한 사람이라도 있습니까?”

남자는 뭔가 기대감이 실린 표정으로 말했다.

“그런 것은 아니고요, 오래 전에 딴 것이긴 합니다만 실은 제가 제빵 자격증이 있습니다. 취미가 있어 학원을 다녔지요.”

윤하의 말에 남자는 화들짝 놀랐다. 요새 제과점들 기술자 모자라서 난리인데 왜 만두가게에서 알바를 하느냐고 했다. 사정이 있어 임시로 하는 것이라 오래 할 생각은 없다고 대답했다. 남자가 잠시 생각에 잠긴 듯하더니 다시 입을 열었다.

“지금 갑자기 생각난 건데요. 우리 회사에서 여기 입점하면 매니저로 매장을 한번 맡아보시면 어떨까요?"

"제가요? 어떻게요? 경험도 없는데."

느닷없는 제의라 윤하는 손사래를 쳤다.

"그건 그렇지만 처음부터 경험 있는 사람이 어디 있습니까? 아까도 말씀드렸듯이 70프로 정도는 반완성품이라 현장에서 굽기만 하면 되는 것이고요. 지금 이야기를 들어보니까, 하겠다고만 한다면야 우리 제품 만드는 거 속성으로 교육해서 현장에 바로 투입해도 될 것 은 같은데요."

윤하는 자신이 없었지만 속성으로 교육해준다는 말에는 솔깃해졌다.

"속성으로 한다면 한 얼마 정도요?"

"본사에 오셔서 기술담당 이사에게 판매하는 제품에 대해서 한 5일 스트레이트로 개인지도 받고 유나백화점 매장에서 한 5일 현장 교육받고. 열흘 정도면 되지 않겠습니까? 자격증 딸 정도로 기본은 있으시니까."

남자는 여러 궁리와 계산이 가득한 얼굴로 말했다.

"글쎄 너무 갑작스런 일이라…."

윤하가 머뭇거리자 남자는 적극적으로 매달렸다.

"급여도 만두집 알바하고는 많이 차이가 날 거예요. 지금 저희 회사에 계시는 기술담당 이사님은 5성급 호텔에서 제과장으로 일하시던 최고 기술자입니다. 그런 분에게 개인지도 받을 수 있는 기회는 아무나 가질 수 있는 것이 아닙니다."

그의 제의는 점점 더 윤하의 흥미를 끌었다. 하지만 숙고 없이 덥석 그의 제의를 받아들일 수는 없는 일이었다. 생각할 시간을 좀 달라고 했다.

"그건 그래야지요. 참! 입점에 관심이 있다고 하니 일하다가 나중에 매출이 괜찮다 생각되면 직접 인수하셔도 되고요."

시계를 보니 어느덧 알바에게 주어진 30분 휴식시간이 지나가버렸다. 이제 그만 자리에서 일어나야 했다.

퇴근하고 집으로 돌아온 윤하는 곰곰이 생각해봤다. 휴식시간 빼고 하루 열 시간을 꼬박 일해서 받는 일당이 구만 원이다. 지금은 한 푼도 없는 처지라 그렇게라도 매일 받아야 하지만 계속 그렇게 살 수는 없었다. 킹베이커리 사장의 제의는 어쩌면 자신에게 또 다른 기회를 가져다줄지도 모른다는 생각이 들었다. 하지만 그녀에게는 그런 기회를 잡을 자본이 없었다. 빈털터리가 잡기엔 신기루 같은 기회였다.

다음날 오후, 휴식시간이 되자 윤하는 휴게실 쪽으로 걸어갔다. 뒤에서 누군가 부르는 소리가 들렸다. 돌아보니 몇 미터 떨어진 코너 기둥 옆에서 어제 그 남자가 손짓하는 것이 보였다. 그곳에서 윤하가 나오길 기다리고 있었던 모양이었다. 남자는 어제 나눴던 이야기를 다시 하고 싶어 기다렸다고 했다. 어제의 그 커피숍으로 그를 안내했다. 자리에 앉으니 그가 커피는 자기가 사겠다며 주문대 앞으로 갔다. 커피 두 잔을 들고 다시 자리에 돌아온 그는 탁자에 그 커피를 내려놓자마자 생각 좀 해봤느냐고 물었다. 생각을 해보기는 했지만 결정은 하기 힘들었다. 어떻게 대답해야 할지 몰라 잠시 머뭇거리는데 그가 다시 말했다.

"저는 어제 집에 가서 곰곰이 생각을 해봤습니다. 만일 매장을 맡아서 운영해주신다면 어제 약속대로 제가 매니저급의 월급을 드리고요. 몇 달 뒤, 자리잡히면 그 매장은 가맹점으로 계약 맺어드릴게요."

처음 만난 사람에게 돈이 한 푼도 없다는 말을 윤하는 하고 싶지 않았다. 하지만 남자가 자꾸 그러니 솔직하게 털어놓지 않을 수가 없었다. 사정이 있어 지금은 매장을 인수할 자금이 하나도 없다고 했다. 그렇게 말하면 그가 포기할 것이라고 생각했다. 그는 무조건 안 된다고만 하지 말고 함께 대책을 강구해보자고 했다. 남자는 윤하에게 자기가 생각한 방법을 말하기 시작했다

"서너 평 되는 매장에 입점하여도 인테리어, 시설, 집기 비용을 모두 합하면 5,6천은 드는 게 백화점 매장입니다. 거기다 소개비 명목으로 여기저기 뜯기는 게 있을 땐 돈 천은 우습게 추가되고요. 알고 계실지 모르겠습니다만 컨설팅업체 통해서 입점하는 것은 8,9천, 아니 1억까지도 들어갑니다. 다행스럽게도 지금 저희가 들어가야 할 자리가 전에 즉석 베이커리를 했던 매장이어서 인테리어나 시설을 따로 손보지 않아도 되게 그대로 있더라고요. 간판만 새로 달고 집기만 들여놓으면 그냥 매장 하나 생기는 겁니다."

윤하는 고개를 끄덕였다.

"비용을 따지자면 집기 포함하여 한 3천만 원 정도 나올 겁니다. 우선 월급 받으면서 매니저로 몇 달 일해보세요. 매출 같은 것을 보면

서 이 매장이 가능성 있다 싶으면 회사에서 투자한 돈 3천만 원 정도만 내면 제가 가맹계약을 맺어드리겠습니다. 돈이 하나도 없다면 저희 회사에서 보증 서서 프랜차이즈 창업 대출금을 받을 수 있도록 도와드리겠습니다. 괜찮은 조건 아닙니까?"

이야기를 듣고보니 윤하에겐 아주 좋은 조건이었다. 하지만 그가 왜 자신에게 그렇게까지 하는지 의심하는 마음이 들지 않을 수 없었다. 찜찜한 마음으로 의심하고 있느니 단도직입적으로 그 이유를 물어보는 것이 좋을 것 같았다. 윤하의 물음에 그가 한 대답은 꽤 설득력이 있었다.

"사업을 오래 하다보니 제가 사람 보는 눈은 좀 있습니다. 몇 마디 말만 나눠봐도 어느 정도는 사람을 알지요. 제가 직영매장이 자꾸 늘어나다보니 기술자들이며 직원들 관리에 애를 많이 먹습니다. 앞으로는 필요한 분들 교육시켜 운영하게 하다가 안정적인 수익이 보장되면 가맹계약 맺어주고 프랜차이즈 쪽으로 사업을 전환하려고 합니다. 가맹점을 늘리면서 거기서 나오는 가맹 수수료를 본사의 기본 수입원으로 삼으려고 합니다. 그것이 우리 모두가 윈윈하는 방법이지요."

이런 조건이라면 굳이 마다할 일은 없을 것 같았다. 아니, 윤하의 입장에서는 오히려 매달려야 할 판이었다. 깊고 어두운 동굴 속을 헤매는 상황에서 어디선가 한 줄기 환한 빛이 비쳐들어오는 것만 같았다.

9. 보복

아침 조회시간이었다. 조회 장소인 중앙통로로 서류파일을 옆구리에 끼고 걸어오는 정 대리 표정이 심상찮다고 윤하와 성현은 동시에 생각했다. 아니나 다를까? 조회를 다 끝낸 뒤 정 대리는 차가운 목소리로 덧붙였다.

"우리 식품매장 내에서 자체적으로 해결해야 일을 가지고 점장실까지 전달한 사람이 있어요. 식품부 관리자들은 입점업체 여러분들의 웬만한 잘못은 굳이 규정을 따지지 않고 넘어가고 있었어요. 매장 운영의 여러 애로점을 알기에 가능하면 여러분들의 입장에서 이해하려고 하고 덮어뒀던 거죠."

도대체 그녀가 무슨 이야기를 하려는 건가? 업체 사람들은 옆에 있는 동료들의 얼굴을 서로 쳐다봤다.

"그러다보니 여러분들의 기강이 많이 해이해진 것 같아요. 이번 일로 우리 관리자들은 기강을 바로잡기 위해 모든 규정에 엄격한 처리를 할 것입니다. 휴식시간 엄수, 유니폼 착용 엄수, 위생점검 철저,

현금매출 입금에 대한 철저한 조사, 규정을 제대로 지키지 않은 매장에 대해서는 강력한 제재가 가해질 것입니다. 부득불 퇴점 조치까지 내려질 수 있습니다."

그녀는 또박또박 말하고 찬바람을 일으키며 돌아섰다.

"저건 또 뭔 말이야?"

"누가 점장실에 뭐를 전달했다는 거 같은데 어제 뭔 일 있었어?"

사람들이 서로를 쳐다보며 수군거렸다. 아무도 이 일에 대해서 아는 사람이 없어 보였다. 윤하는 성현, 최 사장, 그리고 이 사장과 돌아가며 눈을 맞췄다. 어제의 휴게실 단전에 대해 이 아침, 어떤 조치가 내려온 것이 분명했다.

"몸 사려야겠다. 저렇게 경고까지 했으니 걸리면 뼈도 못추리겠다."

신선마트 들어가는 입구에서 쿠키 매장을 하는 강 사장이 말했다.

"쥐방울만 한 게 이모, 삼촌뻘 사람들에게 어찌나 독하게 하는지."

그녀 옆에 서 있던 피자 매장 김 사장이 말했다.

"쟈도 그래하자니 힘 안 들겠나? 위에서는 내려쪼지, 사람들은 말 안 듣지."

"그러니 능력을 인정받는 거 아니나? 이번에 전국에서 우리 점이 위생 점수 최고 받았다던데."

"위생 점수 최고 받으면 자기들 고과만 좋지 우리한테 좋은 게 뭐 있어요? 그거 받으려고 얼마나 매장 사람들을 달달 볶았는데."

이런저런 말들이 계속 튀어나왔다. 예전에는 이렇게까지 공공연히 불평을 하지 않았다. 확실히 리모델링 때문에 사람들의 불만이 많이 쌓인 것 같았다. 리모델링을 하면 매장을 빼고 나가는 사람들도 어느 정도 있었다. 그런 사람들은 그동안 쌓였던 불평, 불만을 굳이 말하지 못할 것도 없을 것이다. 발표를 여유 있게 하지 않고 이렇게 기습적으로 한 이유도 어쩌면 이런 류의 불만이 사람들 사이에서 긴 시간 떠다니는 것을 차단하기 위한 것일지도 몰랐다.

입점업체 사람들은 오픈 준비를 하기 위해 하나둘 자기네 매장으로 돌아갔다. 윤하, 성현, 최 사장, 이 사장도 자신들의 구역으로 돌아왔다. 성현이 윤하에게 오늘 제품 준비가 다 됐느냐고 물었다. 조금만 더 만들면 된다고 했더니 팀장이 순시 돌기 전에 커피나 한 잔씩 하자고 했다. 윤하는, 자신이 커피를 준비할 테니 최 사장과 이 사장을 데리고 베이커리 매장으로 오라고 했다. 잠시 후, 앞치마를 두른 채 성현과 최 사장, 이 사장이 윤하의 매장으로 들어왔다. 정 대리가 오늘 아침에 점장님한테 많이 혼난 것 같다고 이 사장이 말했다.

"혼날만 하면 나야지. 그거 혼내라고 내가 점장실까지 간 거고."

성현은 겁나지 않는다는 얼굴로 말했다. 윤하는 성현이 어제부터 계속 강하게 나오는 것이 조금 불안했다. 자신이 모르는 뭔가가 있는 것 같았다.

"성현 씨, 혹시 이번 리모델링할 때 여기 나갈 생각이야?"

윤하는 조심스레 물었다.

"내가 왜? 바닥을 기는 매장을 월 2천만 원까지 끌어올려놓은 게 누군데."

자부심이 담긴 목소리였다. 그것은 맞는 말이었다. 성현이 운영하는 샐러드 매장은 그녀가 인수하기 전까지만 하더라도 매출이 월 7백만 원이 채 되지 않았다. 월 천만 원의 매출이 나오지 않으면 수수료가 너무 적어 백화점 측에서는 손해라고 했다. 그런 매장은 최초 1년의 계약기간이 끝난 후, 더 이상 계약을 연장하지 않았다. 그렇게 전 점주가 빼고 나간 곳에 성현이 입점한 것이었다.

성현은 샐러드 매장을 인수하자마자 무서울 정도로 열심히 일했다. 기본적으로 매출이 안 나오는 매장인지라 임대 수수료, 재료비, 제세공과금, 인건비, 등을 지불하고 나면 수익이 없는 구조였다. 그녀는 이 식품부 매장에서 거의 모든 입점업체들이 쓰고 있는 직원이나 알바를 쓰지 않았다. 하루 종일 혼자 일했다. 혼자 일하게 되니 자연히 쉴 시간이 없었다. 휴무 대체할 사람이 없으니 쉬는 날도 없었다. 아침 9시에 출근해 저녁 8시, 폐점하는 시간까지 거의 열한 시간을 스트레이트로 일했다. 기존의 샐러드 매장에서 하던 메뉴보다 훨씬 더 많은 메뉴를 새롭게 출시했다. 정성스레 만든 제품으로 지나는 고객들을 시식시켜 단골고객을 많이 확보했다. 매출은 매달 올라갔다. 6개월이 지나자 처음 인수할 때보다 매출이 거의 300프로 신장되었다.

성현이 일하는 것을 보면 참으로 놀라웠다. 윤하는 성현이 인간의 몸을 가지고 있다는 것이 의심스러울 때도 있었다. 쉬는 시간도 없이 혼자 그 많은 일을 하면서 버티는 것이 불가능하다는 생각이었다. 성현이 처음으로 월 매출 2천만 원을 올렸을 때였다. 그때 마침 새로 부임하여 팀장, 직원들과 함께 순시를 돌던 점장이 그녀의 매장 앞에 멈춰섰다. 그리고 사람들이 다 보는 앞에서 성현을 치하했다.

"객단가가 큰 아이템과는 달리 1만 원 미만의 작은 액수의 아이템인 샐러드에서 이렇게 매출 신장을 했다는 것은 대단한 일입니다. 모든 입점업체와 직원들은 에브리원샐러드 사장님의 성실함과 노력을 본받아야 하겠습니다."

점장은 순시를 돌기 전, 미리 보고받은 자료에서 각 매장의 매출액을 다 검토했을 것이다. 그날의 치하는 성현의 놀랄 만한 매출 신장에 대한 특별한 격려였다. 그녀는 자부심이 높았다. 실패한 매장을 자신의 노력으로 일으켜 세웠다는 것에서 최고 책임자인 점장으로부터 인정을 받았다는 자부심이었다. 아주 큰 잘못을 저지르지 않는 한, 관리자들이 자신을 함부로 대할 수는 없으리라는 그런 자신감도 언뜻 있는 것 같았다.

"누님예, 나갈 생각 아니믄 조심해야 합니더. 정 대리 말속에 뼈가 들었더라꼬요."

이 사장이 겁 많은 눈을 끔뻑이며 말했다.

"알았어. 요 며칠, 쟤네들 하는 짓을 봐주기가 정말 힘들더라고. 그래도 이제부터는 좀 조심할게."

성현은 그 말을 하고 씁쓸하게 웃었다.

오후 4시가 되자 고객들을 응대하느라 정신없던 사람들은 조금 숨을 돌리기 시작했다. 이제부터 마감세일 시작하는 6시까지는 계속 한가한 시간이 이어질 것이다. 윤하는 모자란 빵들을 대충 매대에 채워넣고 휴게실에 갈 생각이었다. 작업실에서 한 아름의 빵묶음을 들고 나오는데 정 대리가 이쪽으로 걸어오고 있는 것이 보였다. 항상 옆구리에 끼고 다니는 파일을 그대로 끼고 있었다. 왠지 느낌이 안 좋았다. 설마 무슨 일이야 있으랴? 그녀는 스스로를 다독였다. 정 대리는 이곳 D존 매장 앞까지 오더니 샐러드 매대 앞에 서 있던 성현을 향해 툭 던지듯 말했다.

"샐러드 사장님. 팀장님이 사무실에 좀 들어오시라는데요."

그리고 길을 지나는 사람처럼 그냥 걸어갔다. 아무 감정 없는 표정과 무심한 말투가 이상하게 신경을 쓰이게 했다. 윤하는 빵묶음을 그대로 안은 채 성현의 얼굴을 쳐다봤다.

"무슨 일이지? 설마 어제 일 가지고 팀장이 오라 하는 건 아니겠지?"

"팀장이 나한테 왜? 점장님께 주의를 받아도 정 대리가 받았을 텐데."

"맞아. 무슨 대단한 잘못을 저지르지도 않았는데 팀장이 너보고 뭐라겠니? 암튼 잘 다녀와라. 난 힘들어서 조금 쉬었다 올란다."

윤하는 혼자 휴게실로 갔다. 휴게실에는 온도조절기가 다시 끼워져 있었고, 방바닥은 전기가 들어와 따뜻했다. 아침에 점장님의 지시가 바로 있었던 것 같았다. 온돌 구석 쪽에는 따끈따끈한 바닥에 몸을 눕히고 꿀잠 자는 여자들이 몇 줄이나 늘어져 있었다. 입구 쪽에는 두 다리만 쭉 뻗고 벽에 등을 기대고 앉아 소곤거리는 여자들이

셋 있었다. 윤하는 신발을 벗고 온돌바닥으로 올라섰다. 입구 쪽에서 이야기를 나누던 여자들 중, 만나면 눈인사 정도는 나누고 지내던 여자 하나가 윤하를 보고 말했다.

"베이커리 사장님, 어제 그쪽 구역에서 점장실에 일렀다면서요?"

어제의 그 사건을 말하는 것 같았다. 그 일이 어떻게 이 여자 귀까지 들어갔을까? 이상하게 아까부터 느낌이 안 좋았다. 조심해야겠다는 생각이 들었다.

"글쎄, 전 무슨 말씀인지 잘…."

"모른 체하긴. 누가 어제 생맥주집에서 그쪽 구역 사람들 하는 얘기를 다 들었다던데. 샐러드 사장이 점장실에 쳐들어가서 막 따졌다고."

낮말은 새가 듣고 밤말은 쥐가 듣는다는 속담이 생각났다. 뻔히 다 알고 묻는데 계속 시침을 떼는 것도 좀 그랬다.

"추운 겨울인데 모두들 냉골에서 덜덜 떠는 것을 보니 샐러드 사장이 너무 속상했나봐요. 그래서 올라가서 한마디 했대요."

윤하는 조심스럽게 말했다. 그녀의 말이 떨어지기가 무섭게 맨 끝에 앉았던 여자가 고개를 쭉 빼면서 말했다.

"잘했다. 내 속이 다 씨언하네. 전기까지 끊고 못된 짓을 해도 아무도 말 못하고 떨고만 있었지. 그 샐러드 사장이 그래도 강단이 있는 사람이네."

옆에 앉은 여자가 얼른 그녀의 말을 막고 나섰다.

"잘했긴. 누구는 입이 없어서 말 못하고 있었나? 입 있고 눈 있어도 다 그냥 참고 있는 거지. 여기서 매장 운영하는 한, 재들한테 밉보이면 모두가 피곤해.”

그 옆의 여자도 질세라 한마디 거들고 나섰다.

“식품부 직원들이 맘만 먹으면 뭐래도 걸고 넘어진다. 털어서 먼지 안 나는 사람 없다고, 걔들이 오늘이라도 당장 위생점검 한다고 들이대면 그거 통과해서 빠져나갈 사람 아무도 없어. 샐러드 사장이 여기 온 지 1년밖에 안 돼 아직 뭘 몰라서 그랬나본데 잘못 건드렸어. 조회할 때 정 대리 서슬 퍼런 거 못봤나? 이제 우리들만 달달 볶이게 생겼다.”

윤하는 그녀들의 말에 놀라지 않을 수 없었다. 정 대리가 매장 사람들에게 그렇게 오만하게 구는 이유를 이제야 알 것 같았다. 정 대리의 말마따나 그녀는 8년 동안 식품부에서 구른 여자였다. 입점업체 사람들이 무엇을 두려워하는지, 어떻게 해야 자신의 말에 순종하는지, 정확하게 알고 있었다. 입점업체 사람들이 팀장과 정 대리에게 굴욕당하며 일하고 있는 것은 어찌 보면 모두 그들 자신들의 잘못이었다. 잠시 편하기 위해 스스로 노예를 자처하는 사람들이었다.

30분 남짓의 휴식을 끝내고 윤하는 다시 매장으로 돌아왔다. 성현은 보이지 않고 킹베이커리 매장 알바인 황 여사가 샐러드 고객들을 대신 응대해주고 있었다. 윤하는 고객들이 다 돌아가기를 기다렸다가 황 여사에게 물었다.

“샐러드 사장은요?”

“사무실에 다녀온다고 저보고 매장 좀 봐달라던데요.”

성현은 알바를 쓰지 않아 웬만하면 휴식타임을 갖지 않았다. 꼭 자리를 비워야 할 경우엔 윤하가 대신 봐줬다. 식품부 전체 매장이 한가해져 윤하와 같이 휴게실을 가는 경우엔 황 여사가 베이커리 매장을 보면서 함께 봐줬다. 사무실 간 지 얼마나 됐느냐고 했더니 20분 정도 됐다고 했다. 20분이나 되었으면 곧 돌아올 것이었다. 윤하가 포스기 앞에 서서 그동안의 매출을 확인하고 있는데 성현이 매장으로 들어왔다. 얼굴이 굳어 있었다. 윤하는 그녀에게 바짝 다가섰다.

"박 팀장이 뭐래?"

"이따 얘기해."

성현은 황 여사를 의식한 듯 말을 피하며 작업실로 들어갔다. 그녀의 눈이 충혈되어 있었다. 울었던 것 같았다. 윤하는 성현의 작업실로 따라들어갔다.

"울었어?"

"미칠 것 같아. 그래도 지금은 바감세일 준비해야 하니 이따 얘기하자."

아무래도 무슨 일이 단단히 일어난 것 같았다.

"영업 끝나고 테라스비어로 가자."

굳어진 얼굴로 팩에 양상추를 담고 있는 성현의 등을 살짝 토닥여주고 작업실을 나왔다. 건너편 매장의 최 사장과 이 사장이 이쪽을 보고 있었다. 그들은 벌써 분위기를 감지한 것 같았다.

'무슨 일이에요?'

두 사람의 눈이 윤하에게 묻고 있었다.

'나. 중. 에. 얘. 기. 해. 요.'

소리는 없지만 입 모양을 또박또박 벌려 그렇게 대답했다.

윤하는 성현과 함께 어제 앉았던 테라스비어 그 자리에 다시 앉았다. 항상 먹던 크리스피 치킨과 500CC 생맥주 2잔을 주문했다. 도대체 박 팀장이 뭐라 했기에 그러는 거냐고 윤하가 물었다. 성현은 이글거리는 눈으로 빠르게 말하기 시작했다.

"나보고 샐러드 자리를 비우라는 거야. 뒤쪽에 어묵 행사하던 자리로 옮기라는 거야. 내가 여기 입점할 때, 매장이 비어 있는 곳이 두 군데 있었어. 박 팀장이 나에게 입점하라고 한 자리는 지금 비어 있는 어묵 행사 자리였어. 그 자리는 싫다고 이 샐러드 매장 자리를 달라고 했지. 자기가 까놓고 말한다면서 그러더라고. 이 자리는 위치가 좋아 유명 가맹업체들도 다 탐내는 자리기 때문에 샐러드 말고 백화점에서 꼭 필요한 아이템을 입점시켜야 할 경우에 내줘야 한다고."

"입점할 때 그런 일이 있었어?"

성현과 박 팀장, 두 사람 사이에는 처음부터 감정의 골이 있었던 것 같았다.

"꼭 필요한 아이템이 뭐냐니까 샌드위치나 야채소시지빵 같은 것이 미입점되어 있다고 하더라고. 그런 브랜드 알아봐서 프랜차이즈 가맹맺으면 들어올 수 있느냐고 하니까 그건 또 안 된다고 하더라고."

"뭐야? 이것도 안 된다. 저것도 안 된다. 이상한 사람이네."

"그때 여기 소개시켜준 샐러드 본사 사장 말에 의하면, 그런 것들은 다 핑계고 박 팀장한테 돈 천이나 찔러주면 들어올 수 있을 거라고 했어. 나는 팀장에게 굳이 돈까지 찔러주면서 들어올 생각까지는 없었어. 없던 일로 하고 다른 데 알아보고 있는데 한 달쯤 지나 연락이 온 거야."

성현이 해준 설명에 의하면 샐러드 본사에서 연락이 온 것이라고, 박 팀장이 먼저 그리로 연락했다고 했다. 샐러드란 아이템은 계절을 많이 타 매출이 좋지 않으니 샌드위치나 야채소시지빵 같은 메뉴를 추가해서 판매한다면 그 자리에 들어오게 해주겠다는 것이었다.

"그 자리가 계속 안 나가니까 그랬구나."

"바로 그거지. 위치 안 좋은 자리는 아무거나 먼저 입점시키고, 위치 좋은 자리는 뒤로 돈 좀 챙겨먹고 채우려고 했지. 근데 둘 다 안 나가니 나중에는 하나라도 먼저 채우자는 생각이었던 거지."

"입점할 때 두 사람 사이에 그런 일이 있었었구나."

윤하는 고개를 끄덕였다.

"내가 죽어라 일해 매출을 몇 배나 올려놓고 매장을 살려놓았어. 그런데 아까 팀장이 하는 말이 원래 그 매장은 샐러드 매장 할 자리가 아니었다는 거야. 내가 샌드위치나 야채소시지빵 같은 우리 식품부에 필요한 메뉴를 추가한다고 했기 때문에 들어오게 했다는 거지."

"그러면 된 거 아니야?"

"이번에 리모델링하면서 '야채와 빵'이라고, 백화점에서 진짜 필요한 야채를 이용한 식사 대용 유명 브랜드 전문 빵매장이 새로 입점하게 됐대. 그래서 샐러드 매장에서 추가로 하는 샌드위치나 야채소시지빵 같은 메뉴는 그 매장과 중복되기 때문에 빼야 한다는 거지."

성현의 말을 들으니 박 팀장은 개인적인 감정으로 억지를 쓰는 것이 분명했다.

"말도 안 돼. 먼저 입점한 매장 아이템을 밀어내며 들어오는 게 어디 있어? 샐러드 매장은 그거 빼면 매출이 엄청 떨어질 텐데."

"당연하지. 지금 그 매출이 거의 50프로야. 안 된다고 했어. 내가 처음부터 샌드위치 한다고 했던 것도 아니고 자기들이 필요에 의해 하라고 해놓고 이제 자리 다 잡아놓으니까 빼라는 게 말이 되느냐고 했지."

성현의 눈은 이글거렸다.

"그랬더니?"

윤하가 다시 물었다.

"자기 말 안 들으려면 매장을 아예 빼라는 거야. 그러지 않아도 며칠 있으면 1년 계약 만료 된다고. 나는 그것도 못한다고 했어. 얼마 있으면 리모델링 시작하는데 굳이 이 시점에서 그러는 이유가 뭐냐고. 누가 봐도 이건 어제 점장에게 휴게실 단전 사건을 보고한 것에 대한 보복이 아니냐고."

"성현이 대단하구나."

이 백화점에서 박 팀장에게 그렇게 대드는 사람은 없었다. 성현이 보통은 넘는 여자라는 느낌은 종종 받았지만 이렇게 할 말을 다 할 줄은 몰랐다. 생각해보면 당연한 일인데도 대단하게 느껴졌다.

"팀장이 그렇게 나오니 나도 눈에 뵈는 게 없더라고. 정 그러면 며칠 후, 계약 만료 되면 그때 어묵 자리로 옮기라는 거야. 옮기면 계약 연장을 해주겠대."

"안 옮기면 계약 종료하고?"

"그런 거지."

"박 팀장이란 인간, 생각했던 것보다 훨씬 더 비열한 인간이구나."

"눈물이 나오더라고. 그런 같잖은 인간한테 이렇게 당하고 있는 지금의 내 처지가 비참해서."

윤하는 성현의 마음이 이해됐다. 하지만 지금은 그녀를 다독여야 했다. 자리를 옮기더라도 이곳에 버티고 있어야 리모델링 신청할 자격이 된다. 계약 종료되면 선택의 여지가 없이 퇴점을 해야 했다.

"감정 죽이고 그냥 버텨보자. 한 달만 있으면 바로 리모델링 시작할 텐데."

"팀장이 마지막엔 이런 말도 하더군. 아는지 모르겠는데 여기 한강점 식품부 리모델링 건은 모두 자기 권한이라고. 점장이 터치할 수 있는 일도 아니고, 터치한다 한들 먹혀주지도 않으니 괜히 도움받으려는 헛수고하지 말라고."

박 팀장은 성현을 이곳에서 확실하게 뽑아내려고 작정한 것 같았다. 그는 그녀가 입점할 때부터 미웠던 것이었다. 윤하는 성현의 어깨를 토닥이며 위로했지만, 그녀를 도울 수 있는 방법은 생각해내지 못했다.

그들은 이 백화점에서 가장 힘없는 약자들이었다. 고용노동법의 보호를 철저하게 받는 알바들보다 못한 존재였다. 하루 열한 시간이나 되는 강도 높은 노동에 시달리면서도 초과 노동시간에 대한 대책을 요구할 곳이 없었다. 관리자들의 부당한 갑질에도 당당하게 대항하지 못했다. 꼬투리를 잡아 계약 연장을 해주지 않으면 투자한 모든 것을 두고 매장을 빼게 될까 두려웠기 때문이었다.

백화점에 입점업체로 들어와 있는 소상공인들은 고용노동법과 임대차보호법, 이 모두의 사각지대에서 일하고 있었다. 법적인 아무 보호 장치도 없이 그저 자신들의 소자본과 노동력을 갉아먹히고 있을 뿐이었다. 이곳에서 그들은 사장님이란 이름으로 불리는 신종 노예들이었다.

10. 블랙컨슈머, 화이트컨슈머

윤하의 매장에서는 열다섯 가지 정도의 즉석 빵을 만들어서 판매하고 있다. 모든 제품이 골고루 잘 나가는 편이었지만 그 중에서도 특히 인기가 있는 품목은 깨찰빵과 베이비슈였다. 깨찰빵은 찰진 반죽을 작은 공처럼 부풀리게 구워낸 빵이다. 쫀득쫀득한 식감에 달지 않은 담백한 맛이어서 남녀노소 불문하고 많은 고객들이 그 빵을 찾았다. 생긴 모양이 작은 공룡알처럼 보여서 어떤 고객들은 '공룡알빵'이라고 부르기도 했다. 베이비슈는 생크림과 카스타드크림을 혼합하여 만든 크림을 작은 슈 껍질 속에 넣어서 주는, 빵과 과자의 중간쯤 되는 제품이다. 담백하고 바삭바삭한 식감의 슈 껍질과 촉촉하고 부드러운 크림이 잘 어우러져 아이들이 특히 좋아하는 제품이었다.

윤하가 아침에 출근해서 맨 처음 하는 일은 깨찰빵 반죽이다. 강력분, 설탕, 검정깨, 소금, 간장, 버터, 베이킹소다, 계란, 물을 정량대로 계량해 반죽기에 넣고 스위치를 눌러놓으면 자동으로 돌아가며 반죽이 됐다. 처음 3분 정도는 천천히 내용물을 섞어주는 저속 스위치를 누르고 그 다음에는 빠르게 돌아가며 치대주는 고속 스위치로 바꿔 눌러서 25분 정도를 돌려줬다. 그렇게 하면 28분 후 찰진 반죽이 되는데, 그것을 짤 주머니에 담아서 둥근 빵틀에 짜넣어 오븐에 넣고 구워냈다.

170도로 예열된 오븐에서 25분을 구우면 검정깨가 드문드문 섞인 빵 반죽이 공룡알처럼 부풀면서 구수한 냄새가 나는 빵이 완성됐다. 이때 바로 꺼내지 않고 오븐을 끄고 1분 30초 정도 더 있다가 꺼내는 것이 윤하만의 독특한 비법이었다. 그렇게 했을 때 겉은 더 바삭하고 속은 더 쫀득쫀득한 식감이 났다.

오늘 아침도 윤하는 출근하자마자 깨찰빵 재료부터 계량하여 반죽기에 넣고 스위치를 눌렀다. 반죽기가 자동으로 돌아가며 깨찰빵 반죽이 만들어지는 동안 베이비슈에 넣을 슈크림을 만들기 시작했다. 베이비슈는 껍질과 크림을 따로 따로 만든 다음, 껍질 속에 크림을 넣어야 제품이 완성됐다. 다른 제품보다 일이 두 배나 많았다. 껍질은 하루 정도 바삭하게 마른 상태여야만 슈크림이 들어가도 쉽게 눅눅해지지 않고 바삭한 식감이 살아 있었다. 전날 오후 미리 만들어서 유리 케이스에 보관해두고 크림만 아침마다 새로 만들어서 넣었다.

아침에 만든 슈크림은 신선한 상태로 스테인리스 주입기에 담아서 냉장고에 보관해두고 썼다. 고객이 주문하면 냉장고에서 주입기를 꺼내 즉석에서 크림을 넣어줬다. 차게 보관되는 슈크림이 바삭한 베이비슈 껍질에 들어가면, 한 입 베어물었을 때 껍질이 바사삭 부서졌다. 부서진 껍질은 속에 있는 차가운 슈크림과 어울려 오묘한 맛을

냈다.

윤하는 크림을 넣는 동안 기다리는 고객들을 위해 조금 작게 나온 베이비슈를 골라내어 맛보라고 서비스를 했다. 고객들은 즉석에서 넣어주는 신선한 맛에 대부분 열광했다. 서울 시내에서 파는 베이비슈 중에 가장 맛있다고 하는 고객들도 꽤 여럿 있었다. 서비스를 받고 무슨 칭찬을 못하랴만은 고객들의 말은 진심일 것이라고 윤하는 믿었다. 그 믿음은 스스로 최선을 다해 베이비슈을 만든다는 자부심이 있기에 가능한 것이었다.

윤하는 슈크림을 만들 때도 일반적으로 배운 방법을 쓰지 않았다. 나름대로 업그레이드되고 차별화된 맛을 내기 위하여 노력했다. 생크림의 단맛을 내기 위해 대부분의 제빵사들은 설탕을 썼지만 윤하는 사과잼을 썼다. 사과잼을 쓰면 설탕의 단맛과는 다른 상큼한 단맛이 났다. 그리고 럼주를 조금 추가했다. 미량의 럼주를 넣어서 크림을 만들면 은은한 풍미가 더해지는데 고객들이 자주 말하는 이 집 슈크림에서 나는 뭔가 알 수 없는 오묘한 맛이라는 것은 사실 그 사과잼과 럼주가 만들어 내는 맛이었다.

윤하가 오늘 쓸 슈크림을 만들기 위해 생크림 네 팩을 거품기에 조심스럽게 따라넣고 있는데 식품부 안내센터 여직원인 경숙 씨가 베이커리 매장으로 달려왔다.

“킹베이커리 사장님, 전화 좀 받아보세요.”

“잠시만요. 이것 좀 다 집어넣고요.”

“지금 고객님 전화가 안내센터에서 대기 중이에요.”

어차피 생크림 네 통이 거품기에 다 들어가기 전에는 윤하가 움직일 수 없는 일이다. 그녀는 거꾸로 크림을 흘려놓던 생크림 통을 그대로 잡은 채 몸통만 반쯤 돌리고 경숙 씨를 보며 말했다.

"무슨 일인데요?"

"어제 킹베이커리에서 산 베이비슈를 먹고 탈이 났대요. 빨리 좀 받아보세요."

그녀는 빨리 가지 않고 일을 계속하고 있는 윤하의 태도가 불만인 듯 다그쳤다.

"매일 만드는 신선한 슈크림이에요. 탈날 일이 뭐가 있다고 그런데요? 알겠어요. 지금 갈게요."

마침 생크림이 다 들어간 것 같아서 팩을 들어 옆에다 놓아두고 손을 닦았다. 앞서서 빠르게 걸어가는 경숙 씨를 쫓아 매장 출입구 옆에 위치한 식품부 안내센터로 갔다. 경숙 씨가 수화기를 건네줬다.

"고객님. 오래 기다리게 해서 죄송합니다. 은련백화점 식품부 킹베이커리 담당자 김윤하입니다."

예의 바르고 친절한 윤하의 응대와는 달리 수화기 저편에서는 찢어지는 것 같은 날카로운 목소리가 터져나왔다.

"빵을 그 따위로 만들어서 팔아먹는 게 어디 있어요?"

"혹시 저희 제품에 무슨 문제라도 있었습니까?"

"어제, 거기서 베이비슈를 샀는데 아이가 먹고 배탈나 새벽에 응급실에 실려갔다왔어요. 그것 때문에 출근도 못했는데 어떻게 하실 거예요?"

분명 블랙컨슈머였다. 슈크림만 제외하고는 모든 제품이 180도 이상에서 굽는 빵들이었다. 당일 생산, 당일 판매의 원칙을 철저하게 지키기 때문에 제품이 상할 일은 없었다. 슈크림만이 열처리를 하지 않는 유일한 제품이었다. 그래서 원재료인 생크림의 유효기간과 냉장온도를 철저히 체크하고 보관에 신경썼다. 문제가 생겼다고 하면 대부분 고객들의 실수였다. 제품을 구매한 뒤에 가지고 돌아다니다가 시간이 많이 지났거나 더운 실내에 보관한 경우였다. 정상적인 고객들이라면 자신들의 잘못인 것이 분명한 그것을 가지고 보상을 요구하는 일은 없었다. 어떻게 하실 거냐고 소리치는 그의 말엔, 고객을 왕으로 모신다는 백화점의 영업방침을 볼모로 무언가 뜯어내려고 하는 전형적인 블랙컨슈머의 억지가 있었다.

윤하가 한두 번 당해본 것이 아니었다. 처음, 백화점에 입점해서 이와 비슷한 고객의 요구에 원하는 대로 돈을 보내준 적이 있었다. 그녀는 자신이 만든 제품이 잘못됐다고 생각하지는 않았지만 사람이 하는 일이란 백 퍼센트 장담할 수 없다는 생각은 있었다. 만에 하나라도 실수가 있었을 수도 있었다. 설령 실수가 없었다 할지라도 고객들과 자꾸 문제를 일으키면 이곳에서 계속 영업하는 데 문제가 생겼다. 그런저런 이유로 사건이 일어나면 윤하는 고객에게 우선 사과부터 했다. 그러면 그들은 그 다음에 꼭 돈을 요구했다. 사과를 했다는 것은 잘못을 인정했다는 것인데 보상을 안 해준다고 할 순 없었다.

시시비비를 가린다고 고객들과 실랑이를 하다보면 그들은 악의적으로 담당구청에 신고할 수도 있었다. 구청에서 민원해결을 한답시고 위생검사라도 나오면 식품부 전체가 보통 시끄러워지는 것이 아니었다. 분란을 일으킨 장본인이라는 눈총을 다른 입점업체 사람들로부터 받고 싶지가 않았다. 블랙컨슈머인 줄 알면서 당하는 수밖에 없었다. 하지만 얼마 전부터는 이렇게 계속 당하면서 영업할 수는 없다는 생각이 들었다. 윤하는 감정을 추스르느라 침을 꼴깍 삼킨 다음 차분한 목소리로 말했다.

"저희 제품을 드시고 배탈나 응급실까지 다녀왔다고 하시니 죄송해서 어쩔 줄을 모르겠군요. 자녀분은 지금 상태가 어떠한가요?"

"학교에도 못가고 아파서 집에 있어요."

"정말 죄송합니다. 제가 병문안을 하고자 하는데 괜찮으시겠습니까?"

고객은 순간 당황한 듯 머뭇거리다 말했다.

"아니, 바쁘신데 그럴 필요까지는 없어요. 약을 먹었으니 곧 괜찮아지겠지요. 그 매장 제품을 먹고 탈이 났으니 병원비하고 치료비만 보내주면 됩니다."

윤하가 예상했던 대답이었다.

"고객님. 그렇게 해주신다니 정말 감사합니다. 그런데 제가 여기 매장의 일반 직원이라 금전에 대한 일은 혼자 처리할 수가 없습니다. 절차가 좀 필요해서요."

차분하면서도 친절한 설명에 전화기 속의 그녀는 갑자기 당황하는 것 같았다.

"무슨 절차요?"

"저희 제품을 구매했던 영수증과 병원 진료비 영수증이 첨부돼야 합니다."

윤하는 부드러우면서도 단호하게 말했다.

"무슨 그런 경우가 있어요? 그럼 당신은 내가 그까짓 치료비 얼마 받으려고 지금 거짓말을 하고 있다는 말이에요?"

찢어질 것 같은 목소리는 윤하의 귓속으로 달려들었다. 수화기를 잠시 귓전에서 떼었다가 다시 가져다대고 말했다.

"그럴 리가 있나요? 저희 백화점에서는 수많은 고객님들을 대상으로 영업을 하기 때문에 언제, 어느 고객님께서 어떤 제품을 드시고 무슨 문제가 일어났는가에 대한 확인이 있어야 해서 그렇습니다. 치료비나 위로금은 이러한 절차만 마치면 빠르게 지급되오니 고객님께서 양해해주면 정말 감사하겠습니다."

"예전에는 그냥 해주더니 갑자기 왜 그런 절차가 필요하다는 거예요?"

이런 짓을 한두 번 해본 사람이 아니라는 것이 이 한마디에서 드러났다. 그녀는 윤하가 준비한 대답을 하기도 전에 재차 쏘아대듯 말했다.

"아니, 됐어요. 좋게 해결하려고 했는데 그렇게 나오면 나도 다 생각이 있어요. 가만 안 있을 테니 두고보세욧!"

그녀는 일방적으로 전화를 끊고 말았다. 앞에서 통화 내용을 듣고 있던 경숙 씨가 눈살을 찌푸리며 말했다.

"블랙컨슈머인 것 같은데요?"

"그러게요. 일단 사과했고, 병문안 가겠다고 했는데 오지 말라네요. 우리 제품 먹고 탈이 난 게 확인되면 보상해주겠다는데 저러네요."

"연말 시즌이라서 그런지 요새 블랙컨슈머들이 부쩍 많아진 것 같아요. 며칠 전에도 생선초밥 매장에서 얼마 뜯겼다고 하더라고요. 초밥 먹고 배탈이 났다고."

"하루 종일 수많은 고객들에게 팔았을 텐데 왜 그 사람만 탈이 났을까요? 그래서 어떻게 해결했대요?"

"십만 원 보내주는 것으로 해결봤다 하더라고요."

안내 데스크에 있는 경숙 씨는 누구보다도 블랙컨슈머들에 대해 잘 알았다. 그건 백화점에서 일하는 사람들에게 불가항력이라고 그녀는 말했다.

"그렇게 쉽게 돈을 보내주니까 계속 그런 짓을 하는 거 아닐까요?"

윤하는 이번만은 끌려가고 싶지 않다는 마음으로 그렇게 말했다.

"자꾸 전화 오고, 사무실에서는 오라가라 하고, 바빠 죽겠는데 귀찮고 힘들게 하니까요. 인터넷에 매장 이름 올리고 시끄럽게 하면 잘잘못이 밝혀지기도 전에 매출부터 바닥 치는데 그럼 어떻게 해요? 알면서도 당하는 거지요."

알면서도 당할 수밖에 없다는 것, 그것이 이곳 백화점 직원들이 블랙컨슈머들을 대하는 마음과 자세였다. 그들이 그렇게 생각하는 이유는 단 한 가지였다. 자신들에게는 아무런 금전상 손해가 오지 않기 때문이었다.

윤하가 매장으로 돌아와 하던 일들을 다시 시작한 지 한 시간쯤 지났을 때였다. 구수한 냄새를 풍기는 빵들이 차례로 놓인 철판을 컨백션 오븐에서 꺼내고 있는데 뒤에서 정 대리의 목소리가 들렸다.

"킹베이커리 사장님. 저 좀 보세요."

아까 통화했던 그 고객이 가만히 있지 않겠다고 하더니 백화점 고객센터로 전화한 것이 분명했다. 그곳을 거쳐 식품부 정 대리까지 연락이 간 것 같았다.

"잠시만요. 이것 좀 먼저 꺼내놓을게요."

"천천히 하세요. 기다릴게요."

평소의 정 대리답지 않게 말소리가 부드러웠다. 하지만 그 부드러움 속에는 뭔가 못마땅한 감정이 녹아 있음을 윤하는 느낄 수 있었다. 오븐에 들어 있던 다섯 개의 철판을 조심스럽게 꺼내 빵 식힘틀 위에 늘어놓고 정 대리에게 몸을 돌렸다.

"식품부 안내센터로 걸려온 고객님 전화 받았지요?"

"네."

윤하는 이 건으로 인해 정 대리에게 밀리고 싶지 않았다. 이번엔 블랙컨슈머의 요구를 당당하게 거절하리라 생각했다.

"어떻게 응대했어요?"

"슈크림 먹고 탈이 났다기에, 전후 사정 접어두고 일단 사과부터 먼저 드렸습니다. 그리고 병문안도 가겠다고 했어요. 병문안은 오지 말고 치료비와 보상만 해달라고 하더군요. 구매 영수증과 병원 진료비 영수증을 확인한 후 조치하겠다고 했어요. 저희 슈크림은 신선한 생크림으로 매일 아침 새로 만들어서 냉장고에 넣어두고 판매하는 것이라 쉽게 상하지 않는다는 것은 정 대리님도 잘 아실 거예요. 어제, 그 제품을 30봉 정도 팔았는데 다른 고객들은 아무 문제도 없었어요."

절대 끌려가지 않겠다고 다짐하며 말했다.

"알아요. 다 알고 있는데…."

정 대리는 말을 끊고 윤하의 눈을 들여다봤다. 묘하게 기분이 나쁜 눈길이었다.

"그런데 어떻게 해요? 그냥 몇 푼 쥐어주면 간단한 것을 가지고 이렇게 실랑이를 벌이면 우리만 피곤하잖아요. 그 고객이 고객센터에 전화해서 난리쳤어요. 고객센터에서는 또 식품부에서 그런 일 하나 제대로 해결하지 못한다고 제게 난리쳤지요. 아침부터 그것 때문에 제가 일을 제대로 못하겠네요."

결국 정 대리의 말뜻은, 그런 일로 자기들을 귀찮게 만들지 말라는 것이었다. 윤하는 참았던 화가 솟구쳐올랐다.

"정 대리님. 백화점에 법무팀이 있잖아요. 블랙컨슈머들이 원하는 부당한 요구를 법적으로 대응하고 막아주는 일, 법무팀에서 해줘야 하는 일 아닌가요?"

정 대리는 짧게 한숨을 쉬고나서 다시 말했다.

"사장님. 백화점 법무팀이 그런 자질구레한 일들을 처리하라고 있는 것 아니에요. 그런 것 아니어도 매일매일 터지는 사건들이 한둘이 아니에요. 사장님께서는 억울하다 생각되겠지만 이런 일들은 그냥 매장에서 자체적으로 해결하는 게 좋아요. 고객센터까지는 올라가지 않도록 하는 게 서로에게 좋다고요."

"자체적 해결요?"

윤하도 정 대리의 눈을 똑바로 바라보며 말했다.

"블랙컨슈머든, 뭐든, 고객센터로 컴플레인 자꾸 들어가면 이 매장에 좋을 게 하나도 없어요. 위에서 걸고넘어지면 재계약할 때 불리하기만 하지요. 여직 잘해오셨으면서 요새 갑자기 왜 그러세요?"

표면적으로는 좋게 타이르는 것 같았지만 결국은 위협이었다. 백화점에서는 블랙컨슈머들의 부당한 공격으로부터 입점업체를 보호해줄 생각이 전혀 없다는 말이었다. 백화점 지원 없이 혼자 싸우기엔 이곳에서 윤하가 잃어야 할 것이 너무 많았다. 누가 적인지 알 수가 없었다. 윤하는 백화점 오픈이 시작되기 전에 서둘러 9층의 고객센터를 찾았다. 그곳에서 그 블랙컨슈머의 전화번호를 받아 통화를 한 다음 다시 한번 사과를 해야 했다. 결국 그녀가 원하는 치료비와 위로금으로 10만 원의 돈을 송금해야 했다. 10만 원이란 금액은 윤하가 이 매장에서 아침부터 일을 시작해 반죽에, 성형에, 굽기에, 포장까지 마친 완성빵을 300개 팔아야만 순이익금으로 얻을 수 있는 돈이었다.

오후 3시가 되어서야 늦은 점심식사를 마친 윤하는 다시 매장으로 돌아왔다. 그녀의 베이커리 매장에서 판매 일을 도와주는 황 여사는 윤하가 지하 식품매장으로 들어오는 모습을 멀리서 보면서 벌써 앞치마를 벗고 있었다.

“황 여사님, 혼자 힘드셨죠? 어서 가서 쉬고 오세요.”

“네. 그럼 다녀올게요.“

황 여사가 급하게 매장을 빠져나가자 윤하는 포스를 열고 자신이 자리를 비운 동안의 매출을 확인했다. 혹시나? 하는 기대감은 있었지만 원래 그 시간대가 손님이 없는 시간이라 매출액은 미미했다. 아침부터 블랙컨슈머의 출현으로 생각지도 않던 손해가 발생해 윤하는 기분이 좋지 않았다. 그것을 상쇄할 수 있는 방법은 매출을 평소보다 좀 더 올리는 것뿐인데 이 시간까지 다른 날과 매출 차이가 없다면 더 이상의 기대는 무리였다.

어느 정도 팔려나가 진열대에 듬성듬성 비어 있는 빵들의 종류를 체크했다. 진열대에는 호도빵이 한 봉 남아 있고 몇 가지 야채를 넣어 만든 샌드위치 종류가 비어 있었다. 호도빵은 점심시간 전에 만들어서 식히고 있는 빵을 봉지에 포장만 하면 될 일이었지만 샌드위치 종류는 구워서 식혀놓은 샌드위치 빵에 야채와 햄, 치즈, 소시지, 그리고 여러 종류의 소스를 곁들여 다시 작업을 해야 했다. 더구나 전용 용기에 개별포장까지 해야 하기 때문에 공정이 복잡했다. 오픈 후에는 매대에 누군가가 지키고 있어줘야 편하게 작업할 수 있는 일이었다.

고객들도 별로 없었는데 호도빵 포장 정도는 좀 알아서 한 다음 진열대를 채워놓았으면 얼마나 좋았을까? 황 여사는 그런 부분에서 많이 약했다. 그냥 매대 앞에 뻔히 서 있을지언정 판매하는 일 외에는 손을 대려 하지 않았다. 윤하가 황 여사에게 원하는 것은 그녀가 해야 할 일을 하면서 여유가 있을 때는 그 외의 일들도 알아서 조금씩 도와주는 것이었지만 황 여사의 생각은 다른 것 같았다. 판매직으로 고용된 자신은 판매만 확실하게 하면 되지 다른 일들은 할 필요가 없다는 생각이었다. 남는 시간에 무언가를 알아서 도와주기를 그녀에게는 기대할 수 없었다. 백화점에서 일하는 것은 하루 종일 서 있어야 해서 육체적으로 힘들었다. 고객들에 대한 무조건적인 친절과 서비스, 감정노동 강도가 보통 센 것이 아니었다. 처음에는 누구나 쉽게 들어오지만 조금 일하다보면 자연스럽게 이런 것들을 알게 됐다. 그렇게 되면 그들은 일을 그만두고 싶어하는 경우가 많았다.

백화점 시스템에 익숙해진 사람이 계속 일하는 것이 그래도 나았다. 조금 못마땅하다고 그만두게 하고 새로운 사람을 구해 가르치는 것은 더 힘들었다. 마음에 딱 차지 않더라도 아주 문제가 있는 사람이 아닌 이상 그대로 쓰는 것이 맞는 것이었다. 그것이 윤하가 몇 번의 경험에서 깨우친 사람 쓰는 노하우였다. 그런 식으로 알바를 고용하다보니 돈은 돈대로 나가면서도 윤하의 몸은 더 바쁘고 힘들었다. 어쩔 수 없는 일이었다. 백화점과 가맹본사와의 계약 관계가 어찌 됐건, 현실적으로 황 여사를 고용하고 있는 고용주는 윤하였다.

구워놓은 호도빵을 꺼내오기 위해 윤하가 작업장 안으로 들어가는데 등 뒤에서 누가 인사하는 소리가 들렸다. 윤하는 얼른 매대 쪽으로 몸을 돌렸다. 가끔씩 와서 깨찰빵과 호도빵을 사가는 60대 여자 고객이 커다란 쇼핑백을 들고 수줍은 미소를 지으며 매대 앞에 서 있었다.

“어서 오세요. 고객님.”

윤하는 매대 안쪽으로 발을 옮기며 환한 웃음으로 그녀를 맞았다.

"오랜만에 오셨네요. 어쩌죠? 고객님께서 좋아하시는 호도빵이 한 봉밖에 안 남았어요. 잠시만 기다려주면 지금 식히고 있는 빵을 얼른 포장하여 드릴 수 있는데요."

그녀는 매장에 들를 때마다 호도빵을 여러 봉씩 사가는 고객이었기에 먼저 양해를 구하는 말을 했다. 언젠가, 이 집 호도빵이 참 맛있는데 집에서 멀어서 자주 못나오게 된다고, 한번에 사다가 냉동실에 넣어두고 한 봉씩 꺼내 해동해서 먹으면 숙성돼서 그런지 금방 만든 것보다 더 맛있다고 말해줬던 고객이었다. 윤하가 인상 깊게 기억하고 있는 고객이기도 했다. 그녀는 수줍은 미소와 함께 손사레를 쳤다.

"죄송해요. 오늘은 빵을 사려고 들른 것이 아니고 뭐 조그만 것을 좀 전해드리려고요. 나온 김에 빵도 사가면 좋은데 지금 외출하는 중이라 들고 다닐 수가 없어서 다음에 와서 사갈게요."

그녀가 너무 죄송해하는 표정으로 말하자 윤하는 자신이 더 미안했다. 딴에는 고객을 잘 기억하고 응대한다고 한 것이 그만 너무 앞서나간 것 같았다.

"괜찮습니다. 저는 항상 고객님께서 사가시던 호도빵이 매대에 한 봉밖에 없어서 그런 말씀을 드렸습니다. 제가 더 죄송합니다."

윤하는 정말 미안한 표정을 지으며 말했다.

"사실은 얼마 전에 제 큰아들 결혼을 시켰답니다."

"어머나, 그러세요? 큰일을 치르셨군요. 정말 축하드립니다."

"혼례식에 참석한 분들에 대한 답례품으로 여자들에겐 스카프, 남자들에겐 넥타이를 준비했었어요. 여기 사장님 생각이 나더라고요. 하얗고 갸름한 얼굴이셔서 잘 어울릴 것 같은 생각이 들었어요. 백화점에 나오게 되면 갖다드리려고 한 개 빼두었는데 그동안 바빠서 오늘에야 오게 됐네요."

그녀는 쇼핑백에서 납작하고 넓은 종이상자에 예쁜 리본을 장식한 무언가를 꺼내 윤하의 앞으로 내밀었다. 고급 스카프를 담아주는 유명 백화점의 포장 박스였다.

"제가 왜 이런 걸. 결혼식에 참석하지도 못했는데…."

생각지도 못한 선물에 윤하는 당황하며 말했다. 결혼식에 참석하지 못했다며 얼버무린 것은 그냥 하는 말이었고 그 고객의 결혼식까지 참석할 만큼 서로 잘 아는 관계가 아니었다.

"제가 몇 번 여기 매장에서 호도빵을 사갔잖아요. 너무 정성스럽고 맛있게 만들어주어 먹으면서 항상 감사한 마음이 많았어요. 더구나 언젠가는 마감세일 시간에 왔는데 아주 싼 가격에 꽤 많이 사게 돼서 오랫동안 두고 아주 잘 먹었답니다. 그러다보니 항상 그 정성을 조금 갚아드리고 싶은 마음이 있었어요. 마침 이 스카프가 사장님께 잘 어울릴 것 같다는 생각이 들어 챙겨두었답니다. 그리고 이것도."

그러면서 그녀는 쇼핑백에서 또 다른 물건을 꺼내 함께 내밀었다.

"이것은 또 무엇인가요?"

"이건 정말, 정말 약소한 건데, 이제 얼마 안 있으면 연말이잖아요. 제가 항상 연말이면 그동안 신세졌던 제 주변의 고마운 분들에게 조그만 성의를 표시하고 있어요. 여기 은련백화점에도 한해 동안 여러 제품들을 사서 맛있게 먹고 감사했던 매장이 몇 군데 있답니다. 거기에 갖다드리려고 준비한 것이에요. 별것은 아니고 양말 세트인데 여기 사장님껜 당연히 드려야죠."

그녀는 수줍게 웃었다. 하얀 얼굴 위로 고운 주름이 부드럽게 피어났다. 윤하는 말문이 막혔다. 가슴속에서 무언가 부드럽고 따뜻한 것이 몽글몽글 솟아나오는 것 같았다.

많은 백화점 고객들이 자신들은 왕이라며 온갖 갑질을 해대는 모습을 보며 일했다. 입점업체를 대상으로 하는 블랙컨슈머들의 범죄에 가까운 컴플레인을 보며 일했다. 그때마다 윤하는 이 백화점에 오는 사람들이 싫어졌다. 고객들을 맞으며 자연스레 나오는 웃음과는 달리 속으로는 점점 화가 끓어올랐다. 이곳에서 일하는 것이 힘들고 버거웠다. 고객들, 관리자들, 그 모든 사람들에게 지쳐갔다. 어쩌면 윤하의 내면은 점점 병이 들어가는지도 몰랐다.

하지만 지금 이 순간, 윤하는 깨달았다. 이곳에 오는 모든 사람들이 다 그러하지는 않았음을. 어느 누군가는 윤하가 만든 제품을 제 돈 주고 사먹으면서도 기꺼이 고마워했음을, 또 누군가는 그 마음을 이렇게 작은 정성으로 표현해주었음을. 그저 자신에게 좋지 않게 했던 사람들만 미워하며 수익에 급급했던 자신을 잠시 되돌아봤다. 정신없이 퍼붓는 빗줄기에 휩쓸려 아래로, 아래로, 점점 더 아래로 떠밀려가는 삶의 태도와 생각을 바꿔야겠다는 생각이 들었다. 그 60대 고객의 작은 정성은 그날의 윤하에겐 잔잔한 감동이었다. 그동안의 상처에 대한 따뜻한 치유였다. 그녀의 이름은 '화이트컨슈머'였다.

11. 명찰 떼고

성현은 라커룸에서 유니폼을 갈아입고 매장으로 들어오다 윤하와 마주쳤다. 그녀는 상큼한 웃음을 지으며 윤하에게 손을 흔들었다. 윤하도 함께 흔들었다.

"참, 성현 씨. 박 팀장이 매장 옮기라고 한 거, 옮길 생각이 전혀 없는 거지?"

윤하가 생각난 듯이 물었다. 성현이 어떻게 대처할 것인가? 자리를 옮기지 않고도 버틸 방법이 있는 것인가? 이것저것 다 궁금했다.

"물론이지. 계약서에 보면 계약기간은 1년이지만 특별한 일이 없는 한 자동으로 또 1년씩 연장한다고 명시되어 있어. 만일 해지를 원할 시는 서로가 한 달 전에 통보하도록 돼 있어. 오늘이 계약 만료일이라고 해서 어제 통보하고 갑자기 해지할 수는 없지. 그걸 박 팀장이 모르지는 않을 텐데 이렇게 우격다짐으로 밀어붙이는 것은 우리를 우습게 보고 있기 때문이야. 왜? 여기 사람들은 그동안 자기 말 한마디면 벌벌 떨며 시키는 대로 다 했으니까. 그렇지만 나는 아니야.

다시 말하면 소송한다고 할 거야."

성현은 조목조목 짚어가며 말했다.

"소송까지?"

"응. 이것은 분명 휴게실 단전사건을 점장한테 보고한 것에 대한 박 팀장의 개인적인 보복이야."

일이 생각지 않은 곳으로 흘러가는 것 같았다.

"성현 씨, 단전은 정 대리가 저지른 일이었잖아. 박 팀장과는 상관이 없지."

"그렇긴 해. 하지만 솔직히 말해보자. 이곳에서 정 대리 혼자 멋대로 할 수 있는 일이 뭐가 있어? 다 박 팀장 비호 아래서 한 일이지. 정 대리가 그 잘난 대리 완장 하나 차고 저리 날뛰는 것은, 다 박 팀장이 뒤에 있기 때문이야. 박 팀장 뒤에는 윤 사장이 있고, 윤 사장 뒤에는 회장님이 있고."

성현은 윤하가 막연하게 생각하고 있던 것들을 말로 정확하게 표현했다.

"그 정도 인간에게 그렇게 쉽게 끌려나갈 내가 아니야. 이런 데서 혼자 죽어라 일만 하고 있으니 우습게 본 것 같은데 사람 잘못 건드렸어. 속은 버러지보다도 못한 놈이. 후후."

성현은 생전 하지 않던 욕까지 섞어 말하고 말끝에 시니컬한 웃음소리까지 냈다. 뭔가 믿는 구석이 있다는 것이 느껴졌다.

"그래. 어찌됐든 당분간은 장사나 열심히 하자. 영업 중인 사람한테 설마 뭘 어쩌겠어?"

윤하는 그렇게 말해주고 자신의 매장을 향해 걸었다. 그곳에 도착해 작업실로 막 들어가려 할 때였다. 몸을 돌리며 무심히 건너다본 매장 입구에서 정 대리가 이쪽으로 빠르게 걸어오는 것이 보였다. 아침 조회를 하려면 아직 20분이나 더 남았는데 무슨 일인가 싶었다. 조회가 아닌 것이 확실한 것은, 그녀가 조회 때마다 옆구리에 끼고 오는 서류파일이 없다는 것이었다. 그녀의 발길이 향하는 방향의 각도를 보니 목적지는 샐러드, 베이커리 구역인 것 같았다. 불안한 느낌은 언제나 정확한 법이었다. 정 대리는 샐러드 매장 바로 앞에서 딱 멈췄다.

"샐러드 사장님!"

짜랑짜랑한 목소리가 작업실에 들어가 있는 성현을 향해 날아갔다.

"네."

성현은 하부 장에서 포장 팩을 꺼내다가 정 대리 목소리에 몸을 돌리며 대답했다.

"어제까지 매장 옮기라고 통보했는데 안 옮기셨네요."

얼음을 머금은 것처럼 차가운 말투였다. 성현은 포장 팩을 그대로 작업대 위에 놓아둔 채 매대 앞으로 나왔다.

"매장 옮길 수 없어요. 그쪽으로 가면 장사도 안 될 것이고요. 또 가라고 했다고 제가 무조건 가야 할 이유도 없고요."

나이론 천이 찢어지는 것처럼 가늘고 기분 나쁘게 높은 목소리가 성현의 말을 가로막았다.

"그만하세요! 오늘 이 시간부로 은련백화점에서는 에브리원샐러드의 계약 해지를 통보합니다. 지금 바로 명찰 떼고 매장 밖으로 나오세욧!"

한창 출근하던 사람들이 놀라 일제히 걸음을 멈추고 그 광경을 쳐다봤다. 일찍 와서 일을 시작하던 사람들은 시작하던 채로, 매장으로 걸어들어오던 사람들은 들어오던 채로, 모두 그대로 서서 놀란 표정으로 정 대리와 성현을 번갈아 쳐다봤다.

식품부에 입점해 있는 브랜드가 거의 30여 개였다. 한 매장에서 일하고 있는 사람들이 평균 두 명씩이었다. 대략 60여 명의 사람들이 입점 이후 일어난 초유의 사태를 지켜보고 있는 것이었다. 성현은 순식간에 얼굴이 새빨개지더니 아무 말도 하지 못하고 그대로 서 있었다. 순간적으로 당황하기도 했지만 이렇게 많은 사람들 앞에서 그런 식으로 당하리라고는 생각지 못했던 것 같았다. 윤하는 이 상황을 보고만 있을 수만은 없어 정 대리 쪽으로 한 발짝 나서며 말했다.

"정 대리님. 사람들 다 보는 앞에서 어떻게 그런 식으로 해지통보를 하세요?"

"베이커리 사장님은 가만히 계세욧! 같이 다치기 싫으시면."

정 대리는 아주 작정한 듯싶었다. 윤하는 그런 소리까지 듣고는 더욱더 그냥 있을 수가 없었다.

"관리자께서 말씀을 함부로 하시네요. 다치기 싫으면 가만히 있으라니요? 그게 무슨 뜻이죠?"

너무 놀라 할 말을 잃고 서 있던 성현이 이제야 할 말을 찾았는지 한 손으로 윤하를 제지하며 말했다.

"언니는 그냥 있어."

그리고 정 대리를 똑바로 쏘아보며 또박또박 말했다.

"대리님, 지금 명찰 떼어가면 앞으로 일어날 일에 대해 책임질 수 있으세요?"

뼈가 있는 것 같은 위협적인 성현의 물음에 정 대리는 순간, 멈칫하는 것 같았다. 그러나 그녀는 자신의 말마따나 백화점 식품부에서 8년을 구른 사람이었다. 많은 입점업체 사람들이 보는 앞에서 절대 꼬리를 내리고 물러설 사람이 아니었다.

"무슨 책임을 진다는 말입니까? 그런 쓸데없는 소리하지 마시고 빨리 명찰이나 떼세요. 그 명찰은 우리 백화점에서 이곳에서 일해도 된다는 표시로 지급한 것이니 당장 돌려주세요. 이성현 씨는 이제 더 이상 여기서 일할 수 없습니다."

바로 그때였다. 성현은 갑자기 고개를 숙이더니 자신의 왼쪽 가슴에 붙어 있던 명찰을 오른손으로 확 쥐어뜯었다. 얇은 스테인리스 조각으로 만들어져 유니폼 안쪽에 기다란 자석 덩어리와 겹치게 하여 고정되어 있던 명찰은 갑작스럽게 세게 뜯어내니 힘없이 금방 떨어졌다.

"여기 있어욧!"

성현은 손아귀에 움켜쥔 명찰을 정 대리가 서 있는 매대 앞에 탁 던져놓았다. 그리고 몸을 휙 돌리더니 순식간에 중앙통로 쪽으로 뛰어나갔다. 분노가 깃든 그녀의 커다란 눈에는 눈물이 그렁그렁 매달려 있었다. 참고 참았던 모멸감을 결국은 견디지 못한 눈물이었다.

“성현 씨! 성현 씨!”

윤하가 다급히 성현을 부르며 쫓아갔지만 그녀는 쏜살같이 매장 문을 열고 사라져버렸다. 성현을 찾으려고 지하 주차장에서 휴게실 쪽을 훑으며 돌아다녔다. 하지만 어디에도 그녀의 모습은 보이지 않았다. 핸드폰을 꺼내 통화를 시도해봤지만 받지 않았다. 문자를 넣어보려고 하다가 문득 드는 생각이 있어 그만뒀다.

윤하는 생각했었다. 성현이 이 매장에서 그냥 버티려고 생각했을 때에는 만약의 경우에 대비해 나름의 대안을 가지고 있을 것이라고. 아침에 매장 입구에서 만나 나눴던 그녀와의 대화에서 그것을 확신했다. 그러나 정 대리의 공격 앞에 순간적으로 새빨개지던 그녀의 얼굴을 생각하니 일이 이 정도까지 되리라고는 미처 예상하지 못했던 것 같았다. 그녀에게는 이 사태를 어떻게 대처해야 할지, 또 어떻게 해결해야 할지 생각할 시간이 필요할 것이다.

윤하도 이제는 매장으로 돌아가서 일을 해야 했다. 오늘 제품은 오픈 시간에 맞춰 제대로 나오기 힘들겠다고 생각하며 자리로 돌아오니 정 대리는 떠나고 없었다. 놀란 표정으로 구경하던 입점업체 사람들도 이미 다 제자리로 돌아가 영업 준비를 하고 있었다. 맞은편 매장의 최 사장과 이 사장이 일하던 손을 멈추고 터덜터덜 매장으로 들어오는 윤하를 바라봤다. 걱정이 가득한 그 눈들은 성현이 어떻게 되었느냐고 묻고 있었다. 윤하는 그 눈들을 향해 느릿느릿 대답을 해주었다.

"못찾았어. 어디 있겠지. 생각할 시간이 좀 필요할 거야."

지하 매장의 천정 구석구석 설치된 스피커에서 안내방송이 흘러나오고 있었다.

"식품매장 직원 여러분, 오늘은 아침 조회를 생략합니다. 자체적으로 위생점검과 제품 준비에 만반을 기하셔서 오픈에 차질이 없도록 부탁드립니다."

식품부 사무실에서도 이 사태에 대해 대책을 강구하고 있음이 분명했다. 윤하는 제품이 오픈 시간 안에 다 나오지 못할까봐 정신없이 일을 했다. 그러다보니 누가 자신의 구역을 다녀갔는지도 몰랐다. 오픈이 시작되고 옆 매장을 보니 매대 위에 〈사정에 의해서 당분간 영업을 중단합니다.〉라고 프린트된 안내판이 놓여 있었다. A4용지 크기의 피오피였다. 정 대리 밑에 있는 직원인 이아현 씨가 만들어서 갖다놓은 것 같았다.

고객들을 응대하는 시간 외에는 윤하의 머릿속은 온통 성현 씨 생각뿐이었다. 한 달에 한번, 백화점 정기휴일 외에는 쉬는 날과 쉬는 시간 없이 초인간적인 힘으로 일을 하던 여자였다. 나이가 마흔인데도대체가 이해할 수 없는 체력을 가진 여자였다. 알바 하나 없이 혼자 매장을 꾸려가며 월 2천만 원의 매출을 올리는 사람은 이 백화점에서 오직 이성현, 한 사람뿐이었다.

성현이 입점하고 얼마 지나지 않았을 때였다. 윤하가 지나가는 말로 남편은 무슨 일을 하느냐고 물었던 적이 있었다. 그때 성현의 표정은 순간적으로 싸늘해졌다. 그리고는 조용히 입을 열었다. 다른 건 몰라도 사생활에 대해서는 묻지 말아달라고. 성현과 친해지고 이런저런 속 얘기를 나누게 됐어도, 그때 그 일 때문에 윤하는 절대 그녀의 사생활에 대해선 묻지 않았다. 알려고 하는 마음도 갖지 않았다. 다만 시간이 지나면서 아이들에 관한 이야기가 자연스럽게 나온 적은 한번 있었다. 그녀는 아이 이야기는 굳이 감추려 하지 않았다. 중학생 아들이 하나 있는데 축구선수라고 했다.

"요새는 애들 운동시키면 보통 돈이 많이 드는 게 아니라는데…."

윤하가 뒷말을 흐렸다.

"그래서 내가 알바도 못 두고 이렇게 죽어라 일을 하잖아. 그렇게 안 하면 뒷받침에 들어가는 돈을 감당할 수가 없어."

그것이 성현이 일을 시작한 이후, 윤하에게 처음으로 꺼낸 가족 이야기였다.

어느덧 오후 4시가 되어 잠깐의 휴식시간이 왔다. 윤하는 알바 황여사에게 매장을 부탁하고 밖으로 나와 성현에게 전화를 걸었다. 신호음이 여러 번 가도 받지 않았다. 다섯 번째 신호음이 울렸을 때, 드디어 신호음이 멈추고 성현의 목소리가 들려왔다. 평소보다 훨씬 차분한 목소리였다. 지금 어디냐고 물었더니 집이라고 대답했다.

"괜찮아?"

"괜찮을 리가 있어?"

"내가 멍청한 질문을 했다. 많이 힘들지?"

"걱정하지 마. 우리 매장은 지금 어떤 상태야?"

그래도 자신의 매장 걱정은 되는지 성현이 물었다.

"성현 씨가 샐러드 만들려고 내놓은 야채랑 소스들은 내가 다 냉장고에 집어넣었어. 팩들이랑 집기류도 다 제자리에 정리해두었어. 현재는 이아현 씨가 사정상 영업을 중단한다는 피오피 갖다가 매대 위에 올려놓은 상태이고."

성현은 잘했다고, 고맙다고, 두 번이나 연이어 감사 인사를 했다. 인사치레까지 하는 것을 보니 마음의 여유는 조금 찾은 듯했다. 윤하는 성현이 감정적으로 일을 처리하다가 행여 금전적 손해라도 보게 되면 어쩌나? 하는 생각에 그녀를 달래보기로 했다.

"성현 씨, 오늘은 그렇다치고 내일은 매장에 나와봐야되지 않겠어? 팀장이 무단결근이라고 갖다붙이면 그때는 정말로 옴짝달싹 못하게 되잖아."

무단결근은 계약해지 사유 중 하나였다. 오늘은 정 대리에게 명찰을 빼앗긴 사정이 있었다. 그것으로 매장을 뛰쳐나간 것에 대해 정당한 사유를 댈 수가 있었다. 하지만 내일도 그녀가 매장에 안 나온다면 백화점에서 무단결근을 이유로 계약해지 사유를 만들 수 있었다. 소송을 걸었을 경우 성현에게 불리할 수 있었다.

하지만 성현은 담담한 목소리로 말했다. 지금은 생각하고 있는 게 있어서 굳이 나갈 필요는 없을 것 같다고. 자신이 아무런 잘못도 없이 당했는데 그냥 손놓고 있을 수는 없다는 말이었다. 복수하겠다는 뜻인 것 같았다. 윤하도 그건 당연하다고 생각했다. 그냥 이렇게 당하고 있을 수는 없는 일이었다. 하지만 어떻게? 무슨 힘으로? 백화점에서는 법무팀이 있어서 모든 일을 법의 테두리 안에서 하고 있다. 자신들이 원하는 일이 있으면 나중에 문제가 생겨도 빠져나올 수 있도록 교묘한 편법을 쓰는 것이 그들의 노하우였다. 아무 정보도 없는 개인이 싸우기엔 힘든 상대였다. 윤하는 성현에게 생각하고 있는 게 무엇이냐고 물었다.

"사람들은 백화점과의 싸움에서는 입점업체가 질 거라고 생각하지. 하지만 그건 겁먹고 미리 포기해서 그런 거야. 부당하게 당했을 때는 소송을 통해 다퉈볼 수 있어. 감정을 자제하고 차분하게 자료 모아서 싸우면 나는 이길 자신이 있어. 하지만 그것도 싫어. 시간이 너무 많이 걸린단 말이지. 소송에 이겨 다시 매장에 입점하라는 판결이 나더라도 이제 다시는 거기서 일하고 싶은 마음이 없어."

조금 전과는 느낌이 다른 제법 강한 어조였다.

"그러면?"

"제대로 피해보상을 받아낼 거야. 그리고 박 팀장 그놈 모가지도 딸 거야."

서늘한 느낌이 들었다. 아침에 본 그녀의 분노에 찬 눈동자를 생각하면 그런 마음이 충분히 들 거라는 생각은 들었다. 하지만 모가지를 딴다는 그런 말은 일반 여자들이 쉽게 할 수 있는 말은 아니었다. 윤하는 성현이 과거에 어떤 일을 하던 사람이었는지 다시 궁금해졌다.

"다들 걱정이 이만저만이 아니야. 우리가 도와줄 일을 말해. 힘을 보탤게."

윤하는 어떻게 하든 성현을 돕고 싶었다. 백화점에서 일하는 많은 사람들이 자신의 일만 하면서 입을 다물고 있었다. 그렇기 때문에 그들은 이런 식으로 자신들의 정당한 권리를 유린당해왔던 것이었다. 이젠 남의 일이 아니었다. 언제 자신에게도 닥칠지 모르는 일이었다. 더 이상은 침묵할 수 없었다.

"언니, 매장 사람들은 이번 리모델링 일이 걸려 있어 내 일에 쉽게 끼어들지 못할 거야. 모두들 한 가정의 밥줄이 달려 있는데 화를 입으면 안 되잖아."

"아니야, 그렇지 않아. 성현 씨가 지금 겪고 있는 일이 앞으로 우리에게도 닥칠지 모르는 일이야. 이곳에서 함께 일한 성현 씨를 혼자 싸우게 내버려둘 수는 없어. 그건 우리를 위한 일이기도 해. 만나자. 만나서 의논하자."

윤하는 강한 어조로 말했다. 성현은 윤하의 말에 잠시 입을 다물었다. 얼굴은 보이지 않았지만 울컥, 하는 것 같은 감정의 느낌이 전해졌다. 잠시 후, 성현은 다시 입을 열었다. 고맙다고, 말만으로도 힘이 난다고 했다. 하지만 지금은 알아봐야 할 일들이 있어 시간 내기 힘드니 며칠 내로 다시 연락하겠다는 말을 하고 그녀는 전화를 끊었다.

식품부 사무실에서 이번 일을 어떻게 처리하고 있는지 윤하는 알 수가 없었다. 한창 겨울 정기세일 중인지라 백화점은 연일 사람들로 붐볐다. 각 매장 사람들은 자기들 영업하기에 바빴다. 천정에서부터 늘어뜨린 두 줄의 체인을 이용해 매달아놓은 에브리원샐러드의 LED 간판은 며칠째 불이 꺼져 있었다. 예쁘게 장식된 샐러드가 진열되었던 냉장 쇼케이스엔 아무것도 없이 텅 비어 있었다. 하루 종일 혼자 종종거리며 샐러드를 포장하고 고객들을 응대하던 성현이 옆에 없으니 윤하는 마치 자신의 매장 한 귀퉁이가 폭삭 무너진 것만 같았다.

성현과 통화하고 나서 며칠 지나서였다. 윤하가 출근하려고 집을 나서는데 성현의 전화가 걸려왔다. 할 얘기가 있으니 저녁에 테라스비어에서 만나자고 했다. 최 사장과 이 사장도 데려오라고 했다. 윤하는 식품부에서는 연락이 왔느냐고 물었다. 그다음날 바로 왔다고 성현이 말했다.

"정 대리가 나보고 집기 빼라고 하더라고. 그건 내가 알아서 할 테니 신경끄라고 했어."

"정 대리한테?"

"그럼. 내가 그 쥐방울한테 이제 못할 말이 뭐야?"

식품부 관리자인 시어머니에게 쥐방울이라고 하니 웃음이 나왔다. 성현은 키가 1미터 70이 다 되어가는 늘씬한 체격이었고 나이도 마흔이었다. 강단이 있어 누구나 쉽게 대하지 못하는 카리스마가 있었다. 정 대리는 156~157센티의 작달만 한 키에 나이는 서른두셋 정도였다. 성격이 그악스럽고 칼칼하기는 하지만 백화점 대리라는 완장을 떼고 붙는다면 정 대리는 성현에게 상대가 되지 않았다.

"리모델링 시작될 때까지 매장 안 비우면 집기를 다 임의처분할 거래. 유치장 가고 싶으면 맘대로 하라고 했어. 남의 물건 무단으로 손대면 형사고발 당하는 거 모르냐고."

"어머, 그랬더니?"

윤하는 기세등등한 성현의 말에 놀라면서 말했다.

"암말도 못하더라. 암튼 내 허락 없인 걔네들이 내 물건에 손 못대. 소송해서 승소하고, 강제집행 절차를 또 밟아야 그 자리에서 물건 들어낼 수 있거든. 아무것도 모르고 일만 하던 매장 사람들한테 우격다짐으로 하던 짓을 그대로 하려고 하는데, 나한텐 잘못 걸렸어. 내가 집기 안 빼고 있으면 당장 내년 1월부터 진행하는 리모델링도 시작하지 못할걸. 법적인 절차 진행하고 강제집행 허가받는 것만도 최소 6개월은 넘게 걸려."

성현은 전문적인 법률 용어를 쓰면서 말했다. 이 계통에 대해 어느 정도는 알고 있는 사람 같았다. 지금 어디 좀 들어가봐야 하니 저녁에 만나서 얘기하자면서 성현은 전화를 끊었다. 전화기 속에서 들려오는 성현의 목소리는 자신감 넘치고 당당했다. 그날, 새빨개진 얼굴로, 눈물 그렁그렁한 눈으로, 매장을 뛰쳐나가던 그 성현이 아니었다. 그녀는 마치 크고 단단한 바위 같았다.

12. 온라인

연말에다 백화점 정기세일까지 겹쳐 식품부 매장은 연일 고객들로 붐볐다. 저녁 8시가 되기 전, 윤하, 최 사장, 이 사장은 모두 완판했다. 마감정리를 하고 나서 셋은 모처럼 함께 퇴근했다. 직원 출입구를 통해 빠져나온 그들은 백화점 뒤편에 위치한 테라스비어로 갔다. 문을 열고 들어서니 항상 그들이 앉았던 창가 자리에는 성현이 미리 와 기다리고 있었다. 이 사장이 얼른 뛰어가 성현의 두 손을 잡아 흔들었다.

"아이고마, 우리 샐러드 누님. 그동안 얼구리가 반쪽이 됐심니더."

성현이 되받아쳤다.

"이 사장 뻥도 세네. 나 며칠 동안 일 안 했더니 2킬로나 쪘어."

"정말예? 그란데 와 지 눈에는 우리 누님이 이러 예벼보이는거라예?"

이 사장의 너스레에 윤하가 한마디 보탰다.

"샐러드가 미인이라서 원래 얼굴판이 작아. 이 사장이 그런 것도 제대로 모르니 아직도 장가를 못 가는 거지."

모두들 큰소리를 내며 웃었다. 오랜만에 함께 내보는 웃음소리였다. 모두 자리를 잡고 앉자 최 사장이 옆구리에 끼고 왔던 가방을 테이블 위에 올려놓더니 지퍼를 열었다. 윤하와 이 사장은 무슨 일인가 궁금해 그 가방을 보고 있었다. 최 사장은 가방에서 종이 한 장을 꺼내 성현에게 건네주며 말했다.

"금융거래확인서 가지고 왔습니다. 여기 보면 작년 11월에 박춘식 앞으로 보낸 3천만 원 찍혀 있지요? 김성식이라는 이름은 그 형님 이름인데 필요하면 형님 직인이 찍힌 엄마손죽 가맹계약서 사본도 함께 보내준다고 했습니다."

"고맙습니다. 그러지 않아도 지난 번에 말했던 그 사람이 박 팀장에게 돈 보낸 자료 넘겨주는 것을 머뭇거리더라고요. 난감했는데 다행이에요."

성현과 최 사장이 그동안 윤하와 이 사장은 모르는 어떤 얘기를 나누고 있었다는 것을 알 수 있었다.

"이기 무슨 말입니꺼? 그동안 우리는 모르는 뭔 일이 있었습니꺼?"

궁금한 것을 못 참는 이 사장이 끼어들었다.

"모든 것이 조심스러워서 입 다물고 있었는데, 사실 그동안 성현 씨하고는 몇 번 통화를 했었어. 박 팀장 때문에."

최 사장이 거기까지 말하자 성현이 얼른 말을 이어받았다.

"지난 번 엄마손죽 본사에서 백화점에 시설비로 줬다며 최 사장님한테 돈 3천만 원 받아갔다고 했던 일 있잖아? 이름을 말할 순 없지만 우리 식품부 매장에 있는 어떤 사람도 박 팀장에게 돈 주고 들어온 것을 내가 알고 있거든. 그 사람은 리모델링 후에도 여기 남아 있을 계획이기 때문에 나에게 물증 전해주는 걸 망설이는 거야. 박 팀장에게 밉보여 무슨 불이익이라도 받을까봐 두려워하더라고."

"니가 알고 있다는 박 팀장의 비리가 그것이야?"

"응, 아무리 물증이 필요해도 그 사람 밥벌이가 달렸는데 강요할 수는 없잖아."

"그렇지."

그렇게 성현은 그동안의 이야기를 풀어놓았다. 그것 때문에 한참 고민하다가 문득 떠오르는 일이 있더라고 했다. 지난 번에 네 사람이 함께 얘기했던 엄마손죽 본사 일, 그게 자신들이 생각하고 있던 것처럼 최 사장님 본사의 그 형님이 혼자 꿀꺽한 게 아닐지도 모른다는 생각이 들었다고 했다. 자신이 알고 있는 그 사람이 박 팀장에게 돈 주고 들어온 시기도 최 사장님 입점한 시기와 비슷했다. 돈 액수도 비슷하고, 유형도 비슷했다고 했다. 최 사장의 인테리어 비용 3천만 원은 엄마손죽 본사가 먹은 것이 아니라 박 팀장 개인 주머니로 들어갔을지도 모른다는 생각이 들었다. 즉시 최 사장에게 전화해서 그 형님에게 한번 따져봤느냐고 물었더니 아직도 따져보지 못했다고 했다는 것이다.

"아니, 왜요?"

윤하와 이 사장은 동시에 최 사장을 향해 물었다.

"최 사장님 말씀이, 믿었던 사람의 배신을 확인해야 한다는 것이 너무 두려웠다고 하시더라고요."

최 사장은 아무 말이 없고 성현이 대신 대답했다.

"아이고마, 사람이 이러 여려가꼬 이 험한 세상을 우찌 사능교? 내 같으면 마 벌써 그 행님인지 나발인지 싹 다 쥐겨뿌랬을 텐데."

이 사장이 흥분하며 말했다.

"그 다음은 최 사장님이 직접 말씀하시는 게 나을 것 같네요."

성현은 최 사장을 향해 말했다. 성현의 말을 조용히 듣고만 있던 최 사장은 계주 선수가 바통을 넘겨받는 것처럼 그녀의 뒷이야기를 이어갔다.

성현의 전화를 받고나서 곰곰 생각해보니 그럴 수도 있을 것 같았다고 했다. 그때 자신의 상황이 힘들다는 것을 그 형님이 다 알고 있었는데 인간이라면 차마 그렇게는 못했을 것 같았다고 했다. 용기를 내어 전화를 했다. 지난 번에 백화점에 줬다는 시설비 3천만 원, 여기 들어와 주변 얘기를 들어보니 백화점에서는 전 입점자가 두고 간 시설에 대해서는 돈을 받지 않는다는데 어떻게 된 일이냐고 물었다고 했다.

"그래서예?"

이 사장은 침까지 꼴깍 삼키며 물었다.

"그랬더니 그 형님이 그간의 전후 사정을 죽 얘기하더라고. 사실은 자기가 엄마손죽이라는 브랜드를 만들었는데 그걸 키우는 데 가장 좋은 방법은 백화점 입점이라고 해서 여기저기 백화점들에 입점 타진을 했는데 신생 브랜드라 인지도가 없다고 다 퇴짜를 맞았다는 거야. 그러던 중, 아는 사람을 통해 박 팀장까지 줄이 닿았는데, 마침 시설이 그대로 있는 자리가 하나 있는데 입점을 시켜줄 테니 그 시설비 정도의 금액을 자신에게 달라고 했다는 거지. 형님이 듣고 보니 입점도 어려운데 입점한다 해도 어차피 시설비는 또 들어야 하니 나쁠 것 없다는 생각에 그렇게 하기로 했고, 나한테는 그 사정 다 얘기하면 이 업계의 관행에 대해서는 전혀 모르는데다 겁까지 많은 내가 꺼려할까봐 그냥 백화점에 들어가는 시설비라고 했다는 거지."

"그렇다고 그 형님 말이 다 믿을 만한 건 아니잖아요. 입점할 때 매출을 슬쩍 속인 것도 있고."

윤하는 생각하고 있던 한마디를 했다. 한 가지를 속인 사람은 다른 것을 또 속일 수 있다. 그런 사람은 믿으면 안 된다는 것이 윤하의 생각이었다.

"저도 그런 생각이 들었죠. 그래서 미안하지만 확실한 증거를 보여줬으면 좋겠다고 했죠."

"그랬더니예?"

이 사장이 눈을 끔벅이며 바짝 다가앉았다.

"그렇게 믿을 수 없다면 자기가 은행에 가서 금융거래확인서를 떼어서 보내주겠다고 하더군요. 그날 오후에 바로 저에게 복사파일을 보내줬는데 형님이 박 팀장에게 3천만 원을 보낸 것은 사실이더라고요."

윤하는 일이 재미있게 되어간다는 생각이 들었다.

"박 팀장이 그렇게 해먹은 것이 한두 건이 아닐 거라는 거, 아는 사람들은 알겠지만 물증을 잡기가 어려웠는데 이렇게 해서 드디어 잡게 되는군요. 꼬리가 길면 잡힌다는 옛말도 있지요. 왠지 일이 흥미진진해지는데요?"

윤하는 경찰이 범인을 잡는 것을 지켜보는 기분이었다.

"하지만 내가 박 팀장의 비리를 백화점에 알린다 해도, 그곳의 어떤 권력자가 그놈을 감싼다면 봐줄 수도 있잖아요?"

잠시 틈을 준 뒤 성현이 다시 말을 이었다.

"그렇기는 하지. 박 팀장에게는 윤 사장이나 사모님의 줄이 있지."

윤하가 대답했다. 매장사람들에게는 언제나 권위적이던 박 팀장이 그들에게만은 설설 기던 모습이 윤하는 잊히지 않았다. 성현이 다시 말했다.

"나는 이 일을 백화점에서도 빼도 박도 못하게 진행하려고 해요. 내가 알고 있는 오너 일가의 비밀이 하나 있어요. 그동안 말을 안 했는데, 사실 내 사촌동생이 본점 경리부에 있어요."

처음 듣는 말이었다. 성현이 원래 개인사는 잘 말하지 않는 사람이었지만 그 정도 이야기는 할 수도 있는 일이었다. 그런 이야기를 왜 그동안 하지 않았느냐고 윤하가 물었다. 성현이 하는 대답은 언제나 똑같았다. 개인적인 이야기는 하고 싶지 않아서라는 대답이 돌아왔다.

성현은 언젠가 사촌동생하고 통화하다 식품부 매장의 윤 사장에 대한 얘기를 한 적이 있었다고 했다. 이곳에 회장님 안마사가 있는데 손도 까닥 안 하면서도 한 달에 천만 원씩이나 버는 그런 매장을 세 개나 운영하고 있다고. 그 말을 들은 사촌동생은, 그게 사실 매장 하나만 그 안마사가 운영하는 거지 두 개는 회장님 둘째아들 것이라고 했다.

둘째아들이라면 매스컴에서도 가끔 떠들어주는 사고뭉치였다. 탤런트 정유경과 결혼했는데 폭력을 행사해 6개월 만에 이혼했다. 음주운전에 또 다른 폭행치사도 몇 건 있었다. 그 아들이 떡볶이와 순대를 파는 '한끼식사'와 비빔밥을 파는 '텃밥비빔밥'을 소유하고 있다고 했다. 안마사 윤 사장이 가지고 있는 것은 '데리야끼철판볶음밥' 한 개뿐이라고 했다. 회장 아들이 백화점에서 그런 매장 가지고 있다고 하면 재벌 인식이 안 좋아지니까 윤 사장을 시켜 관리하게 하면서 돈은 자기가 다 받아 챙긴다는 것이었다.

어떻게 아느냐고 물었더니, 경리부에서는 입점업체에다가 매달 수수료를 제한 매출액을 입금시켜주는데 그 입금액 수령 계좌의 이름이 유현상으로 되어 있다고 했다. 유현상은 회장님의 둘째아들 이름이었다. 더 놀라운 것은 본점 경리부 직원들은 이 사실을 다 알고 있으면서도 쉬쉬한다는 것이었다.

성현은 자신이 사촌동생에게 들었던 그 이야기를 윤하와 최 사장, 이 사장에게 했다. 모두들 놀라 입을 다물지 못했다.

"은련그룹이면 우리나라 재계 순위 30위 안에는 들 텐데, 회장 아들이 그룹 백화점에서 순대, 떡볶이 매장을 몰래 운영한다? 재밌네."

윤하는 어이가 없었다. 돈이란 것은 가지면 가질수록 더 많이 가지고 싶어진다고 했다. 설령 그렇다 하더라도 이건 아니지 않은가? 긁어낼 수 있는, 짜낼 수 있는 모든 곳에서 긁고 짜내려는 인간의 탐욕을 보는 것 같아 몹시 씁쓸했다.

언젠가 매스컴에서 큰 이슈가 됐던 청해그룹 딸들의 커피숍 사건이 생각났다. 도로에 인접한 그 그룹의 건물 입구엔 건축 허가가 날 수가 없었다. 하지만 재벌 3세라는 그녀들은 건축법을 무시하고 무허가로 공간을 만들어 그곳에 커피숍을 들였다. 인허가를 담당하는 구청과 세무서에서 그것이 무허가라는 것을 모를 리가 있었겠는가? 하지만 아무도 거기에 대해 말하는 사람이 없었다. 그녀들은 사람을 시켜 몇 년이나 줄기차게 장사하며 돈을 챙겼다. 그 사실이 세간에 알려진 것은 우연이었다. 그룹 내의 어떤 비리가 터지면서 기자들이 그 그룹에 대해 집중취재하다 밝혀진 것이었다.

모든 매스컴에서 저마다 때려댔다. 국민여론도 아주 나빴다. 그때는 마침 A그룹, D그룹 딸들이 그룹 소유의 백화점에서 제과사업 론칭을 준비하던 시기였다. 그녀들은 청해그룹 사건에 대한 국민들의 비판에 놀라 준비하던 모든 것을 접어버렸다.

"돈은 너무 좋은데, 사람들 눈은 무섭고. 그렇다고 내가 돈을 포기할쏘냐? 몰래 하면 되지. 야, 우리 따까리 윤 사장, 너 내가 매장 하나 줄 테니 내 거 두 개 관리해줘. 세상에 공짜 없는 거야."

이 사장이 익살스런 표정으로 말했다.

"이 싸움이 박 팀장만 처리하고 끝날지, 은련백화점까지 끌고 들어갈지 아직은 모르잖아요. 만약에 대비해 둘째아들 건은 히든카드로 가지고 있으려고요."

성현은 진지한 표정으로 자신의 계획을 말하기 시작했다. 우선은 인터넷 사이트나 카페, SNS에 박 팀장과 정 대리가 저지른 일들, 휴게실 단전사건부터 매장 강제퇴출까지의 일들을 올릴 것이라고 했다. 그때 윤하와 최 사장, 이 사장이 그 글 밑에 분위기를 띄우는 댓글들을 좀 올려달라고 했다.

“은련백화점에서 운영하는 온라인 백화점이 있어요. ‘고객의 소리’ 같은 데 집중적으로 올리고 다른 백화점 사이트에 들어가서도 지속적으로 이 이야기를 올릴 거예요. 사람들의 관심을 끌고 이슈화되면 그때 백화점에서 저에게 연락이 오게 돼 있어요. 점장이 찾든, 본점에서 찾든, 나를 찾으면 그때 그동안의 박 팀장 비리를 터뜨리고 확보되어 있는 물증들을 제시하려고 해요. 제가 억울하게, 인격적 모욕까지 받으며 쫓겨난 것에 대해 물질적, 정신적 보상을 받아내야지요.”

“처음에 우려했던 대로 위에서 박 팀장을 감싸며 별일 아닌 것처럼 하면?”

윤하는 걱정하고 있던 것을 다시 한번 물었다.

“그럴 경우, 은련그룹 회장님 둘째아들이 안마사를 내세워 몰래 순대, 떡볶이 매장 운영하는 것을 이어서 터뜨리겠다고 하는 거지요.”

“그건 어떻게 증명해? 윤 사장이 대신 운영하고 있다면서?”

윤하는 그게 생각처럼 쉬울 것 같지는 않아서 물었다.

“싸우러가는 사람이 무기도 안 가지고 어떻게 가겠어요? 사촌동생한테 물어보니 본점 경리부 자료엔 각 지점의 매출 자료, 입금 자료, 계좌번호와 명의자까지 나와 있다고 하더라고요. 하나만 슬쩍 복사해달라고 했지요. 만약의 경우에 대비해야 하니까.”

"혹시 나중에 동생에게 무슨 불이익이 돌아가는 거 아니야?"

윤하는 이것저것 걱정스러운 것이 많았다.

"그 정도의 자료들은 본사 경리부 직원이면 어렵지 않게 볼 수 있대요. 볼 수 있는 사람들이 여럿이라 문제가 생겨도 누가 유출했는지 알 수 없다는 거예요. 그리고 박 팀장 때문에 지금 우리 동생이 더 분개해 있어요."

"그랬구나. 그럼 전략도 짜져 있는 거고, 무기도 준비되어 있는 거고, 상황 보면서 총 쏘는 것만 남았네. 성현은 저격수, 지원사격은 우리 모두 함께해야지."

윤하가 웃으면서 말했다.

"오케이! 당연히 함께해야지예. 샐러드 누님 일인데 우리가 두 손 두 발 다 벗고 나서야지예."

이 사장이 전쟁놀이에 나서는 어린아이처럼 천진스런 표정으로 말했다.

다음날 아침, 세 사람은 출근하자마자 핸드폰부터 꺼내들었다. 성현이 올렸다는 인터넷의 카페 게시판과 SNS의 글들을 보기 위해서였다. 그녀가 말해준 대로 주로 은련백화점 온라인 매장과 백화점 관련 카페들, 그리고 다른 백화점의 고객 게시판, 대중의 인지도가 높은 SNS 등을 찾았다. 어려울 것은 하나도 없었다. '휴게실 단전사건', 그리고 '은련백화점 강제퇴출' 이렇게만 치면 이것과 관련된 글들이 검색되고 그 글을 누르면 성현이 글을 올린 사이트나 카페로 주르르

미끄러져 들어갔다.

성현은 그녀가 겪었던 사건들을 비교적 담담하게 적어올렸다. 그 글 밑에 백화점 관리자들의 행위에 대해 비난하는 댓글을 올리면 되는 것이었다. 성현은 언제 찍었는지 휴게실에서 종이 박스나 스티로폼 조각을 깔고 앉아 쉬는 여자들의 뒷모습이 나온 사진까지 함께 올렸는데 그 사진은 많은 사람들의 반향을 불러일으켰다. 지금이 추운 겨울이고 그곳이 전기장판 이외에는 다른 난방이 되지 않는 가설공간이라는 것, 그곳에서 쉬는 사람들은 가족들을 위해 한 푼이라도 벌어보려고 백화점에 일하러 나온 사오십대 주부 사원들이라는 것, 이런 것들을 차분하게 알리는 성현의 글은 같은 사오십대 주부들인 백화점 고객들의 공분을 샀다.

사이트와 카페, 그리고 SNS마다 비인간적인 은련백화점 행태를 비난하는 댓글들이 꼬리를 물고 이어졌다. '은련백화점 강제퇴출'을 올린 게시글 밑에는 그 일을 일으킨 백화점 관리자들을 처벌해야 한다는 댓글과 함께 불매운동을 벌이자는 댓글도 셀 수도 없을 정도로 많이 붙어 있었다. 생각보다 빨리 반응이 오는 것 같았다. 요즘 시대는 온라인 세상이라는 것이 실감났다.

성현이 인터넷 공략을 시작한 지 3일째 되는 날이었다. 윤하는 언제나처럼 바쁜 하루를 마감하고 전철역을 향해 걸어가고 있었다. 가방에 둔 핸드폰이 울려 꺼내보니 성현이었다. 뭔가 진행되는 게 있지 않을까? 하는 마음으로 얼른 전화를 받았다. 어떻게 되었느냐고 물으니 어제 박 팀장에게서 전화가 왔다고 했다. 그가 성현에게 좀 만나자고 했는데 거절했다고 했다.

"우리 집으로 찾아오겠다는 거야. 난 집에 없을 뿐만 아니라 팀장님과는 대화하고 싶지 않으니 오지 말라고 했어. 그리고 전화를 끊어버렸지."

윤하는 그 말을 전해 듣기만 해도 속이 후련했다. 그 거만한 박 팀장이 성현을 만나려고 전화까지 했을 때는 백화점 내에서 벌써 이 일이 큰 문제가 되고 있다는 것이었다. 반지르르하게 빗어넘긴 머리칼, 살아 있는 먹이를 찾는 매 같던 눈빛, 거들먹거리며 건던 걸음걸이가 눈에 선했다.

성현은 박 팀장이 자신을 만나자는 목적은 뻔하다 말했다. 위에서는 인터넷에 난리 난 것을 보고 박 팀장한테 빨리 해결하라 호통쳤을 것이다. 생각다 못해 성현을 만나 문제를 해결하려고 했겠지. 그리고 그녀에게 선심쓰듯 말하려고 했겠지. 인터넷 글 올린 거 다 내리면 샐러드 매장 다시 하게 해주겠다고. 성현은 갑자기 목소리가 높아졌다.

"언니도 알다시피 내가 지금 원하는 게 그게 아니잖아?"

"그렇지."

"그런데, 오늘 아침에는 또 점장님한테서 전화가 온 거야. 점장님은 지난 번 휴게실 단전사건을 나름 잘 풀어준 사람이지. 인간적으로 대화를 해도 될 사람이라고 생각했어. 어차피 박 팀장 비리를 고발하려면 한번은 만나야 될 사람이고. 조금 전에 백화점 뒤편 커피숍에서 만나 얘기를 좀 했어."

그는 인터넷에 올린 글을 다 읽어봤다고 했다. 더 하고 싶은 말이나 원하는 것이 있으면 말해보라고. 성현은 세 가지를 말했다. 하나는 식품부 모든 사람들이 보는 자리에서, 모멸감을 주며 자신을 매장에서 쫓아낸 것에 대해 정신적 보상, 그리고 계약해지 조건에 해당하지 않는데도 자기 멋대로 계약을 해지해 재산상 피해를 입힌 것에 대한 물질적 보상을 해달라고 했다. 또 하나는 비리를 저지르고 입점업체로부터 돈을 받은 박 팀장을 해고해달라고 했다. 마지막 하나는 정 대리에 관한 것이었다. 사람들이 기본적인 환경에서 휴식할 수 있는 권리를 자신의 기분에 따라 멋대로 유린한 정 대리에게 이에 합당한 벌을 주라고 했다. 그리고 자신에게 와서 정중히 사과하도록 하라고 했다.

박 팀장을 해고해달라는 성현의 요구에 점장은 처음에는 어이없어했다고 했다. 자기네 직원들이 잘못하긴 했지만 그 정도의 일을 가지고 마음대로 해고시킬 수는 없다는 것이었다. 그런 점장에게 성현은 아주 차분하게 말했다. 지금 인터넷에 올린 휴게실 단전사건은 아무것도 아니라고, 아직 올리지 않은 일들이 첩첩으로 대기하고 있다고. 그리고 박 팀장이 그간 저지른 비리에 대해 낱낱이 말했다. 물론 자신이 준비해서 가지고 갔던 물증도 보여줬다. 그제야 점장은 사태의 심각성에 놀랐다고 했다.

"하지만 점장님도 은련백화점에서 그 위치까지 올라갔으면 산전수전 다 겪었을 거야. 내 앞에서는 놀라는 척했지만 어쩌면 박 팀장 비리쯤은 별것 아니라고 생각할 수도 있어. 지금 이 사태에서 자기가 당할 불이익이 무엇인가를 제일 먼저 생각했을 수도 있고. 사람이니까. 그래서 내가 말했어. 이 세 가지 요구조건이 다 받아들여지지 않으면 은련백화점은 점점 더 힘들어질 것이라고. 회장님 둘째아들의 '순대, 떡볶이' 매장 이야기도 꺼냈어. 입점업체 소상공인들의 찌그러진 밥그릇도 뺏어먹는 재벌 2세들의 작태에 대해서 인터넷 신문에 기고도 할 수 있다고, 방송에 제보도 할 수 있다고 했어. 은련백화점 정도는 한껏 물어뜯어줄 기자들도 몇 명은 알고 있다고 했지. 그랬더니 점장님이 그러더라. 내가 요구하는 것들이 자기 권한 내에서 할 수 있는 것들이 아니래. 원하는 게 무엇인지 알았으니 내부 회의를 열어 결과를 알려주겠대."

"언제?"

윤하는 급하게 물었다.

"빠른 시일 내라고 했으니 곧 연락이 오겠지. 늦으면 늦을수록 백화점 이미지만 나빠질 뿐이잖아. 언니, 보통 한국 백화점들이 자체 홍보나 매스컴 광고에 드는 돈이 1년에 얼마인지 알아?"

"얼마야?"

"100억에서 500억 사이야."

"그렇게 많아?"

윤하는 상상도 해보지 못했던 금액에 깜짝 놀랐다.

"어마어마하지. 하지만 그렇게 돈 들여 광고해도 오너 일가의 파렴치한 행태 같은 것 한번 매스컴에 알려지면 부정적 이미지를 덮어쓰게 되는 바람에 그 광고 다 도로아미타불이야. 그런 거, 저런 거,

자기들이 더 잘 알고 있으니 빨리 움직일 거야."

"연락 안 오면 어떻게 할 거야?"

윤하는 다시 물었다.

"그래서 내가 점장한테 얘기했어. 오래 기다릴 수는 없다고, 원하는 것이 이루어지지 않을 경우에는 계획했던 일을 진행하겠다고. 조만간 연락이 올 거야."

거기까지 말을 한 성현은 이제 자기도 나가봐야 할 곳이 있어 준비해야 한다며 전화를 끊었다. 성현과의 긴 통화를 끝낸 윤하는 전화기를 가방에 넣었다. 그녀의 과거가 점점 더 궁금해졌다.

13. 퇴점

성현이 다녀간 지 며칠이나 지났지만 백화점에서는 아무 말이 없었다. 그녀가 없어도, 그녀의 매장이 문을 열지 않아도 식품부 내 다른 사람들의 일상은 특별한 일 없이 반복되고 있었다. 더구나 연말과 정기세일 기간이 겹쳐서 매우 바빴다. 사람들은 남의 일에 신경쓸 겨를이 없었다.

윤하는 영업을 종료하고 집으로 돌아가고 있었다. 지하철에 몸을 싣고 오늘은 꼭 풀어야 할 문제에 대해 깊이 생각하고 있었다. 결정이 이제 하루밖에 안 남은 리모델링 문제였다. 얼마 전까지만 해도 이 은련백화점의 리모델링에 대해 네 사람이 어떤 결정을 하게 될지는 알 수 없는 상태였다.

가장 먼저 결정을 내린 것이 이 사장이었다. 그는 탐욕스런 본사의 계략에 휘말렸다는 것을 알면서도 어쩔 수 없이 소사장 계약서에 도장을 찍었다. 윤하는 어렴풋이 짐작하고 있던 일이었다. 억울하지만 현재의 손해는 감수하고 내일을 도모하며 일해보겠다고 했다. 이 사장은 가족이 없는 혼자 몸이니 경제적으로 크게 힘들지 않다는 것이 그가 가지고 있는 가장 큰 장점이었다. 순하고 긍정적인 성격도 그냥 받아들이는 데 한몫을 했을 것이었다.

성현은 박 팀장의 휴게실 단전사건 보복으로 갑작스럽게 이곳에서 쫓겨나게 됐다. 자신의 일을 스스로 결정해 선택할 수 없는 상황이었다. 그녀의 샐러드 매장은 단 한순간에 날아가버렸다. 매장이 날아간다는 것은 그녀가 투자한 돈이 다 사라진다는 것이었다. 영세한 자영업자에게는 무서운 일이었다.

최 사장은 지난 번 테라스비어에서 윤하에게 이런 말을 했다. 자신은 백화점에 입점한 지 겨우 1년밖에 되지 않았는데 투자금을 이렇게 날려버리는 게 너무 억울하다고. 어떻게든 돈을 마련해 리모델링을 신청하고 이곳에 남아 내일을 도모하는 게 낫지 않겠느냐고. 내일을 도모한다는 것, 그것은 현재 이익을 내지 못하면서도 견디고 있는 백화점 입점자들의 희망이었다. 하지만 그것이 정말 희망이었을까? 윤하는 어쩌면 그것은 희망이 아니라 힘든 일과 아픈 손해를 견디게 해주는 환각제 같은 것일지도 모른다는 생각이 들었다.

최 사장의 죽매장 매출은, 대형 병원이나 중급 병원들이 주변에 없다는 이유로 리모델링을 하더라도 지금보다 나아지기 힘들 것이라는 것이 윤하의 생각이었다. 하지만 최 사장의 리모델링 신청을 차마 말릴 수는 없었다. 지금 최 사장의 상황이 다른 데 취업하거나 다른 사업을 할 만한 처지가 못됨을 알기 때문이었다. 이곳마저 그만두게 된다면 아무것도 하지 못하는 실업상태로 지내다가, 몇 년 전 앓았다는 우울증과 공황장애가 재발될 수도 있었다.

지난 번 네 사람이 테라스비어에서 술을 마셨을 때 풀어놓았던 최 사장 이야기가 생각났다. 이곳에서 일하던 1년 동안이나 자신을 꽁꽁 숨겼던 그가 어떻게 그런 이야기를 풀어놓았을까? 윤하가 유독 절절하게 공감했던 것이 있었다.

낮에는 그럭저럭 스스로의 의지로 견딜 수 있었는데 잠자리에 들기만 하면 그 무의식 상태가 자신을 완벽하게 지배하더라고 했다. 상처투성이의 과거, 그 시간 속의 사람들, 자신을 할퀴고 지나갔던 순간, 순간들이 밤마다 찾아왔다고 했다. 역설적이게도 육체를 힘들게 만드는 이 백화점에서의 반복되는 노동이 정신을 과거로부터 탈출시켜주었다고 했다. 눈 뜨면 출근해서 하루 종일 일하고, 퇴근하면 돌아가 시체처럼 잠드는 생활을 반복하다보니, 언젠가부터는 아무것도 생각나지 않더라고 했다. 아무 생각 없음의 상태로 노동을 하며 사는 것이 그토록 편안한 것이었는지 처음 알았다며 그는 웃었다. 그때 윤하는 그를 완벽하게 이해했다. 마치 이곳에 처음 들어왔을 때의 자신의 모습을 보는 것 같았다.

그날 나누었던 최 사장과의 대화를 생각해보았다. 어쩌면 최 사장은 술기운을 빌려 자신에게 이해와 도움을 청했을지도 모른다는 생각이 들었다. 이곳에서 돈은 잘 벌지 못한다 할지라도, 최대한 마음의 치유가 될 때까지는 남아서 일하는 것도 괜찮을 것이라는 생각이 들었다. 강한 노동에는 고통에 신음하는 인간을 치유하는 힘이 있었다. 윤하는 그것을 이미 체험했던 경험이 있었다.

아직도 결정을 못하고 있는 사람은 윤하 자신뿐이었다. 그런데 오랫동안 고민했던 것이 오늘에야 비로소 보이는 것 같았다. 화려한 건물과 아름다운 실내 인테리어, 전문교육받은 직원들의 상냥한 고객응대, 저절로 사고 싶은 마음이 들게 만드는 세련된 제품 포장, 마감시간이면 어디선가 일제히 몰려드는 구매력 있는 고객들. 그 모든 달콤한 것들을 백화점은 가지고 있었다. 그리고 자신은 그것들에 미혹되어 이곳에 입점했다. 몸과 마음의 힘든 시간을 견디면서도 언젠가는 이곳에서의 노력이 자신의 삶을 윤택하게 만들어줄 것이라 믿었다.

오로지 결승선 하나만 바라보며 달려왔다. 어느 날 갑자기 맞닥뜨리게 된 리모델링으로 인해 윤하는 처음으로 운동장을 벗어나 사람들의 달리는 모습을 밖에서 들여다봤다. 그리고 깨닫게 됐다. 백화점의 입점 시스템은 처음부터 심하게 기울어진 운동장으로 설계됐다는 것을. 기울기 아래쪽에 선 사람들은 아무리 달려도 결승선에 도달할 수 없다는 것을. 상생은 거짓이었다. 거짓에 말려들어간 환상이었다.

윤하는 이제 그것을 알 것 같았다. 알게 된 이상은 발을 빼는 것이 맞았다. 그러면 자신은 앞으로 무엇을 해서 아들과 함께 생활해나가야 한다는 말인가? 그래도 이곳에서는 자신에게 먹을 것은 주지 않았던가? 윤하는 그것이 새로운 두려움으로 다가왔다.

흔들리는 전철 문에 가만히 기대어 생각에 생각을 거듭했다. 문득 몇 달 전 테라스비어에서 이 사장이 자신에게 했던 말이 생각났다. 그때 영업이 끝나고 함께 생맥주를 마시던 자리에서 이 사장은 윤하에게 뜬금없이 말했다.

"누님은 그 좋은 실력으로 와 여 백화점에서 매여 있습니꺼?"

"무슨 말이야? 내가 여기 안 매여 있으면 그럼 어디에 있어야 해?"

윤하는 이 사장에게 물었다.

"누님네 빵은 맛있기로 소문났지 않았습니꺼? 지가 생각하기에는 마, 누님처럼만 빵을 맛있게 맹글면 굳이 이런 백화점 콧구녕만 한 자리에서 고생할 필요 없다 아입니꺼? 여는 매출이 높아질수록 수수료를 많이 내야 하니 누님처럼 매출이 웬만큼 나오는 매장은 장사를 아무리 잘해도 결국 백화점 좋은 일만 시키는 거라예."

이 사장이 베이커리 매장에 대해 이런저런 생각을 하고 있었다는 것은 처음 알았다. 나이는 서른아홉이나 됐지만 총각이라 그런지 모든 것이 철없다고 생각했었다. 하지만 그게 아닌 모양이었다. 그는 나름대로 여러 가지를 알아보는 눈과 분석하는 머리를 가지고 있었다. 윤하는 이 사장의 말에 자신의 생각을 말했다.

"그런 생각을 왜 안 해봤겠어? 하지만 아직은 내가 로드숍을 감당할 자신이 없어. 이곳의 단점이 매출이 높으면 수수료가 올라가는 거라지만 매출이 낮으면 다시 수수료가 내려가잖아. 경험이 없는 사람들에게는 리스크가 적다는 장점이 있지."

이 사장이 다시 말했다.

"지 같으면 누님처럼 좋은 기술 있고, 고객들에게 빵맛도 인정받고 할 정도믄 한번 독립을 꿈꿔보겠십니더. 처음에 여 들어올 때야 경험이 없었다지만 이제는 누님도 경력이 3년은 되지 않았습니꺼? 지는 누님이 부럽습니더."

그때 윤하는 이 사장의 말을 들으면서 아직은 그럴 때가 아니라는 생각을 했다. 6년 전, 어렵게 시작했던 남편의 회사도 3년 정도의 경력이 쌓이자 슬슬 돌아가기 시작했다. 거기에 자신감을 얻어 무리했던 것이 아니던가? 그 무리가 원인이 되어 단 한 방의 펀치에 쓰러지지 않았던가? 그때의 뼈아픈 기억이 되살아났다.

결정을 하지 못하고 이런저런 생각만 거듭하다 보니 지하철은 어느덧 사당역에 들어서고 있었다. 윤하의 집은 역에서 내려 아파트촌을 거슬러 언덕배기 쪽으로 한참 올라가야 했다. 지하철역을 빠져나온 윤하가 언덕배기 초입에 막 올라설 때였다. 가방 속에 핸드폰이 울려서 꺼내보니 남편이었다.

처음에 중국으로 갔을 때는 연락도 잘 안 하던 사람이었다. 3개월 정도 지난 후부터는 자리가 조금 안정됐다면서 한 달에 한번 정도는 전화를 했다. 그에 대한 실망과 미움은 변함없었지만 그것도 시간이 점점 지나면서 조금씩 옅어지는 것 같았다. 비록 우유부단하고 마음도 약한 사람이었지만 단 하나 있는 윤하의 아들에게만은 좋은 아빠였었다. 평소처럼 일상적인 안부와 아들 이야기를 조금 나눈 뒤, 남편이 말했다.

"나 아무래도 지금 일하고 있는 자리 옮겨야 될 것 같아."

"왜? 그만두래?"

윤하는 덜컥 겁부터 나서 물었다.

"그게 아니고, 지금 중국에는 몇 년 사이 인건비가 너무 올라서 여기 공장에서 생산 단가를 맞추기가 힘들어. 한국 바이어들은 인건비가 더 싼 나라들을 찾아 다 옮겨가는 추세야."

"그러면 어디로 옮기려고?"

"동남아로 많이 나가니 나도 그쪽으로 옮겨볼까 하고."

"동남아라면 어디? 베트남? 인도네시아?"

"지금 오라는 데는 베트남에 있는 공장인데…."

끝을 얼버무리는 남편 말투와 목소리에서 그곳까지는 가고 싶어 하지 않는 감정이 읽혀졌다.

3년 전, 남편은 도망치듯 갑작스레 한국을 떠났다. 그곳에서 선배를 찾아 받을 돈을 조금씩 나누어 받기로 했다고 전화했다. 그러나 선배도 일이 안 풀리는 바람에 남편은 그곳에 3년이나 있었으면서도 한 푼도 받아내지 못했다. 윤하는 그가 자신의 계획을 얘기할 때부터 그렇게 되지 않으리라는 것을 알았다. 기대도 하지 않았다. 남편은 그런 사람이었다. 그의 3년은 그렇게 허무하게 지나가버린 것이었다. 아니, 그렇지 않을지도 몰랐다. 윤하가 백화점에서 겪었던 시간들을 남편이 알 수 없듯, 남편이 그곳에서 겪었던 시간들을 윤하는 알 수 없는지도 몰랐다. 돌아오겠다고 차마 말 못하고 머뭇거리는 그를 더 이상은 그곳에 내버려둘 수 없다는 생각이 들었다.

"그러지 말고 당신 이제 한국으로 돌아오면 안 돼?"

남편은 순간적으로 당황한 것 같았다. 잠시 침묵하다 자신 없는 목소리로 말했다.

"가고야 싶지만 지금 내가 그럴 처지가 못되잖아. 한국에 간다고 일자리가 기다리고 있는 것도 아니고…."

"그동안 말을 안 했는데, 나 백화점에서 매장을 빼기로 결정했어. 내년 1월부터 리모델링이 시작되는데, 여기 남으려면 4천만 원 정도의 돈을 리모델링 비용으로 내야 해서. 그 돈 내고 남는 사람들도 있지만 내가 그동안 그곳에서 일해본 바로는 그럴 만한 가치가 없는 곳이야."

"…."

"듣고 있어?"

남편의 대답이 없자 윤하는 재차 물었다.

"듣고 있냐구?"

"응."

그제야 남편이 간단하게 답했다.

"리모델링 비용으로 백화점에 내야 할 돈이면 우리 동네 같은데 조그만 베이커리숍을 하나 낼 수는 있을 것 같아. 고객들에게 인정받은 빵 기술이 있겠다, 백화점에서 교육받은 최고 서비스마인드 있겠다, 당신이랑 둘이 도와가면서 하면 인건비도 따로 안 나가고, 그럭저럭 운영해나갈 수 있을 것 같은데…."

윤하는 그 말이 마치 오랫동안 준비해두었던 것처럼 술술 나왔다.

"돈이 없잖아. 아직 입점할 때 받았던 대출금도 다 못 갚았다면서."

"다는 못 갚았지만 그래도 거의 갚았지. 알아봤더니 우리 매장 정도의 경력이면 신용보증재단에서 창업대출을 받을 수 있도록 보증도 서주나봐. 로드숍은 임대차보호법에 의해 10년은 보호받을 수 있으니까 백화점처럼 어느 날 갑자기 계약해지 당할 일도 없어. 이곳에서처럼 일하면 아무렴 우리 세 식구 못 먹고 살까?"

남편은 아무 말 없이 듣고만 있었다. 느닷없는 제의라 대답을 못하는 것 같기도 했다. 그러나 돌아오고 싶어하는 그의 마음만은 확실하게 느낄 수 있었다.

"돌아와. 돌아와서 우리 함께 다시 시작해보자. 욕심 같은 것은 다 버려버리고. 그동안 힘들었던 모든 것은 다음 일을 위한 투자로 생각하자."

윤하는 그렇게 그 길 위에서 3년 동안 일했던 은련백화점 퇴점을 결정했다. 결정은 한순간이었지만 과정은 숙고했다.

14. 해고

박 팀장이 점장의 호출을 받은 것은 오픈식이 끝나고 사무실에 막 들어왔을 때였다. 그는 의아한 생각이 들었다. 점장은 일주일에 두 번씩 여는 부서별 팀장회의를 제외하고는 따로 자신을 호출하는 경우가 그동안에 한번도 없었다. 무슨 일일까? 생각해봐야 했다. 점장이 한강점에 부임해온 것은 6개월밖에 되지 않았다. 그는 자신이 부임해오기 전부터 이곳에 근무하고 있던 부서별 팀장들에게 자율적인 권한을 부여하며 지점을 이끌어갔다. 지하 1층 식품부에서부터 1층 잡화부, 2층 영캐쥬얼부, 3층 여성의류부, 4층 남성의류부, 5층 스포츠부, 6층 아동의류부, 7층 가전부, 8층 가구침구부, 9층 외식사업부까지…. 담당하는 부서 팀장들은 대부분 1년에서 2년씩 정도 이곳에서 근무하고 있었다. 한강점의 고객특성이라든가 영업스타일에 대해서는 그들이 새로 온 점장보다 훨씬 더 잘 알았다. 매출실적과 순이익을 올려 점장으로서의 능력을 인정받으려면 각 부서 팀장들과의 좋은 관계를 유지해야 하는 것이 필수였다.

점장은 기본 성품이 원만하고 부드러운 사람이었다. 사람을 인격적으로 대하는 것이 몸에 배어 있었다. 자신이 이 지점의 가장 높은 사람이지만 이끌고 있는 팀장 이하, 모든 직원들에게 인간적으로 잘하려 애썼다. 한강점에서 일하는 사람들은 점장의 그런 부분을 높이 샀다. 하지만 비웃는 사람들도 적지 않았다. 대표적인 사람이 박 팀장이었다.

박 팀장은 오만한 사람이었다. 점장이 자신에게 인간적으로 잘해주던, 팀장으로서의 권한과 능력을 인정해주던, 아무것도 고마워하지 않았다. 오히려 아랫사람들을 그렇게 대하는 점장의 통솔방식을 비웃었다. 아랫사람은 몰아세우고 쥐어짜야만 실적이 오른다고 생각했다. 점장에 대한 박 팀장의 인식이 그렇다보니 그가 자신의 상관이라 해서 눈치를 보는 일이 없었다. 한강점의 지하식품부를 끌고가는 사람은 자신이고 이 부서에서의 모든 결정 권한은 자신의 것이라 생각했다.

박 팀장이 자신을 스스로 높이며 그렇게 오만할 수 있었던 것은 윤 사장이 자신의 편이라는 믿음 때문이었다. 윤 사장이 누구인가? 비록 안마사이기는 하지만 유명규 회장의 절대신임을 받는 사람이었다. 백화점 식품부에 들를 때마다 직원들에게 까탈스런 회장님 사모님도 윤 사장에게만은 각별하게 대했다. 더구나 윤 사장이 대신 관리해주는 매장의 실제 주인인 회장의 둘째아들 유현상은 언젠가 이 은련백화점을 물려받을 사람이었다. 윤 사장하고의 관계만 잘하고 있으면 은련백화점에서의 자신의 위치는 공고할 것이라고 박 팀장은 생각했다. 윤 사장은 그에게 있어 아주 튼튼한 동아줄이었다.

점장은 그룹 공채로 입사하여 은련백화점에서 18년이나 근속했다. 외식사업단 단장과 강남점장을 거쳐 한강점장으로 온 사람이었다. 하지만 그가 이젠 그 자리도 오래 지키지 못한다는 것을 박 팀장은 알고 있었다. 윤 사장을 통해 얻은 정보 때문이었다. 윤 사장은 점장을 가리켜 이 그룹에서 어떤 라인도 타지 않고 그 자리에 오른 사람이라고 했다.

둘째아들인 유현상 라인도, 첫째아들인 유문상 라인도 아니라고 했다. 조직은 피라미드형 구조라 위로 올라갈수록 점점 직책이 줄어든다. 시간이 지나면서 결국 누군가는 자리에서 밀려나야만 한다. 그 과정을 오랫동안 지켜보다보니 이 그룹에서는 라인이 없는 사람이 결국 밀려나더라는 것이 윤 사장의 말이었다. 박 팀장이 한강점의 최고 관리자인 점장을 대놓고 무시하게 된 것은 윤 사장으로부터 얻어들은 그 정보 때문이었다.

박 팀장이 그렇게 대하고 있는 점장이 자신을 특별호출한 것이었다. 할 이야기가 있으니 잠깐 올라오시라고 하는데 긴장한 것 같은 말투였다. 긴장한 것은 박 팀장도 마찬가지였다. 처음에는 의아했지만, 가만히 생각하니 지난 번 정 대리의 휴게실 단전사건 때문에 불렀음이 분명했다. 그 사건이 단초가 되어 일어났던 샐러드 매장 이성현의 인터넷 게시글 사건은 그럭저럭 잘 해결된 것으로 알고 있었다. 마음에 걸리는 것이 하나 있었는데, 사건의 크기에 비해 그가 상부로부터 따로 질책은 받은 바가 없다는 것이었다. 그것 때문에 불렀을 것이라는 생각이 강하게 들었다.

하지만 그 정도의 일은 식품부를 맡고 있는 관리자로서 할 수 있었다고 박 팀장은 생각했다. 그것을 점장실에까지 쫓아가서 보고했던 이성현도 괘씸했지만, 점장이 입점업체의 편을 들어주며 자신의 휘하직원인 정 대리를 질책한 것이 박 팀장은 더 불쾌했다. 자신이 짐작하기로는 이제 얼마 있지도 못하고 그 자리에서 물러나야 하는 점장이었다. 필요 이상의 질책을 하고 기분 나쁘게 하면 받아버릴지도 모르겠다는 생각이 들었다. 자신이 그렇게 함부로 다루어지는 사람은 아니라는 것을 보여주고 싶은 마음이 강하게 들었다.

박 팀장이 점장실에 들어갔을 때 점장은 누군가와 통화를 하고 있었다. 오른손으로는 전화기를 들고 계속 통화를 하며 왼손과 눈으로 응접 소파를 가리켰다. 박 팀장은 소파로 걸어가 3인용 좌석의 중간에 앉아 통화하는 점장을 뻔히 쳐다봤다. 통화를 끝낸 점장이 책상 위에 있던 서류파일을 챙기더니 그것을 들고 와 박 팀장 앞에 와 앉았다. 그의 표정은 조금 굳어 있었다.

"박 팀장님. 이런 소식을 전해드리게 되어 유감입니다. 지난 번 일로 본사 경영진에서 긴급회의 끝에 결정한 사항이 오늘 내려왔습니다. 이런 결정을 내리게 된 이유에 대해서는 이 공문에 다 있으니 읽어보시기 바랍니다."

박 팀장은 의아한 눈으로 점장이 건넨 파일을 받아들고 앞 장을 열었다. 그의 눈에 들어온 것은 20포인트 정도의 굵은 바탕체로 프린트된 〈해고 예고 통지서〉라는 글자였다. 인적 사항과 해고 예정 날짜가 차례대로 적혀 있는 그 아래에 해고 사유가 있었다. 입점업체로부터 뇌물수수, 그것이 그의 해고 사유였다. 다음 장을 넘겼다. 언제, 어느 업체로부터 얼마의 돈을 받았는지가 명확하게 기재되어 있었고 뇌물을 공여한 업체의 이름과 직인까지 찍혀 있었다. 가슴이 철렁, 내려앉았다. 빼도 박도 못할 증거가 거기 있었다. 하지만 점장 앞에서 자존심 상하게 자신의 당황한 모습을 보일 수는 없었다.

"하나만 묻겠습니다. 이걸 제보한 사람이 누굽니까?"

"이성현 사장입니다."

"하, 또 그 여자군요. 이건 제 권한으로 샐러드 매장 계약해지를 한 것에 대한 명백한 보복입니다. 이런 하찮은 일로 백화점에서 갑이 을에게 보복을 당하다니 어이가 없네요."

점장은 아무 말도 하지 않은 채 다만 안타까운 표정으로 박 팀장을 바라봤다. 박 팀장은 그 표정 뒤에 감추어진 점장의 속마음이 보이는 것 같았다. 그는 고소해하고 있음이 분명했다. 하지만 지금 여기서 그걸 따지고 드는 것은 무의미했다. 박 팀장은 아무 말 없이 점장이 준 파일을 받아들고 점장실을 나왔다.

식품부 사무실로 돌아온 박 팀장은 탁상달력을 보면서 윤 사장이 언제 백화점에 왔었는지 체크해보았다. 지난 주 목요일에 온 것으로 되어 있었다. 그렇다면 분명 오늘이나 내일쯤 다시 나올 것이었다. 하지만 이 상황에서 마냥 앉아서 그를 기다리고 있을 수는 없었다. 그를 만나 구조요청을 해야 했다.

핸드폰을 꺼내 윤 사장의 단축번호를 눌렀다. 이번 주는 언제 나오시느냐고 물었다. 내일 갈 예정이라는 대답이 돌아왔다. 말씀드릴 일이 있는데 혹시 오늘 방문해주실 수는 없겠느냐고 조심스럽게 다시 물었다. 윤 사장은 잠시 머뭇거리더니 알겠다고 대답했다. 무슨 일로 그러는 것이냐고 묻지 않는 것에서 박 팀장은 어떤 감이 오는 것 같았다. 윤 사장은 이 일을 이미 알고 있을지도 모른다는 생각이 들었다. 백화점에 오시더라도 식품부 사무실이 아닌 9층 식당가 커피숍에서 먼저 만나자고 말했다. 부하직원들이 듣게 할 수는 없었다.

이성현이 지난 번 휴게실 단전사건을 인터넷에 올렸던 날, 박 팀장은 긴급연락을 받았다. 온라인에서 일어난 그 사건을 본사로부터 전해들었고, 사이트에 들어가 자신이 직접 확인했다. 그것은 엄청난 사고였다. 그는 점장과 함께 본사 경영지원팀과 홍보팀에 불려갔다. 그곳에서는 박 팀장과 점장에게 그 사고를 최대한 빨리 해결하라 명령했다.

점장은 박 팀장에게 이성현을 만나 협상하는 것이 최선의 방법이라고 말했다. 하지만 박 팀장이 이성현에게 연락을 했을 때, 그녀는 그와의 만남 자체를 거부했다. 협상대상자로 박 팀장은 절대 안 된다는 것이었다. 결국 점장이 나설 수밖에 없었다. 이성현은 점장과의 대화에는 긍정적이었다. 두 사람은 만나서 대화를 했고, 그녀의 요구를 백화점에서 모두 들어주는 조건으로 인터넷의 글들도 모두 내리기로 했다. 그녀의 합의조건은 경제적 보상을 받는 것이라 박 팀장은 들었다. 그렇게 그 사건은 의외로 빨리 마무리된 것으로 알고 있었다.

그런데 이성현은 왜 또 다시 백화점에 자신을 해고해달라고 요구한 것일까? 입점업체로부터 돈 몇 푼 받은 것이 무슨 큰 죄라고 백화점에서는 식품부를 탄탄하게 끌고가고 있는 자신에게 해고처분까지 내린 것일까? 더구나 얼마 안 있어 단행될 리모델링의 큰 계획을 앞두고서? 털어서 먼지 안 나는 사람이 없다고 했다. 모두들 데려다가 탈탈 털어보면 그런 잘못을 한 사람이 이 백화점에서 과연 자신뿐일까? 여기에는 분명 음모가 도사리고 있다는 생각이 들었다. 그리고 점장에게는 그 내용을 자세히 물을 수 없다는 것을 본능적으로 알았다. 자신이 도움을 받을 수 있는 사람은 이곳에서는 오직 윤 사장뿐이었다.

박 팀장은 초조한 마음으로 9층 커피숍에 들어섰다. 윤 사장이 미리 와서 기다리고 있었다. 오뚜기를 닮은 동그랗고 빵빵한 몸체가 커피숍의 회색 패브릭 소파에 폭 묻혀 있었다.

"어서 오십시오. 그러잖아도 할 얘기가 있었어요. 전화로 하기에는 좀 그래서 제가 백화점에 나오면 그때 말씀드리려고 했지요."

박 팀장은 윤 사장이 이 일에 대해 이미 알고 있었다는 느낌이 들었다.

"혹시 알고 계셨습니까?"

박 팀장의 말에 윤 사장은 순순히 고개를 끄덕였다. 배신의 검은 구름이 서늘하게 자신을 내리덮치는 느낌이었다. 하지만 내놓고 표현할 수는 없었다. 감정을 드러내서는 절대 안 됐다. 윤 사장은 단 하나쁜인 자신의 동아줄이었다.

"박 팀장님, 이성현 사장이 예전에 무슨 일을 했던 사람인지 모르시지요?"

난데없는 윤 사장의 질문이었다.

"제가 입점업체 사장들의 과거 직업까지 어떻게 알겠습니까?"

질문이 너무 황당하다는 생각이 들어 박 팀장은 기어이 그렇게 말하고야 말았다.

"박 팀장님은 그 사건이 점장의 중재로 잘 마무리된 것으로 알고 있겠지만 사실은 그렇지가 않습니다. 이성현 사장이 인터넷에 게시한 글들을 내리는 조건으로 자신의 매장에 대한 경제적 보상뿐만이 아니라 박 팀장님 해고도 함께 요구했답니다."

"뭐라고요?"

기가 막혔다. 만만치 않은 여자인 줄은 알고 있었다. 하지만 엄연히 은련백화점의 식품부 실세인 자기를 해고해달라니, 건방지기가 짝이 없는 여자였다. 황당한 표정을 지으며 한마디하려고 하는데 윤 사장이 다시 입을 열었다.

"보아하니, 박 팀장님에 대한 해고가 어떻게 이루어졌는지에 대해서는 점장이 말하지 않은 모양이네요. 지난 번에 그것 때문에 경영진에서 긴급회의를 했답니다. 제가 그 정보를 미리 들었던 바가 있어서 회장님께 부탁했지요. 박 팀장님의 해고만은 막아줄 수 없느냐고요. 그런데 뇌물수수 증거자료가 명백해서 어쩔 수가 없었답니다."

박 팀장은 급기야 무언가로 정수리를 한 대 얻어맞는 것 같았다.

"증거자료라니요?"

"박 팀장님이 그동안 입점업체들 들어올 때 조금씩 챙긴 것들 말입니다. 거기에 대한 자료를 다 수집해서 이성현 사장이 본사에다 제출했던 모양입니다. 자기가 원하는 것을 들어주지 않으면 유현상 사장님의 매장 건도 인터넷에 올리겠다고 아주 협박을 했던 모양입니다."

유현상 사장님의 매장 건이라니? 이성현이 그 일을 어떻게 알고 있는 것일까? 윤 사장의 이야기는 들을수록 기가 막혔다. 일이 이렇게 진행되는 동안에도 자신에게는 끝까지 입을 다물고 있었던 점장과 윤 사장에게 분노와 서운함이 함께 치솟았다. 이렇게 혼자 당할 수만은 없다는 생각이 들었다.

"솔직히 말해서 입점업체들 재계약 건이 그런 식으로 이루어지는 것은 경영진들도 다 아는 일 아닙니까? 부서팀장을 거쳐온 사람들 중에 그런 거 한 건 없는 사람이 어디 있습니까? 엄연한 정식 직원인 저를 그깟 입점업체 여자가 요구한다고 해고라니 말이 되는 소리입니까?"

평소에 박 팀장은 윤 사장에게 지극히 저자세를 취하며 굽실댔지만 지금은 너무 흥분해 도저히 참을 수가 없었다.

"그러니까 좀 신중하게 하지 그랬습니까? 박 팀장님답지가 않았어요. 회장님도 그것 때문에 몹시 곤란해하십니다. 저도 당장은 도와드릴 수가 없어 몹시 안타깝습니다."

윤 사장은 탁자 위에 놓인 물잔을 들더니 천천히 마셨다. 박 팀장은 그 모습을 뚫어지게 쳐다봤다. 어쨌든 자신은 절대로 혼자 여기서 물러서지 않겠다고 생각했다. 아니, 물러설 수가 없었다. 잡고 늘어져야 할 줄은 오직 윤 사장 하나밖에 없었다. 자신이 그동안 윤 사장에게 어떻게 하였던가? 그에게 했던 일들을 생각하면 자신은 충분히 도움을 요청할 자격이 된다고 생각했다. 마음이 급해졌다. 박 팀장은 주위를 한번 휘둘러보고 나서 목소리를 한 톤 낮췄다. 할 수 있는 것은 다 해봐야 했다. 그의 얼굴엔 비굴한 웃음까지 띠고 있었다.

"다 아시지 않습니까? 그게 이 자리에 있는 사람들 관행인거. 저요, 어머님, 아버님, 두 분 다 지병으로 요양병원에 계십니다. 벌써 몇 년 됐습니다. 이런 말씀 드리기는 구차하지만 월급만으로는 아이 둘 키우며 부모님 병수발하지 못합니다. 그렇다고 자식된 사람이 그거 그만둘 수 있습니까? 저요, 제가 할 수 있는 것은 다 하면서 살아왔습니다. 윤 사장님께서 제발 저를 좀 도와주십시오. 사실은 이번 리모델링 후에는 들어올 것들이 좀 있습니다. 저도 은혜는 아는 사람입니다."

윤 사장은 박 팀장을 지그시 바라보았다. 그의 작은 눈은 오늘 따라 더욱더 가늘게 찢어지는 것 같았다.

"그러게 누울 자리를 보고 발을 뻗으랬다고 그 여자는 왜 건드려가지고 이 사단을 냈습니까? 예전에 펜싱 국가대표 선수였다고 하더라고요. 인사부에서 다 알아봤는데 근성이 아주 대단한 사람이더라고요. 박 팀장님을 해고하지 않으면 은련백화점 전체를 들쑤시겠다는데 경영진에서도 어찌할 수 없는 일 아닙니까? 지금은 인터넷에만 올렸지만 방송사나 신문사에 들고 가보십시오. 은련백화점뿐만 아니라 은련그룹 전체 이미지까지 순식간에 추락합니다."

할 말을 찾지 못하고 멍하니 앉아 있는 박 팀장에게 윤 사장은 달래듯이 말했다.

“그렇다고 너무 절망은 하지 마십시오. 박 팀장님 해고와 계약해지에 대한 보상으로 이번 일을 잘 마무리하고 나면 이성현과 은련백화점과의 관계는 완전히 끝나는 거지요. 지금은 아무 말씀 마시고 잠시 물러나 계세요. 상황을 봐서 박 팀장님께서 은련백화점에 다시 들어오도록 제가 힘을 쓰겠습니다. 그 여자가 박 팀장이 어디에서 무슨 일을 하는지 계속 확인하고 다니지는 못할 것 아닙니까? 그렇게 일을 하는 것으로 마무리짓도록 합시다. 박 팀장님과의 그동안의 인연으로 제가 일을 여기까지 엮어놨습니다. 점장까지는 모르는 일이니 그렇게 합시다.”

박 팀장은 더 이상 말을 할 수가 없었다. 이미 스토리는 다 만들어져 있었던 것 같았다. 다시 들어오도록 힘을 쓰겠다는 윤 사장의 말을 어떻게 믿겠는가? 그렇다고 지금의 그에겐 다른 선택이 없었다. 그럼 윤 사장님만 믿고 기다리겠다고 대답하는 것이 박 팀장이 할 수 있는 최선이었다.

15. 상생

윤하가 지하 2층에 있는 구내식당에서 늦은 점심을 먹고 있을 때였다. 탁자 위에 놓아둔 핸드폰이 울려 힐끗 보니 성현으로부터의 전화였다. 점장에게서 무슨 연락이라도 온 것일까? 윤하는 오른손에 든 젓가락으로 시금치나물을 집으며 동시에 왼손을 뻗쳐 전화기를 집어들었다.

"무슨 소식 있어?"

윤하는 궁금해하고 있던 것을 물었다.

"점장으로부터 연락이 왔어. 은련백화점에서 내 요구를 모두 들어주기로 결정했대. 지난 번에 한 가지 문제가 결정 안 됐다고 좀 기다려달라고 했거든."

성현의 목소리는 생각보다 차분했다. 윤하는 원하던 소식을 들어 반가웠다.

"잘됐다."

"오후 5시까지 내가 점장실로 가기로 했어. 얘기가 길어서 전화로는 다 할 수 없으니 오늘 저녁에 모두 만나서 얘기하자."

성현은 헤어져야 할 날이 얼마 남지 않았으니 오늘은 자신이 그곳에 간 김에 모두 함께 식사를 하자고 했다. 최 사장과 이 사장에게는 자신이 전화를 할 테니 백화점 9층에 있는 '수정궁'으로 함께 오라고 했다. 그곳은 코스 요리점이었다. 음식값이 만만찮을 것 같아 윤하는 은근히 걱정이 됐다.

"거기 비싸지 않을까?"

"우리도 모처럼 좋은 데서 한번 먹어보자. 다 먹고살자고 하는 짓 아니야?"

성현은 그렇게 말하며 전화를 끊었다. 사실 그동안 한 푼이라도 아끼겠다고 아등바등 살았던 것은 윤하보다 성현이 더 심했다. 윤하는 성현의 마음에 뭔가 변화가 일어나고 있다는 느낌이 들었다.

점심을 먹고 매장으로 돌아온 윤하는 밀려오는 고객들 응대에 바빴다. 오후시간이 어떻게 지나갔는지도 몰랐다. 8시가 되고 폐점 시그널 음악이 울려퍼지자 모두들 서둘러 마감정리를 했다. 윤하는 지하 3층 라커룸으로 내려가 옷을 갈아입고 빠르게 다시 매장으로 돌아왔다. 그리고 이 사장, 최 사장과 함께 9층으로 올라가는 엘리베이터를 탔다.

윤하는 이곳에서 일한 지 3년이 다 됐지만 9층 전문식당가에서 식사를 한 적은 한번도 없었다. 백화점에서 직원용으로 파는 4,000원짜리 쿠폰을 이용해 언제나 지하식당에서 점심을 해결했다. 지하 3층 라커룸에서 옷을 갈아입으며 아침을 시작하고, 지하 1층 식품부 매장에서 오전 내내 일했다. 지하 2층 직원식당에서 점심을 먹고, 지하 1층 휴게실에서 오후시간 잠시 쉬었다. 윤하를 포함하여 식품부에서 일하는 모든 사람들의 공간은 다 지하였다. 그것을 너무나 잘 알고 있는 성현이기에 9층 꼭대기에 위치한 이 식당가로 약속을 잡은 것인지도 몰랐다.

엘리베이터에서 내려 십여 미터쯤 걸어가자 약속장소인 수정궁 간판이 보였다. 수정궁이라는 글자를 음각으로 새겨놓은 원목 간판은 출입문 오른쪽에 붙어 있었다. 승천하는 용 두 마리를 판 가장자리에 함께 조각하여 간판 하나만으로도 고급 식당의 분위기를 풍겼다.

"아이고마, 여는 들어오는 입구 간판부터 마, 사람 기를 팍팍 죽입니더."

이 사장이 특유의 너스레를 떨었다.

"뭐가 그렇게 시끄러워요?"

뒤에서 나는 소리에 돌아보니 성현이었다. 모두 함께 인사를 하고 한 사람, 한 사람, 차례로 식당 문을 들어섰다. 흰 블라우스에 검은 스커트를 입고 금색 명찰을 단 직원이 출입문 입구에 똑바로 서 있다가 윤하 일행을 맞았다. 그녀는 환하게 웃는 얼굴로 예약이 되어 있느냐고 물었다.

"이성현 이름으로 8시 10분이에요."

성현이 또박또박 대답했다.

"네. 이리로 오십시오. 룸으로 준비했습니다."

그녀는 맞댄 두 손을 오른쪽으로 곧게 뻗어 예약된 룸 방향을 가리키며 공손하게 네 사람을 안내했다.

복잡하고 시끄러운 지하 식품매장에서 온갖 종류의 고객들을 응대하며 하루를 보냈다. 이곳 9층은 같은 백화점인데도 다른 나라에 온 것 같았다. 넓은 공간에 비해 매장이 얼마 없어서 시각적으로 여유가 있었다. 하지만 매장 안으로 들어와보니 겉보기와는 달리 좌석은 고객들로 가득 차 있었다. 연말 모임 장소로, 쇼핑 후 여유 있는 식사를 할 수 있는 곳으로, 9층 식당가는 이곳 백화점 건물 내에서 가장 인기 있는 장소였다.

직원이 안내하는 룸으로 따라들어갔다. 하얀 테이블보가 깔린 중국식 회전식탁 위에는 네 세트의 식기세트가 정갈하게 세팅되어 있었다. 룸 구석에 있는 옷걸이에 겉옷을 벗어 걸어놓고 모두들 자리에 앉기 시작했다. 윤하와 성현, 그리고 최 사장과 이 사장이 시계방향으로 차례차례 앉았다. 매일 고객들한테 허리 굽히고 서비스만 하다가 이런 데 와서 서비스를 받으니 기분이 괜찮다고 이 사장이 말했다.

"오늘 음식은 특별히 제가 대접하고 싶어요. 그래도 되죠?"

성현이 말했다. 난데없는 제의였다.

"아니, 와 이러 비싼 음식을 샐러드 누님이 대접합니꺼? 다 함께 내야 하는 거 아입니꺼?"

"그래, 다 함께 먹는데 같이 내야지 왜 자기가 낸다는 거야?"

이 사장과 윤하가 각자 한마디씩 했다.

"아니에요. 제가 여러분들께 근사한 식사 한번 대접하려고 오래 전부터 생각하고 있었어요. 이렇게 갑자기 떠나게 되어 겸사겸사 자리를 만든 것이에요. 1년밖에 안 된 짧은 시간이지만 그동안 저에게 너무 잘해주고, 도와주고, 거기에 비해 저는 제 일 하기에만 급급해 여러분들께 해드린 게 너무 없는 것 같아요."

"무슨 소리야? 다 함께 서로 도와가면서 일했지 뭐."

윤하가 성현을 바라보며 말했다.

"여러분들은 모두들 알바를 채용하고 있어서 제 도움이 특별히 필요하지 않았지요. 하지만 저는 혼자 일하느라 여러분들의 도움, 특히 윤하 언니의 도움을 많이 받았어요. 표현은 따로 안 했지만 언니에게 항상 감사한 마음이었어요."

성현은 옆에 앉은 윤하의 손을 슬며시 잡았다. 윤하는 어쩐지 코끝이 찡해왔다. 매일 일하는 데만 정신이 빠져 있는 줄 알았더니 마음 속엔 이런 생각을 하고 있었던 것이었다. 알아주길 바라고 도와준 것은 아니지만, 그래도 알고 있는 성현이 고마웠다.

네 사람이 이야기를 나누는 사이 음식이 정해진 순서대로 나왔다. 나오는 음식을 덜어먹으면서 그들은 계속 대화를 이어나갔다. 점장실에 가서 무슨 일을 했느냐고 윤하가 먼저 물었다. 전화로는 이미 다 얘기가 끝난 것인데 확인하고 서류에 도장을 찍었다고 했다. 성현이 요구한 것이 세 가지가 있었는데 하나는 자신에 대한 피해보상, 또 하나는 박 팀장 해고, 그리고 마지막이 정 대리의 사과라고 했다.

처음에 박 팀장을 해고해달라고 했을 때 점장은 어이없어했다고 했다. 하지만 나중에 임원회의를 거쳐 알아보니 증거가 명백한 뇌물

수수는 해고사유가 된다고 하더란다. 박 팀장의 경우는 매장 입점을 미끼로 직접 뇌물을 요구했기 때문에 죄질이 아주 나빴다. 경영진에서는 긴급회의를 거쳐 박 팀장을 해고하기로 최종 결정했다고 성현에게 전했다. 성현이 만만치 않은 싸움꾼이라는 것을 그들은 빠르게 간파했다. 고름은 빨리 짜내야 한다고 결정한 것 같았다.

"잘됐다. 박 팀장은 이번 리모델링에서 몰래 돈 받고 입점시킬 업체가 여럿인 것 같던데 중간에 붕. 날아가게 됐네."

윤하의 말에 성현이 눈을 크게 뜨며 물었다.

"언니도 뭐 아는 거 있어?"

"본사직원들 매장 왔던 날, 우리가 처음 리모델링 눈치챘던 날 말이야. 그날 정 대리가 나보고 사무실 오라고 했잖아."

"마감 시작인데 매대 바닥 보였다고 난리치면서 오라고 했지."

"그때 사무실 갔다가 우연히 박 팀장이 누구랑 통화하는 것 들었어. 들어보니 내용이 그 내용이더라고. 로열존에 자리 마련해놨으니 걱정말라는 그런 얘기. 그때 박 팀장이 이곳에서 신규 입점업체들을 대상으로 자리 장사를 한다는 것을 눈치채게 됐지."

윤하의 말에 모두들 씁쓸한 웃음을 지었다. 어렴풋이 짐작하고 있는 것과 실체를 확인하는 것과는 그 느낌이 또 달랐다. 윤하는 그동안 성현에게 궁금했던 것들을 이 자리에서 묻고 싶었다. 언젠가 그녀가 개인적인 일은 묻지 말라고 해서 자제하고 있었지만 이제쯤은 슬쩍 한 번 물어봐도 괜찮지 않을까? 하는 생각이 들었다. 성현에 대한 궁금증이 갑자기 증폭된 것은 리모델링으로 인해 야기된 여러 사건들을 겪으면서 거기에 전략적으로 대처했던 그녀의 행동 때문이었다.

"성현 씨, 미안한데, 예전에 무슨 일 하던 사람이었는지 좀 물어도 돼?"

윤하는 조심스럽게 말했다. 성현은 윤하의 마음을 짐작한다는 듯 살짝 웃었다. 잠시 후, 그녀는 이 사장과 최 사장도 함께 보면서 말했다.

"여러분들은 제가 개인적인 일을 통 말 안 해서 저에 대해 궁금하셨지요? 무슨 일을 하다 이곳까지 흘러들어온 여자일까 하고요?"

"하모요."

최 사장은 아무 말이 없었고 이 사장만 큰소리로 대답했다. 성현은 자신이 예전에 운동선수였다고 했다. 종목이 무엇이냐고 묻는 윤하에게 펜싱이라고 대답했다. 모두들 놀랐다. 사회생활을 해오면서 운동을 했다는 여자를 만나는 것도 드문 일이었지만 펜싱선수였다는 사람을 만난 것은 처음이었기 때문이다.

자신은 국가대표 선수였고 2002년 부산 아시안게임과 2006년 카타르 아시안게임에도 출전했다고 했다. 두 번 다 개인전에서는 메달을 따지 못했지만 단체전에서는 금메달을 땄다고 했다. 모두들 놀라지 않을 수 없었다. 펜싱계에서 그렇게 뛰어난 선수였다면 지도자로도 충분히 활동할 수 있었을 텐데 왜 백화점에서 이런 일을 했던 것일까? 사람들이 궁금해하는 것을 짐작하고 있다는 듯 성현이 말을 이었다.

"그런 선수가 왜 이런 곳에서 일을 했느냐고요?"

"하모요, 지가 궁금한 기 바로 그거라예."

이 사장이 또 급하게 말을 받았다.

"저는 결혼하자마자 운동을 그만뒀어요. 남편이 프로축구에서 뛰었기 때문에 선수생활 뒷바라지하느라고요."

그것도 놀랄 일이었다. 프로축구에서 뛰었다면 연봉도 높았을 것이고 돈도 많이 모아두었을 것이다. 남편이 프로선수였는데 아내가 이런 곳에서 하루 종일 일한다는 것은 이해할 수 없는 일이었다. 남자들은 웬만한 프로 축구선수 이름 정도는 알았다. 이 사장이 즉각 성현의 남편 이름을 물었지만 성현은 그건 묻지 말아달라고 했다. 남편에게 불가항력의 사정이 생겨 축구를 그만두게 됐고, 엎친 데 덮친 격으로 힘든 송사에 말려들어 법정다툼에 돈과 시간을 다 날려버렸다는 것만 말했다. 굳이 이름을 밝혀 그의 자존심을 다치게 하고 싶지는 않다고 했다. 다시 펜싱계로 돌아갈까 생각을 안 해본 건 아니지만 그러기엔 운동을 그만둔 지 너무 오래되었더라고 했다. 남편을 위한다고 미련없이 그 세계를 떠났던 자신이 초라한 모습으로 다시 그곳을 기웃거리는 것도 싫었다고 했다. 빛나던 그 시절의 영광을 먹고 살기 위한 수단으로 이용하긴 더 더욱 싫었다고 했다. 살다보니 그런 일도 생기더라고, 인생이 자기 마음처럼 흘러가는 것이 아니더라고 했다.

그건 세 사람 모두 충분히 이해하는 일이었다. 모두들 그렇게 생각지도 못했던 삶의 격류에 휘말려 이곳까지 흘러내려온 것이었다. 그리고 그들은 지금 흐르는 물살이 옮겨다놓은 모래톱 한 귀퉁이에 모두 함께 서 있는 것이었다.

"제가 했던 운동이 펜싱이잖아요. 일단 싸우게 되면 상대의 급소를 찾아내는 감각은 다른 사람들이 따라올 수가 없지요. 평소엔 표현을 잘 안 하려고 하지만요."

성현은 의미심장한 웃음을 지었다.

"그러니까 우리 샐러드 누님이 마, 여검객이었다 이 말씀 아입니꺼?"

이 사장은 자리에서 일어나더니 오른손으로 검을 잡고 찌르는 시늉을 했다.

"박 팀장이 이런 여검객을 몰라보고 건드렸다가 제대로 당한 거구먼."

윤하도 한마디 보탰다. 가끔씩 윤하를 깜짝깜짝 놀라게 했던 성현의 말과 눈빛, 행동, 그리고 그 무서운 체력이 이제야 이해되는 것 같았다.

"그리고, 정 대리 말에요. 아까 점장실에 갔을 때 점장이 정 대리를 불렀어요. 사과하라면서 잠시 자리를 피해주더라고요."

"뭐라고 해?"

정 대리라는 말에 윤하는 다급하게 물었다.

"그동안의 일 잘못했다고 사과를 하더라고요. 아참, 정 대리는 이번 일로 인해 1월 3일 부로 천안점으로 발령이 났다고 하네요. 좌천이지요. 사실 정 대리가 세 살짜리 아기를 둔 워킹맘이란 것을 감안할 때 천안점 발령은 회사를 그만두라는 얘기일 수도 있어요. 그건 본인이 알아서 대처하겠지요. 그동안 입점업체 사람들에게 강하게 한 것은 핑계 같지만 그렇게 하지 않으면 사람들 관리가 힘들어서 그랬다고 하더라고요. 입점업체 사람들이 대부분 자기보다 나이가 많고 대도 센 사람들이다보니 강하게 하지 않으면 휘둘릴 수도 있어서 더 그랬던 것 같다고요. 그동안 죄송했다면서 머리를 숙이는데, 그거 보니까 조금은 안돼 보이더라고요. 모두들 산다는 게 뭔지요. 한창 아기하고 행복한 시간을 보내야 할 시기에 이런 곳에서 그렇게…. 그래서 그냥 사과를 받아들이겠다고 했어요. 천안점 가면 열심히 하고 잘 지내라고 했어요."

성현의 말에 모두들 잘했다고 했다. 윤하는 정 대리가 입점업체 사람들에게 하도 그악스럽게 해서 진저리를 친 적이 한두 번이 아니었다. 하지만 어린 아기를 떼어놓고 그 먼 천안까지 출퇴근해야 한다는 소리를 들으니 어쩐지 마음이 편치 않았다. 하지만 그녀도 이번 일에 대해서는 어떠한 형태로든 책임을 져야 했다. 그러지 않으면 그녀는 언제든, 어디서든 또 그런 행동을 할 것이었다. 세상이 만만치 않다는 것을 그녀도 알아야 했다.

"그라믄마, 샐러드 누님은 앞으로는 우찌할 거라예?"

이 사장이 본격적으로 성현의 거취를 물었다.

"그 말씀도 오늘 드리려 했는데 깜빡 잊어버렸네요. 저 내년 1월부터 '자연에서 샐러드' 본사 신제품 개발실에 취직됐어요. 조건도 만족스럽고."

"뭐? 그 회사는 그 업계에서 메이저급 회사 아니야? 어떻게 그렇게 됐어?"

윤하는 그녀의 취업 소식에 놀란 표정으로 물었다.

"제가 그동안 여기 매장에서 이런저런 신 메뉴 많이 만들어 출시했잖아요. 매출도 많이 올리고요. 그것을 지켜보고 있던 누군가가 있었나봐요. 저도 모르고 있었는데 이번 일이 일어나고 나서 그쪽에서 연락이 왔더라고요. 저를 추천받았다고 하더라고요. 이 은련백화점에 있는 누군가 같은데 나중에 차차 알게 되겠죠."

성현의 일은 정말 잘 되었다. 하지만 갑자기 그런 행운을 얻게 되는 것은 흔한 일이 아니었다. 윤하는 그녀의 취업이 결코 행운만은 아니었다는 것을 알았다. 힘든 상황 속에서도 최선을 다해 일해왔던 그녀의 성실함이 만든 결과였다.

이젠 여덟 번에 걸쳐 나오는 코스 요리도 다 끝나가는 것 같았다. 마지막으로 나온다는 새우탕 요리를 접시에 덜어 담으며 윤하는 자신도 리모델링 건을 결정했다고 했다. 본사와 백화점에는 며칠 전, 이미 보고까지 마쳤다고 했다. 모두들 윤하가 어떤 결정을 했는지에 대해 궁금해했다. 윤하는 언젠가 이 사장이 자신에게 말해줬던 베이커리 로드숍 이야기를 꺼냈다. 이 사장의 그 말이 요즘 자꾸 생각나더라고 했다. 그것을 참고로 결정했다고 했다.

윤하도 성현처럼 이곳 사람들에게 자신의 남편 이야기를 제대로 한 적이 없었다. 현재 중국에 머물고 있다는 말만 딱 한번 했을 뿐이었다. 그 남편이 한국으로 돌아오고 싶어하는 것 같아서 둘이 함께 일할 수 있는 조그만 가게를 사는 동네 부근에 차리고 싶다고 했다. 큰 욕심 없이 일하면서 살고 싶다고 했다. 이 사장이 눈을 동그랗게 뜨고 물었다.

"그럼 누님은 리모델링 신청은 안 하는 거라예?"

"응. 백화점은 겉만 화려하지 입점 소상인들에겐 너무나 힘든 곳이야. 여기서 일했던 것처럼 그렇게만 한다면 나는 세상에 못할 일이 없을 것 같아."

"맞아예. 빡세게 일하는 것으로 치면 여 백화점만 한 데가 없어예."

이 사장이 머리를 끄덕였다. 3년 동안 백화점에서 일하면서 상처받고 잃어버린 것들이 결코 적지는 않았다. 하지만 우리들의 삶에 공짜란 없는 법이었다. 어찌보면 돈으로는 살 수 없는 경험을 얻었다고 할 수도 있었다. 윤하는 그렇게 생각하기로 했다. 모두들 그렇게 생각했으면 좋겠다고 말했다.

"이제 결정되지 않은 사람은 우리 최 사장님뿐인 것 같은데예? 참, 25일이 벌써 지났지 않았습니꺼? 그럼 최 사장님도 어여 결정사항을 말씀하시지예."

이 사장이 의미심장한 눈빛을 최 사장에게 보내며 말했다. 윤하는 며칠 전, 최 사장과 리모델링에 대해 나눴던 얘기가 있어 그의 상황을 알고 있기에 조심스러웠다. 그녀는 최 사장의 표정부터 세심히 살폈다. 그의 표정은 순간적으로 어두워졌으나 바로 감정을 추스른 듯 원래의 색으로 돌아갔다.

"저는 뭐, 사실 이제 물러설 곳이 없습니다. 그만두고 싶어도 갈 곳이 없어요. 은련백화점 식품부에서 1년을 일하면서 흔들리던 삶의 뿌리를 겨우 내리고 버티고 있었지요. 이곳마저 떠나게 된다면 앞으로는 그 어디에서도, 그 무엇도 할 수가 없을 것 같네요. 죽든지 살든지 그냥 이곳에서 버티는 데까지 버텨보려고요."

비장한 말이었다.

"그라믄마, 리모델링 비용은 마련하셨습니꺼?"

이 사장이 다시 물었다.

"제 마지막 재산도 탈탈 털고, 그것도 모자라 누님에게 조금 빌렸어요. 오늘이 리모델링 비용을 내야 하는 마지막 날이라 오전에 가맹본사에 송금했습니다."

"그러셨군요. 리모델링 비용을 다 마련하셨군요. 다행이네요."

송금까지 다 마쳤다면 이제 다른 사람의 의견은 더 이상 필요하지 않을 것 같았다. 모든 것은 전적으로 최 사장의 의지에 달린 것이었다.

"그런데 아까 이곳으로 오기 직전, 다른 백화점에 입점해 있는 엄마손죽 사장으로부터 이상한 연락을 받았네요."

최 사장의 눈은 뭔가 불안하게 흔들렸다.

"무슨 이야기신데요?"

윤하와 성현은 그를 향해 동시에 물었다. 느낌이 심상치 않았다.

"엄마손죽 가맹본사 사장이 오늘 하루 종일 연락이 안 된다는군요."

"어머, 왜요?"

"그러니 말이지요. 저도 그 말을 듣고, 아까 일하는 중간 전화를 해봤어요. 그런데 계속 전화기가 꺼져 있네요."

"무슨 사정이 있어서 꺼놓은 것이겠지요. 어차피 오늘 업무는 다 끝났을 텐데 내일은 연락이 되겠죠."

최 사장이 몹시도 초조해보여 윤하는 그의 마음을 진정시키기 위해 말했다.

"그랬으면 좋으련만, 사실 제가 아까 그 사람한테 이상한 얘기를 들어서요."

"무슨…?"

느낌이 이상했다.

"아닙니다. 그럴 리는 없을 겁니다. 신경이 좀 과민해진 것 같습니다."

최 사장은 스스로의 생각을 부정하듯 세차게 고개를 저었다.

입점 이후 처음이자 마지막이었던 9층 만찬은 그렇게 끝났다. 성현과는 오늘이 이곳에서의 마지막 날이었다. 이 사장, 최 사장은 리모델링 후에도 계속 남아 있겠지만 윤하는 이제 사흘만 더 일하면 떠나는 것이었다. 나중에도 이렇게 가끔 만나기로 약속했지만 그건 모르는 일이었다.

백화점에서 일하는 사람들이 개인적인 만남에 시간을 내기는 힘들었다. 늦게 끝나고, 주말과 휴일도 없었다. 휴무는 한 달에 한번이고 설, 추석 명절도 단 하루만 쉴 뿐이었다. 그건 모두가 다 잘 알고 있는 사실이었다. 어쩌면 이것이 마지막일지도 몰랐다. 각자 돌아가면서 한 사람씩 손을 잡았다. 1년에서 2년 동안 매일 마주 보던 얼굴이었다. 서로의 잡은 손에 굳게 힘을 주고 가만히 흔들었다.

모두와 헤어지고 홀로 집으로 돌아오는 길, 윤하는 언제나 그랬던 것처럼 전철 출입문 앞에 기대어 서서 유리창에 비치는 자신의 모습을 멍하니 바라보았다. 매장을 정리하기로 결정하면서 누구에겐가 묻고 싶었던 말이 있었다.

'법적으로 정당하게 보호받지 못하는 이런 곳에 자신의 소중한 돈을 들여 매장을 내고 죽을둥살둥 일했던 우리들이 어리석었는가?'

그것은 부인할 수 없는 사실이었다. 이곳에 들어온 모든 사람들은 1년, 또는 2년 계약기간이 끝난 후, 별일이 없으면 자동으로 재계약된다는 그 조항 하나를 믿었다. 그러나 생각해보면 그것은 믿어도 될 만한 것이 아니었다. 믿고 싶었던 자신들의 마음이었을 뿐이었다. 그것은 「해님 달님」 동화에 나오는 썩은 동아줄 같은 조항이었다. 그러면 왜 많은 입점업자들은 썩었을지도 모르는 그 줄을 덥석 잡았는가? 그들은 먹고사는 문제로 극한상황에 내몰린 상태였다. 어찌어찌 돈을 돌려대서라도 입점만 해서 영업하면 당장 수입이 생기는 것을 눈으로 보았다. 그들은 그것 하나만 믿고 매달렸던 것이었다. 설마 그 줄이 그렇게 금방 끊어지기야 할까? 하면서. 윤하 자신이 그랬고, 성현이 그랬고, 최 사장, 이 사장 모두 똑같았다. 모두들 어느 정도는 알면서도 위험을 감수하면서 들어왔던 것이었다. 모두 자신들의 잘못이었다.

그렇지만 반드시 생각해봐야 할 것이 있었다. 백화점의 입점계약이라는 것은 임대차보호법과 고용노동법 같은 나랏법의 사각지대에서 을이자 약자인 소상공인들에게 절대적으로 불리하게 되어 있었다. 왜 국가에서는 그것을 모른 척 두고만 있는가? 하는 것이었다. 그것은 분명 국가의 잘못이었다. 피해자는 국민인 소상공인들이었다. 누가 할 일을 제대로 하지 않았는가? 물론 국가에서는 말할 것이다. 국가기관인 공정거래위원회에서 나름의 규약을 만들어 관리하고 있다고. 하지만 그 규약에는 법으로 인정하는 계약기간이라든가, 시설권 보장 같은 근본적인 대책이 없었다. 그저 규약을 어길 시에 가하는 소극적인 제재만 있을 뿐이었다. 그 제재만 피하면 백화점은 오히려 자신들에게 더 유리한 편법을 만들어낼 수 있었다. 요리조리 법망을 빠져나가고 자신들을 둘러치는 울타리로 만들어 사용할 뿐이었다.

아니, 이런 것 저런 것 다 접어두어도 좋았다. 백화점에서 단 하나만 제대로 이행했더라도 우리 모두는 충분히 더불어 살아갈 수 있었다. 이곳에서 가장 큰 문제는 상생의 부재였다.

16. 마지막 날

12월 31일, 한해의 마지막 날이었다. 윤하가 은련백화점에서 일하는 마지막 날이기도 했다. 오전 10시 30분, 윤하는 오픈 준비를 마치고 매대 앞에 정자세로 서 있었다. 잠시 후면 오픈식이 끝난 1층부터 고객들이 에스컬레이터를 타고 물밀 듯 내려 올 것이었다. 그때 출입구 쪽에서 어슬렁대던 보안요원 몇 명이 갑자기 상행 에스컬레이터 쪽으로 일제히 뛰기 시작했다. 그 모습을 본 윤하는 방금 1층에서 어떤 사건이 일어났음을 직감했다.

오픈 고객들을 맞기 위해 서 있던 입점업체 사람들이 술렁이기 시작했다. 모두들 놀란 표정으로 무슨 일이냐며 서로 쳐다봤다. 윤하는 맞은편의 이 사장과 눈이 마주쳤다. 그는 두 어깨를 슬쩍 올리며 고개를 흔들었다. 무슨 일인지 알 수 없다는 표시였다. 그 옆 매장에서 있어야 할 최 사장은 보이지 않았다.

"최 사장님 어디 갔어요?"

다급하게 물었다.

"모르겠어예. 오늘이 마지막이라 재료 소진할라꼬 지는 물건을 마이 만들었심더. 최 사장님 얼굴은 볼 새도 없었심더."

오픈 시간에는 판매자가 매대를 비우면 절대 안 됐다. 그건 계약유지 결격사유였다. 어제 백화점 앞에서 봤던 최 사장의 모습이 떠올랐다. 동시에 그가 했던 말도 함께 생각났다. 순간 윤하는 온몸으로 밀려들어오는 불안감을 떨칠 수가 없었다.

어제 저녁이었다. 하루만 더 일하면 이 백화점에서 마지막이라 윤하는 정리할 게 많았다. 마무리는 평소보다 한 시간이나 늦어졌다. 아들과 오랜만에 저녁을 함께 먹기로 약속했기에 마음이 급해졌다. 얼른 지하 3층으로 내려가 라커룸에서 옷을 갈아입고 서둘러 1층으로 다시 올라갔다. 사람들이 다 빠져나간 썰렁한 직원 출입구를 종종걸음으로 통과했다.

문을 밀고 나서자 찬바람이 얼굴을 때렸다. 거리엔 이미 어둠이 가득 내려와 있었다. 가로수들이 잔잔한 전구가 달린 전선을 온몸에 휘감고 은하수 같은 빛을 뿜어내고 있었다. 머플러를 야무지게 여미고 지하철역을 향해 빠르게 걷고 있는데 앞 쪽에서 '베이커리 사장님' 하고 부르는 소리가 들렸다. 눈을 크게 뜨고 소리나는 쪽을 바라봤다. 몇 미터 전방에 있는 가로등 아래 최 사장이 서 있는 것이 보였다. 그는 윤하 쪽으로 얼굴을 향하고 서서 희미하게 웃고 있었다.

"어머, 최 사장님. 여기서 뭐하세요? 아까 퇴근한 거 아니셨어요?"

종종걸음으로 그에게 다가가며 말했다. 한 시간 전, 폐점하자마자 그는 이 사장과 함께 매장을 빠져나갔다. 그 모습을 윤하는 직접 보았던 것이다.

"퇴근하다가 다시 돌아와 기다렸어요."

"왜요?"

"베이커리 사장님이 보고 싶어서요."

상상도 하지 못했던 최 사장의 대답이었다.

"농담도 잘하셔요. 우리 오늘, 하루 종일 맞은편에서 얼굴 보며 일했잖아요."

그렇게 슬쩍 받아쳤지만 사실은 당황스러웠다. 그녀가 아는 최 사장은 그런 말을 할 사람이 아니었다.

"허허. 그렇군요. 이제 하루만 더 있으면 헤어지게 된다니 아쉬움이 남아 그런 것 같기도…."

끝을 다 맺지는 않았지만 뭔가 할 말이 있는 것 같았다. 어쩌면 윤하가 이곳을 떠나게 된 것이 서운했는지도 몰랐다.

"최 사장님, 제가 여기 떠난다고 우리 아주 헤어지나요? 가끔씩은 얼굴 보고 살아야지요."

"시간이 그렇게 될까요?"

"되도록 만들어야지요. 우리 여기서 다시 만난 것, 정말 인연이잖아요."

윤하의 말에 최 사장은 알 듯 모를 듯한 미소를 피워올렸다.

"그럼 이만 가볼게요. 아들하고 함께 저녁 먹기로 했는데 많이 늦어서요."

"아, 죄송합니다. 그것도 모르고. 그럼 잘 들어가세요."

"네. 최 사장님. 그럼 내일 뵙겠습니다."

윤하는 그에게 인사를 하고 얼른 몸을 돌려 전철역을 향해 걸었다. 열대여섯 발자국쯤 떼어놓았을 때였다. 등 뒤에서 최 사장의 목소리가 다시 들렸다.

"윤하야…."

아득한 느낌이었다. 윤하는 너무 놀라 걸음을 멈췄다. 눈을 크게 뜨고 뒤를 돌아봤다. 최 사장이 가로수 밑에 그대로 서서 자신을 바라보고 있었다. 멀어져 잔잔해진 불빛 속의 그의 표정엔 희미한 슬픔 같은 것이 어려 있었다.

"잘 가. 이곳에 네가 있어 참 좋았다. 너 때문에 덜 힘들었어."

17년 만에 지하식품부에서 만난 이후, 최 사장이 윤하의 이름을 부른 것은 두 번째였다. 언젠가 어느 비 오는 날, 술에 취해 그렇게 불렀던 적이 있었다. 그때 윤하는 다음날 술에서 깬 최 사장이 무안할까봐 그 일이 기억나지 않는 척했다. 그날 일과 어제 일이 하나로 겹쳐 떠올랐다.

잠시 후, 식품부 사무실에서도 직원들 몇 명이 뛰어나왔다. 그들도 상행 에스컬레이터 쪽으로 급하게 달려갔다. 여기저기서 사람들이 다시 웅성거리기 시작했다.

"도대체 무슨 일이에요?"

롤초밥 직원인 최 여사가 눈을 동그랗게 뜨고 말했다.

"사람이 떨어졌대요."

"어디서요?"

"백화점 10층 옥상에서 정문 앞으로 떨어졌대요."

"어머, 저를 어째요?"

"지하식품부에서 일하는 사람이래요."

윤하는 사람들의 물음에 대답을 해주고 있는 우리떡 조 사장을 향해 소리쳤다.

"뭐라고요? 누구라고요?"

"화장실 다녀오다 복도에서 보안요원들이 무전 주고받는 소리를 들었어요. 지하식품부에서 일하는 남자라고, 현장에서 즉사한 것 같다고 하더라고요."

윤하는 아직 알바도 출근하지 않은 자신의 베이커리 매장을 그대로 팽개치고 급히 상행 에스컬레이터 쪽으로 달려갔다. 올라가는 계단에 후들거리는 다리를 올려놓았으나 구름다리를 건너듯 어지러웠다. 아무 생각도 할 수 없었다. 에스컬레이터 계단이 1층 바닥에 닿자마자 윤하는 빠르게 정문 쪽으로 달려갔다.

그곳엔 한 떼의 사람들이 무엇인가를 둘러싸고 웅성거리고 있었다. 백화점으로 들어가던 고객들, 거리를 지나는 행인들까지 모두 그리로 몰려들고 있었다. 겹겹이 둘러싼 사람들을 정신없이 헤치며 들어가는데 119 구급대원 두 사람이 들것을 들고 나오는 것이 보였다. 그들은 큰길 옆에 정차해놓은 구급차 쪽으로 빠르게 뛰어갔다. 하얀 천을 덮은 들것 아래로 긴 팔이 하나 빠져나와 흔들거렸다. 하얀 위생복을 입은 사람의 팔이었다.

보안요원 하나가 앞서간 들것을 뒤쫓아갔다. 오른손엔 무전기를, 왼손엔 흰 로고가 찍힌 검은 위생모를 들고 있었다. 아까부터 계속 콩콩대던 심장이 쿵! 소리를 내며 몸 속 어디엔가 떨어졌다. 윤하는 그 자리에 털썩 주저앉고 말았다. 구급차가 떠나는 것을 바라보며 수군대던 많은 사람들이 하나둘 흩어지기 시작했다. 윤하는 겨우 몸을 추슬러 자리에서 일어났다. 휘청거리면서 매장으로 돌아오니 소문은 윤하보다 더 먼저 내려와 있었다. 이 사장의 눈은 이미 시뻘게져 있었다.

하루가 어떻게 지나갔는지도 몰랐다. 12월의 마지막 날이어서 백화점은 쇼핑 나온 고객들로 하루 종일 정신이 없었다. 저녁 8시, 폐점 시그널 음악과 함께 윤하는 3년 동안 일했던 은련백화점에서의 마지막 영업을 끝냈다. 서둘러 마감을 하고 윤하와 이 사장은 정문으로 나갔다. 성현이 미리 와 기다리고 있었다. 추락한 사람이 최 사장인 것이 밝혀진 후, 이 사장은 급히 성현에게 연락을 했다. 갑작스런 소식에 성현은 몹시 놀란 상태였다. 그렇게 세 사람은 영업 종료 후 바로 최 사장의 빈소를 찾았다.

최 사장의 빈소는 조용하고 쓸쓸했다. 그의 부모님은 몇 년 전 다 돌아가셨다고 들었다. 하나 있다는 그의 누님과 매형이 상주를 대신하는 것 같았다. 졸지에 당한 일이라 그들도 몹시 황망한 상태인 것 같았다. 윤하는 대표로 몇 발자국 걸어 제단 앞에 나갔다. 오른쪽에 놓여 있는 가느다란 향을 하나 집어들어 촛불에 댔다. 잠시 후 불이 붙자 조심스럽게 흔들었다. 향 끝에서 하얀 연기가 피어올랐다. 앞에 놓인 향로에 꽂고 국화 한 송이를 영정 앞에 올렸다. 뒤로 한 발 물러나 그의 얼굴을 바라봤다.

하얀 국화에 둘러싸인 영정사진 속의 최 사장은 환하고 편안한 웃음을 하고 있었다. 세상에서 단 한번도 상처받지 않은 것 같은 얼굴이었다. 대학 다닐 때의 그의 얼굴이 떠올랐다. 17년 전, 그때의 그의 표정이 이랬다는 생각이 들었다. 어젯밤 보았던 그의 얼굴이 다시 떠올랐다. 백화점 앞의 잔잔한 가로수 불빛 아래 희미하게 웃던 얼굴이었다.

"윤하야…."

그의 목소리가 다시 들려오는 것 같았다. 잠시 묵념을 한 뒤 몇 발자국 뒤로 물러났다. 두 사람과 줄을 맞춰 다 함께 그의 영정에 절을 했다. 마지막으로 상주와 맞절을 나눈 뒤 제단에서 물러났다. 처음 보는 그의 누님은 눈이 퉁퉁 부어 있었다. 보기가 안쓰러웠다. 백화점에서 함께 일하던 가까운 동료들이라고 했다. 누님은 와주셔서 감사하다며 식사를 할 수 있는 자리로 안내했다.

자리에 앉자마자 이 사장이 캐나다에 있다는 가족들은 아직 오지 않았느냐고 물었다. 비록 헤어졌다고는 하지만 마지막 가는 길이었다. 빈소에 최 사장의 직계혈연 한 점 보이지 않는 것이 이 사장에게는 자못 충격이었다. 캐나다에 연락했지만 연말연시라 바로 들어올 수 있는 비행기 티켓이 없다 하더라고 했다. 노력은 해보겠지만 발인

날까지는 도착할 수 없다는 대답을 들었다고 누님은 말했다.

"최 사장님이 이렇게 당하실 줄은 정말 몰랐습니다. 엄마손죽 가맹본사 사장이 잘 아는 형님이라고 저희에게 말씀하셨거든요."

윤하의 말에 누님은 애써 참았던 감정이 복받치듯 다시 눈물을 쏟아냈다.

"동생이 학교 다닐 때부터 잘 알던 사이였어요."

"그런 사람이 우째서 최 사장님의 돈을 가지고 잠적했답니꺼?"

이 사장은 그렇다면 더더구나 참을 수 없다는 듯이 말했다.

"회사 부도를 코앞에 두고 있고, 많은 빚에도 쪼들리던 상태였던지라 아마 이성을 잃었던 것 같네요. 저도 정말 믿을 수가 없어요. 흐흑."

그녀는 눈물을 채 닦아내지도 못하고 흐느꼈다.

"아무리 그래도 그렇지. 최 사장님 사정을 다 알면서 어찌 그럴 수가…."

성현은 뒷말을 다 잇지 못했다. 윤하는 혹시 식품부 직원들이라도 오지 않았나 싶어 주위를 둘러보았다. 식사를 하고 있는 몇 팀이 보였지만 아는 얼굴은 보이지 않았다. 혹시 백화점에서는 누가 오지 않았느냐고 조심스레 누님에게 물었다. 오후에 빈소를 차리고 나자 점장님이란 분이 직원 두 명과 함께 왔다갔다고 했다.

"무슨 말씀이라도?"

윤하가 그렇게 물었던 것은 혹시 백화점에서 이 죽음에 대해 어느 정도 책임은 지겠다고 했을까 싶어서였다. 하지만 그냥 위로의 말씀만 하고 떠났다는 허무한 대답이 돌아왔다. 혹시 엄마손죽 가맹본사는 앞으로 어떻게 될 건지에 대한 말씀은 듣지 못했느냐고 다시 물었다. 그 회사는 브랜드 인지도가 낮고 평균 매출이 백화점 매장유지 요건에 들지 못해 이번에 계약기간 끝나면 퇴출될 회사였다는 말을 하더라고 했다.

"그러면 백화점에서는 리모델링 신청을 왜 받았다고 하던가요?"

"그 매장은 리모델링 신청요건에 해당하지 않는다고 이미 월초에 가맹본사에 공문을 보냈었다고 하더군요. 본사에서는 입점자에게 마치 리모델링 신청을 할 수 있는 것처럼 한 뒤에 비용을 받아 가로챈 것이라고."

윤하는 누님이 전해주는 백화점 측의 말에 치밀어오르는 분노를 느꼈다.

"그럼 백화점에서는 이번 일에 자신들의 책임은 조금도 없다는 말입니까?"

윤하의 목소리가 갑자기 커지자 누님은 깜짝 놀랐지만 그녀가 할 수 있는 답은 없었다. 그저 눈물만 흘릴 뿐이었다. 윤하는 성현과 이 사장을 향해 그동안 가슴에 담아둔 말을 토해냈다.

"이런 상황에서 백화점은 또 아무런 책임을 지지 않고 빠져나가려고 하는군. 우리가 이렇게 기울어진 운동장에서 계속 달린다면 언젠가는 우리도 반드시 고꾸라질 것이야. 불쌍한 최 사장님처럼 저렇게 말이지. 모두들 최 사장님을 이대로 보내드릴 생각은 아니겠지?"

말없이 앉아 있던 성현이 결기가 가득한 표정으로 윤하의 말을 받았다.

"가능하면 싸움은 피하면서 살고 싶었어. 그동안 너무 치열하게 싸워왔기 때문이야. 하지만 세상이 나를 그냥 내버려두지 않네. 나는 지금 이 자리에서 결심했어. 최 사장님이 떠난 오늘을 결코 마지막 날로 만들지 않겠다고."

성현의 눈동자는 맹렬히 타올랐다. 검투사의 눈동자였다. 옆에 있던 이 사장이 힘차게 고개를 끄덕였다. 크고 거친 그의 두 손도 굵은 힘줄이 돋도록 불끈 쥐어져 있었다.

등단 1년 만에 세상으로 내보내는 첫 아이

출판사에서 보내온 원고 교정 최종 점검을 마치고 노란 서류 봉투에 원고를 넣었다. 이제 우체국에 가서 이 원고를 부치고 나면, 수없이 하고 또 하던 퇴고도 정말 끝이다. 인쇄에 들어가면 더 이상 손볼 수가 없는데 정말 이대로 보내도 될 것인가? 아직은 어리고 미숙한 첫 아이를 멀고 먼 세상으로 떠나보내는 심정이다.

문득, 오래 전 기억이 떠올랐다. 책상 앞에 앉은 채 눈을 감으니 그 시간 속의 어린 여자아이 하나가 흑백사진처럼 떠오른다. 그 아이는 마을 읍사무소 읍장실 소파에 앉아 또랑또랑한 목소리로 말하고 있다. 저도 학교에 가고 싶어요. 열심히 공부할 수 있어요. 나의 생일은 음력으로 선달 스무여드레, 12월 28일이다. 그러니까 양력으로 하면 다음해 생이다. 호적에 음력으로 기재하는 바람에 공짜로 한 살을 먹게 된 것이다. 동갑의 친구들보다 거의 1년이나 늦게 태어났으니 키가 작고 몸도 여렸다. 하지만 나는 여덟 살이 되면 당연히 학교에 들어가는 것으로 알고 있었다. 한글을 익히고 오빠의 교과서도 읽으며 학교에 입학할 날만을 기다리고 있었다.

어느 날 외출했다 돌아온 아버지께서 난데없는 말씀을 하셨다. 친구들 얘기를 들어보니 아무래도 은호는 올해 학교 보내기 어렵겠다는 것이었다. 생일이 워낙 늦은데 키도 작고 몸도 여리니 학교에서 따라가지 못하고 아이들에게 치이면 어떻게 하느냐는 것이었다. 차라리 1년 더 있다가 좀 더 야무져지면 보내겠다고 하셨다. 봄이 되면 학교에 간다는 생각에 날짜만 세고 있던 나에게는 청천벽력 같은 말이었다. 울고불고 떼를 썼지만 소용없었다.

그리고 그 사이에 무슨 일이 있었는지 기억하지 못한다. 다만 떠오르는 것은 내가 버스 정거장으로 거의 여섯 정거장도 더 되는 먼 곳에 있는 읍사무소를 찾아갔다는 것이었다. 민원실에 들어갔더니 젊은 직원이 나와서 어떻게 왔느냐고 했다. 올 봄에 여덟 살이 되는데 아버지가 학교에 보내주지 않는다고 했다. 읍사무소에 와서 얘기하면 갈 수 있다고 해서 직접 찾아왔다고 했다. 누가 내게 그런 말을 해줬는지는 기억하지 못한다. 하지만 분명 누군가의 코치가 있었기 때문에 그곳에 찾아갔으리라. 젊은 직원은 나를 벽 뒤에 있는 읍장실로 데리고 갔다. 이 어린아이가 찾아온 이유를 보고하는 것 같았다. 책상에 앉아 업무를 보고 있는 읍장이 일어나 걸어오더니 나를 소파에 앉으라고 했다. 그리고 집 주소와 부모님 이름, 내 이름 등을 물었다.

아버지의 이름을 또박또박 말하니 그가 허허허, 웃었다. 그는 아버지와 잘 아는 사이였다. 그렇게 나는 학교에 들어갔다.

그로부터 50년도 더 지났다. 인생의 후반부에 들어 그동안 살아온 모든 경력을 뒤로 하고 나는 소설가의 길로 들어섰다. 등단한 지 1년 만에 첫 책 교정 원고를 보내려 하니 오래 전 그 기억이 떠올랐다. 작고 약했던 내가 학교생활에 치일까, 취학을 미뤘던 아버지의 심정이 이제야 이해가 됐다. 지금의 내겐 이 원고가 그때의 여린 나와 같다. 세상에 나가면 수많은 책들 속에서 제대로 서 있을 수 있을까? 넘어지지 않고, 치이지 않고 걸어갈 수 있을까? 아직 여물지 못했는데 너무 일찍 내보내는 것은 아닌 것일까? 많은 생각이 교차하는 시간이다.

책은 가을에 나올 것이다. 이 책을 들고 제일 먼저 아버지 묘소를 찾아가야겠다.

2022년 8월

김은호

김은호 장편소설
리모델링

지은이_ 김은호
펴낸이_ 조현석
펴낸곳_ 북인
디자인_ 푸른영토

1판 1쇄_ 2022년 09월 23일
출판등록번호_ 313 - 2004 - 000111
주소_ 121 - 842 서울 마포구 서교동 460 - 34, 501호
전화_ 02 - 323 - 7767
팩스_ 02 - 323 - 7845

ISBN 979 - 11 - 6512 - 059 - 7 03810